短編少年

集英社文庫編集部 編

集英社文庫

短編少年 ____ Contents

短編少年

逆ソクラテス

伊坂 幸太郎

伊坂 幸太郎
いさか・こうたろう

1971年千葉県生まれ。東北大学法学部卒業。2000年『オーデュボンの祈り』で新潮ミステリー倶楽部賞を受賞しデビュー。04年『アヒルと鴨のコインロッカー』で吉川英治文学新人賞、「死神の精度」で日本推理作家協会賞（短編部門）、08年『ゴールデンスランバー』で本屋大賞、山本周五郎賞を受賞。『重力ピエロ』『終末のフール』『フィッシュストーリー』『モダンタイムス』『マリアビートル』『仙台ぐらし』『PK』など著書多数。

◇

リビングのソファに腰を下ろし、ダイニングテーブルから持ってきたリモコンを操作する。買ったばかりの大画面テレビはまだ、他の家具とは馴染《なじ》んでおらず、態度の大きな転入生、しかも都心から田舎町にやってきた生徒のような、違和感を滲《にじ》ませていた。先ほど消したばかりではないか、とテレビが苦笑するのが聞こえるようでもある。

実況するアナウンスの声が聞こえた。明瞭な声で、さほど目新しくもないコメントをすらすらと述べる。

プロ野球のペナントレースも終盤だった。夏の終わりまで首位の在京球団が独走態勢にあったのが、二位の球団が驚くほどの追い上げを見せ、すでに二ゲーム差まで詰め寄っている。それだけに観客の注目も集まっているのだろう、テレビの画面越しとはいえ、熱気が伝わってくる。

在京球団の投手がワインドアップポジションからボールを投げる。打者が見逃す。審判がストライクを告げた。

映ったスコアボードには、ゼロが並んでいる。八回の表のマウンドに立つ、現役最高額の年俸を誇るエースは、ずいぶん堂々としていた。

右打席に立つのは、三番打者だ。恵まれた体格の割に童顔で、今シーズンは打点、本塁打の二冠が確実と言われている。女性ファンも多い。打者は耳を触り、バットを構えた。

二球目が投げられる。ほぼ同時に、打者の体が美しく回転し、音が鳴る。打ちました、と実況のアナウンサーが甲高い声を上げる。

打球の飛距離はかなり長い。カメラがボールを追う。投手が苦しい表情で、振り返る。センターの一番深いスタンドに向かい、ボールは落下していく。大きな放物線を描く、その動きに、観客の誰もが見入っていた。

その時、背中を見せ、走っているのは守備要員で入ったばかりの選手だった。体は大きくないものの、粘り強さと選球眼で打率は良く、今シーズンのチームの原動力となっていた。ただし、独断専行が過ぎる監督に反発したが故に、スタメンから外されることが多くなっており、そのことはたびたびスポーツ紙やファンから嘆かれてもいた。私怨で、監督がチームの足を引っ張って、どうするつもりなのか、と。その、中堅手は駿足で飛ばしている。日ごろの監督との対立で溜《た》まっていた鬱憤を晴らすかのような快速だ。捕まってなるものか、とボールが速度を上げたようでもある。

中堅手がセンターフェンスに向かい、跳躍する。ぐんと、飛び上がる。そして、宙で体を反り返らせ、着地した。ボールは？　注視していた観客たちが無言ながら、一斉にそう思う。ボールはどこだ？

誰もが息を呑《の》む、短い時間があり、その後で、中堅手が挙げた左のグローブに白いボールが見えた。観客席から場内の空気をひっくり返す、大きな声が湧き上がった。

中堅手はその場で、右の肘を曲げると、空中に浮かぶ透明の宝を、大事に、そして、全身の力で、握り締めるかのような仕草をした。小さなガッツポーズとも見える。それから、両手で顔をこする。ばしゃばしゃと洗う仕草で、その後で、指を二つ出した。

彼は持っていたリモコンの電源ボタンを押す。大型テレビは仄《ほの》かに息を漏らすような音を立て、画面が暗くなる。

◇

中学、高校での思い出は、良くも悪くも、思春期特有の恥ずかしい出来事が多いからか、実体を伴っている。が、小学生の頃のこととなると、ぼんやりとしたものだ。

小学六年生のあの数ヶ月のことも、大事な記憶であるにもかかわらず、思い出そうとすれば、どこか他人の冒険譚《ぼうけんたん》を読むような気持ちになった。

断片的に、ぽつりぽつりと蘇《よみがえ》る場面を思い出すがままに並べていく。

ぱっと浮かぶのは、授業中の机に向かう自分、算数のテストの時だ。

机に座り、答案用紙を前に高まる鼓動を抑えるのに必死な、僕がいる。学力も運動もそこそこの、クラスの中で目立つ存在でもなければ、疎まれる存在でもない、そういう生徒だった。中学から高校、大学と進むにつれ、学力は威張れるものではなくなり、運動も平均的な動きしかできなくなり、だんだんとしょぼくれた生活を送るようになったから、小学校時代は一番マシだった、と言うこともできる。

算数の問題はさほど難しくなかった。担任の久留米は最後の二問はいつも難問を用意するため、なかなか全問正答はできなかったが、それ以外のものであれば、僕の頭でも解けた。あとは、久留米が、「はい、そこまで。後ろから答案用紙を回しなさい」と言うのを待つだけだった。

いつもなら、だ。その時は違った。

僕の左手の中には、丸めた紙切れが握られていた。右側の席にいる、安斎が寄越《よこ》してきたものだ。紙切れの中には、数字が記されている。小さな字で、安斎が書いた。一問ごとにカンマ区切りで、テストの答えが記してある。

「俺が加賀に渡すから、加賀は隣の草壁に、その紙切れを渡すんだ」安斎は、僕に指示を出していた。

落ち着け、と心で唱えるたびに、その言葉に反発するかのように、心臓が大きく弾んだ。久留米に見つかったらどうなるのか。そもそも、小学生の頃は教師は絶対的に、正しい存在だった。僕たちを指導し、正解を教えてくれ、誤りを正してくれる役割と信じ、疑ってもいなかった。

さらに、久留米には独特の、威厳があった。体格も良く、顔は俳優のように整い、歯並びも良かった。あの頃の久留米は、三十代後半のはずだから、自分の父親よりも若かったことになる。にもかかわらず僕にとっては、父よりもよほど年長で、よほど厳格な、恐ろしい父親の印象があった。久留米が担任となるのは、五年生から二年目であったが、彼に名前を呼ばれるたび、緊張が走るのは変わっていなかった。僕に限らず、生徒全員が、どこか萎縮していた。ように思う。

あれほど安斎たちと予行練習をしたのに、と思う。いや、実際、あの時はそう思う余裕すらなかったのかもしれない。鼓動の音が頭を埋め尽くしていた。

その時、佐久間が挙手した。クラスで最も背の高い女子で、目が大きく、端的に言って美人で、いわゆる学校で最も注目を浴びるタイプの同級生だった。父親は有名な通信会社の取締役で、テレビにも時折出演し、地域の経済に貢献しており、母親のほうは教育熱心で、学校のやり方によく口出しをしてくる人物だった。さまざまな理由から、学校側も佐久間には一目置いていた。

その佐久間が手を挙げ、「先生」としっかりした声で言う。

「何だ」久留米が、佐久間を見た。

「このプリント、読みにくいんです」

どこだ、と久留米が彼女の机に近づいていく。

予定通りだ。覚悟を決めた。あの、佐久間が、リスクを省みず、「カンニング作戦」に協力しようというのだ。僕がやらなくてどうする。

久留米が、佐久間の横に行き、長身を屈《かが》め、プリントを見つめたところで、僕は左手をそっと伸ばし、草壁の机の上に紙切れを置いた。姿勢を変えず、左腕だけを静かに動かす。大きな動作ではないものの、目立つ行為に思えてならない。

「本番で緊張しないためにはとにかく、何度も何度も事前に練習をやって、自動的に体が動くようにしておくことだよ」

安斎のアドバイス通り、僕は一週間前から休み時間のたびに、練習をしていた。隣の草壁の席へ、そっと手を動かす練習だ。

その甲斐《かい》があったのかもしれない。一度、体を動かしはじめれば、後は自動的に、紙切れを草壁の机の上に置いていた。

使命を果たした安堵《あんど》に包まれながらも、心臓の動きはさらに強くなり、それを隠すために答案用紙にぐっと顔を近づけた。

計画当初、僕は、「どうせ、正解を書いたメモを渡すんだったら、解答を紙に書く役割も、僕がやったほうがいいんじゃないかな」と提案した。算数のテストであれば、僕もある程度の点数を取る自信があったし、安斎が答えを書き込んで僕に紙を渡し、それを僕から草壁に渡す、という二段階の手順を踏むよりも、僕が答えを書き込んで草壁に渡す、というほうがスムーズに思えた。が、安斎は、「違う」と言い張った。「作業は分担したほうがいい。それに、草壁の隣の加賀よりも、隣の隣の俺のほうが気持ち的に余裕があるから、答えを書きやすい」

安斎の読みは鋭かった。実際、テスト中に自分が紙切れに解答を書き込むことは無理だった。緊張で、その場で倒れたかもしれない。

メモを受け取った後、左側の草壁がどのような行動を取ったのか、僕は覚えていない。ただとにかく、カンニングを実行した罪の意識と、危険を省みず行動を起こした高揚感で、ひたすら、どきどきとしていた。

美術館に行った時のことも、覚えている。二回、訪れた。初回は、算数テスト作戦の前だったか、後だったか。どちらにせよその近辺のことなのは間違いがない。何しろ、それも計画の一つだったからだ。

◇

「加賀はこの美術館に来たことがあるのか」と安斎に訊《たず》ねられ、僕は、「ここが何の建物かも分からなかった」と正直に答えた。絵画に興味があるはずもなく、学校の近くに、不思議な形の、大きな施設があることは知っていたものの、縁があるものとは思っていなかった。

館内に入ったところで、安斎はここに来たことがあるのか、と訊《き》き返した。するとその声が、広い館内には大きく響き、ぎょっとし、背中が冷え冷えとした。人はちらほらいたが、全員が息を潜めているかのようで、誰かの足音がしただけでも、天井が崩れ、巨大な鬼が顔を出し、「見つけたぞ」と噛《か》みついてくるのではないか。それを誰もが恐れている。そういった想像をしたくなるほど静かだった。

「時々、暇な時は、ここを観に来るんだ」と安斎が言うので、僕は安易ではあるが、尊敬してしまう。

僕は、ただ、どぎまぎとしながら安斎について行っただけであるから、詳細は分からなかったが、おそらくあれは常設展だったのだろう。地元在住の、抽象画家の作品のコーナーに、ランドセルを背負ったまま、歩を進めた。

「この絵、地元の画家の作品みたいだよね」と安斎が小声で言う。

「いや、知らないよ」びくびくしながら、囁《ささや》いて返事をする。

小六の四月に、東北から転校してきたばかりの安斎のほうが、地域のことに詳しいのは何とも恥ずかしかったが、安斎が物知りなだけ、とも思えた。たぶん、クラスの誰も、地元の画家のことなんて知らなかったはずだ。

「抽象画で有名なんだって。前に来た時に、学芸員のお姉さんに聞いたんだけど、海外でも評価されているらしくて」

もはや、あの時の僕にとっては、「抽象画」はもとより、「学芸員」も「海外」も未知なる、遠い世界の言葉だった。

「へえ」知ったふりをして、答えた。「こんな、落書きみたいなものが、凄《すご》いの?」

小学校の頃の自分を庇《かば》うわけではなかったが、その絵は実際のところ、落書きじみていた。線が引かれているかと思えば、渦巻きのようなものもあり、青色と赤色が飛び散っている。

安斎が奥のほうに行ったので、僕も続く。以前から時折来ていた安斎のことを、美術館の係員たちは、「絵画好きの子供」と認識していたからか、学校帰りの僕たちのことも不審がらず、むしろ勉強熱心な子供たちと目を細めている向きもあった。

素描画が並ぶ壁で立ち止まった。葉書三枚くらいの大きさの小品ばかりで、いずれも色のついていない、ラフな下書きじみていたため、僕は正直に、「これなら僕でも描けそうな気がするけれど」と感想を洩らした。

安斎は、「本当にそう思う?」と訊ねてきた。

「描けそうだよ」

「実際にはこれって、子供には描けないよ」

「そうなの?」

「デッサン力があるから、ここまで崩せるんだ」

安斎の言葉の意味は、もちろん僕には分からない。「でも、描けそうだと思わない?」としつこく言い返した。

安斎はそこで満足そうにうなずいた。「それがポイントだよね」

「ポイント? 何の?」

安斎は僕の問いかけには答えず、周囲を見渡した。会場の隅には、椅子があり、監視役のようにして係の人が座っている。

記憶が正しければ、その日はそこで僕たちは美術館を後にした。

そして帰る道すがら、安斎に、その作戦の内容を聞かされたのだ。

次の記憶の場面は、また美術館だ。日を空け、二度目に訪れたところで、僕たちはやはり、常設展会場の隅に立っている。隣の安斎が、「よし、加賀の出番だよ」と言う。

「え」

「ほら、説明した通りに」

「本当にやるのかい」

「そりゃあもちろん」

そこから先のことは実はあまりよく覚えていない。算数のテストで、カンニングを行った場面よりも、曖昧模糊《あいまいもこ》とした、ふわふわとした煙に包まれたものとして、自分の中に残っている。おそらく罪の意識と緊張のあまり、現実味が薄くなっているのだろう。

僕は、会場の隅にいる学芸員に話しかけにいった。「あの絵は何について描いているんですか」と入口近くの作品を指差し、訊ねた。すると学芸員の女性が、小学生の僕に、驚きと微笑《ほほえ》ましさを浮かべ、立ち上がり、絵の前でいくつか親切な説明をしてくれた。できるだけ、たくさん話を聞くんだ、と安斎に命じられたため、必死に頭を働かせ、質問をいくつか学芸員にぶつけた。とはいえ、限界はある。あっという間に、話題は尽き、僕はぎこちなく礼を言い、そこから足早に去った記憶がある。安斎と合流したのは、出口付近だった。

「どうだった？　絵は？」と弾む息を抑え、彼の手元を見る。巾着袋があった。

安斎の立てた作戦はこうだった。「加賀が学芸員の注意を逸《そ》らしている間に、俺が別の絵と美術館の絵を入れ替えて、持ち帰る」

◇

安斎についての思い出には、濃淡がある。四月、転校生としてクラスにやってきた時の彼は輪郭のはっきりしない影のようにしか思い出せないのだが、放課後の校庭で、「俺は、そうは思わない」と土田に言い返した安斎の表情は、くっきりと頭に残っている。

カンニング作戦の一ヶ月前くらいだっただろうか。放課後の校庭で僕たちはサッカーをした。安斎もまざっていた。

転校してきてからの安斎は、無愛想ではないものの愛想が良いとも言えず、僕たちが、「一緒に遊ぶ？」と訊ねれば、三回に一度くらいは参加してきたが、自分から、「まぜて」と仲間に入ってくるほど積極的でもなかった。楽しそうでも、つまらなそうでもなく、授業中の発言やテストの結果を見る限り、頭が良いのは間違いない。とはいえ、目立つわけでもなかった。

今となればそれが、「年に一度か二度の転校を余儀なくされてきた」安斎が、体験から身に付けた処世術のようなものだとは分かる。彼は、転校先の同級生たちとの距離を取るのがうまかった。

その日は、クラスの男子ばかりが六人で、校庭のまわりに張られたネットをゴールがわりにし、サッカーを楽しんだ。それなりに白熱し、いつになく僕はシュートを決めた。安斎が僕に、いいパスをたくさん出してくれたからだ、と気づくのは翌日になってからで、その時はただ、急にうまくなっちゃったな、と上機嫌だった。

「加賀ごときに入れられちゃうとはな」大きな声で、機嫌悪そうに言うのは土田だった。父親が新聞社のお偉いさんらしく、それが関係していたのか、いや、関係しているのだと僕は信じているが、彼はいつだってほかの同級生を見下ろしていた。土田の口にすることの七割は自慢話で、残りの三割は、誰かを見下し、茶化す言葉であったから、ようするに彼の発言はすべて、自分の地位を他者よりも上位に持ち上げる主張だった。土田と喋《しゃべ》ることにはそれなりに気を遣ったし、楽しい気持ちになることは少なく、おまけに、というよりも、だからこそと言うべきだろう、クラスの中で影響力を持っていた。

サッカーが一段落つき、「どうする、もう一回やる?」「帰ろうか」などと、ごにょごにょ喋っている時、校門を出て行こうとする草壁の姿が目に入った。在京のプロ野球チームのキャップを被《かぶ》っている。後に分かるが、その頃の彼の唯一の楽しみは、家で見るプロ野球中継で、本塁打やファインプレーを見ると、その恰好《かっこう》を真似《まね》していたらしかった。野球選手の活躍を無理やり自分と重ね合わせ、つまらない現実を忘れたかったのかもしれない。

「おい、臭い草壁、オカマのクサ子」土田が声を上げた。聞こえたらしく、草壁は慌てて、立ち去った。

「草壁ってオカマなのかい？」安斎が真面目な顔で、僕を見た。

改めて聞き返されると僕も戸惑うが、「昔から言われてるんだよ」と説明する。「小三の時かな。草壁がピンクの服を着てきてさ、女みたいだったから」

「ピンクだと女なんだ？」

土田が隣の同級生と顔を見合わせ、目を強張らせた。安斎が口答えしてきていると思ったからかもしれない。「だって、だいたいそうじゃないか」

「俺はそうは思わないけど」

「何だよそれ」土田が怒る。文句あるのかよ。おまえもオカマじゃねえの、と。

僕はどうしたものかとおろおろしてしまう。まさか、安斎がそれほど強く、自分の意見を押し出してくるとは思わなかった。

「だいたい、最初に先生が言ったんだよ。三年の時に久留米先生が」土田が口を尖《とが》らせる。

その時のことは僕も覚えていた。久留米は上級生の担任だったのだけれど、たまたま、全校の集まりがあった時に、薄いピンクのセーターを着ていた草壁に向かって、「おまえは女子みたいな服を着ているな」と言ったのだ。からかうのではなく、教科書を読むような言い方で、周りの同級生たちはいっせいに笑った。

「ああ」安斎はそこで事情を察したかのような声を出した。「久留米先生は、そういうところがあるよね」

「そういうところって何だよ」土田は興奮した。

「いろんなことを決めつける」安斎が言い、僕は、「え」と聞き返した。決めつける？どういう意味だろうか。僕はその先が聞きたかったが、土田がすぐに、「おまえ、何、久留米先生のこと、馬鹿にしているんだよ」とわあわあと言いはじめたことで、話は途切れた。

「いや、俺は別に、久留米先生の悪口を言いたいわけじゃないよ。たださ」と続けた。

「ただ？」これは僕が質問した。

「ピンクの服を着たからって、女だとは思わないよ」

「ピンクは女だよ」

「それに女みたいだって、別にいいじゃないか」

「男なのに女なんて変に決まってるだろ」

「土田はそう思うんだろ。ただ、俺は、そうは思わない」と言葉を一つずつ、相手に嚙んで含めるようにして、しっかりと言った。

◇

場面は変わる。自宅近くの児童公園だ。そこで安斎が話してくれた内容は、忘れられない。細かいやり取りは例によってうろ覚えだが、おおよそ次のような会話だったはずだ。

「加賀、あのさ」安斎はブランコに尻をつけ、こぎながら、言った。僕は隣のブランコの上に立ち、膝を曲げ、少しずつ揺れを強くしはじめた。「たとえば、加賀が、ドクロマークの服を着ていたとするだろ」

「え、何のこと?」僕はブランコを動かすのに力を入れはじめていたため、大事な単語を聞き間違えたのかと思った。

「ドクロの服だよ。どう思う?」

「どうって」

「それで、学校に行ったら、たとえば久留米先生とか土田が、こう言うんだ。『加賀は、ドクロの服を着て、ダサいな』って」
「そりゃあ」僕は想像する。「やだよ。恥ずかしいかも」
「だろ。そして、たぶん、クラスのみんながこう思うんだ。『あの、加賀が羽織《はお》ってい
る、ドクロのジャンパーはダサい』って。それから、『加賀はダサい奴《やつ》だ』って思う」
「まあ、そうだろうね」
「でもさ、考えてみろよ。ドクロがダサいなんて、そんなの客観的な評価じゃないんだ
よ」
「客観的って、どういうこと」
「絶対正しいこと、って意味だよ。ドクロマークを恰好いいと感じる人もいれば、ダサ
いと思う人もいるし。決められることじゃないんだ。正解なんてないんだから。一足《た》す
一が二っていうのとは全然違う」
「まあ、そうだけど」安斎が何を言いたいのか、よく分からなかった。
「俺たちは、誰かの影響を受けずにはいられないんだから、自分がどう思うかよりも、
みんながどう思うかを気にしちゃう。君は、ドクロマークがダサいと言われたら、そう
感じずにはいられないし、もう着てはこられない」
「僕は、ドクロのジャンパーを持っていないけど」
「今まであちこちの学校に通ったけどさ、どこにでもいるんだよ。『それってダサい』

とか、『これは恰好悪い』とか、決めつけて偉そうにする奴が」

「そういうものなのかな」

「で、そういう奴らに負けない方法があるんだよ」

　僕はその時はすでにブランコから降り、安斎の前に立っていたのだと思う。ゲームの裏技を教えてもらうような、校長先生の物まねを伝授されるような、そういった思いがあったのかもしれない。

「『僕はそうは思わない』」

「え？」

「この台詞《せりふ》」

「それが裏技？」

「たとえばさ、加賀のお父さんが会社を首になったとするだろ」

「なってないけど」

「たとえばだよ。で、誰かに、情けない親父《おやじ》だな、と言われたとする。周りの同級生は少し笑うだろう。そこで加賀は、これだけは言い返すべきなんだよ」

「何て」

「『僕は、情けないとは、思わない』ってさ」安斎は自信に満ちた言い方をする。「落ち着いて、ゆっくりと、しっかり相手の頭に刻み込むように」

「そんなことに効果があるかなあ」

「あるよ。だって、加賀のお父さんが情けないかどうかは、人それぞれが感じることで、誰かが決められることじゃないんだ。『加賀の親父は無職だ』とは言えるけど、『情けないかどうか』は分からない。だいたい、そいつらは、加賀のお父さんのことを何も知らないんだ。だから、ちゃんと表明するんだ。僕は、そうは思わない、って。君の思うことは、他の人に決めることはできないんだから」

その時の僕は、はあ、と弱々しく相槌《あいづち》を打ったはずだ。安斎の言っていることを半分も理解できていなかった。

さらに安斎は、あの、大事な話をはじめた。

「それでね、久留米先生はその典型だよ」

「典型？」

「自分が正しいと信じている。ものごとを決めつけて、それをみんなにも押し付けようとしているんだ。わざとなのか、無意識なのか分からないけれど。それで、クラスの生徒たちはみんな、久留米先生の考えに影響を受けるし、ほら、草壁のことだって、久留米先生が、『ダサい』とラベルを貼ったことがきっかけで」

「ダサいと言ったんじゃなくて、女みたいだと言ったんだ」

「転校してきてから観察してたのだけれど、久留米先生は、草壁を見下した態度を取ることが多いよ」と安斎は続けた。たとえば、同じような問題を解いたとしても、草壁が正解した時には、「簡単すぎる問題だったかもしれないな」とコメントする。もし、優秀な佐久間が答えれば、「よく分かったな」とプラスの言葉を添える。それだけでも、本人はもとよりクラスメイトたちに、印象付けを行うことができる。草壁はいつも褒められず、佐久間や土田は褒められる。結果的に、草壁は萎縮し、周りの人間はこう思う。草壁は自分たちより下の人間で、少々、蔑《ないがし》ろにしても問題はない、と。

「それでさ、ちょうどこの間、テレビで見たんだけど」安斎が言う。

「何を？」

「何だっけな。教師、教師効果、教師期待効果だったかな」

「何だろう、それ。知らないよ」僕はすぐに、頭を左右にぶるんぶるんと振った。

「教師期待効果っていう法則っていうか、ルールっていうか、そういうのがあるんだって」

「こうか？」僕は咄嗟《とっさ》に、記念硬貨の一種ではないか、と思いそうになる。

「先生が、『この生徒は将来、優秀になりそうだぞ』と思って、接していると、実際に、優秀になるんだって」

「え、そうなの？」

「まあ絶対そうなる、ってわけじゃないけど。でも、普通の生徒が問題が解けなくても気にしないのに、優秀になるぞ、と期待している生徒が間違えたら励ますかもしれないだろ。もしかするとすごく熱心に問題を一緒に解いてくれるかもしれない。何かやり遂げるたびに、たくさん褒めるかもしれない。そうすることで、生徒は実際に、優秀になっていく」

「なるほど、ありそうだね」

「逆もあるよ。『この生徒は駄目な子だ』って思い込んで接していたら、その生徒が良いことをしても、『たまたまだな』って思うだろうし、悪いことをしたら、『やっぱりな』って感じるかもしれない。予言が当たる理屈も、これに近いんだって。それくらい先生の接し方には、影響力があるってことかも」

「病は気から、っていうのと同じかな」

安斎はブランコに座りながら腕を組み、ううん、と唸《うな》り、「ちょっと違うかも」と首を捻《ひね》る。

話の腰を折ってごめん、と僕は、その時はどういう表現を使ったのか分からぬが言って、安斎の話を促した。

「でもさ、それを考えれば、一番の敵は」

「敵？」

「敵は、先入観だよ」

「先入観？」それ自体が分からなかった。

「決めつけ、のことだよ」

「どういうこと」

「久留米先生の先入観を崩してやろうよ」

◇

「やめたほうがいいんじゃないかな」と僕は、佐久間に言った。「僕たちの作戦には加わらないほうがいいよ」と。

佐久間は、分類としては明らかに、「優等生の女子」であったし、親や教師に気に入られているのだから、ここで余計なことをして、悪印象を持たれるのは得策ではない、と拙《つたな》いながらも、力説したように思う。

「メリットがない。まったくないよ」と。

草壁も納得するように、うなずいた。

でもさ、と佐久間はそこで少し引き締まった声を出した。「わたしも、ちょっと久留米先生ってどうかと思うところがあるんだよね。生徒のことを差別するのが分かるし」

「さすが、佐久間、鋭い」安斎が手を叩《たた》いた。

あれは、確か、僕の自宅だった。

安斎の計画について、打ち合わせをするために、それは打ち合わせや作戦会議というよりは、「やるぞ」という意思を確認する、団結式に近かったのだが、草壁はもとより、佐久間も来ていた。自宅の二階、南向きのフローリングの部屋は、高校を卒業するまで僕の部屋であったが、思えば、女の子があそこに来たのは、あの小六の佐久間が唯一だったのかもしれない。母親がいつになく張り切り、そわそわとし、部屋にお菓子を持ってきたことなどが、照れ臭さとともに記憶に残っている。

どうして佐久間が協力してくれることになったのかは、はっきりと覚えていない。草壁を呼び、放課後の教室で喋っているところを見かけた彼女が、「何の話？」と首を突っ込んできたような記憶もあれば、僕たちが話をしている背後に、たまたま佐久間が立っていたことに気づいた安斎が、「君も参加しないか」と巻き込んだところを思い出すこともできる。思い出とはあやふやなものだ。ただとにかく佐久間が、「少しなら手伝いたい」と申し出てきたことは確かだった。

優等生で、教師や保護者にも信頼されている佐久間が、僕たちの作戦に手を貸しても、メリットは一つもないよ、と僕は訴えた。が、彼女は、「久留米先生って、うちのお母さんと同じで、何でも自分が正しいと思い込んでいる感じがあるから、『それは違うでしょ』っていつか言ってやりたかったの」と平気な顔で主張したのだ。

そして、僕たちは作戦会議をはじめたのだが、まずまっさきに安斎が宣言したのは、次のようなことだった。

これは草壁のためにはならない。

これは草壁のための作戦ではない。

「え」と僕は驚いた。

佐久間も同様で、「あれ、ちょっと待って、安斎君。これって、草壁君にカンニングで、いい点数を取らせようっていう作戦じゃないの」と戸惑った。

カンニングという単語が大きく響き、階下の母に聞こえるのではないか、と僕は一瞬、どきりとした。

「そういう作戦じゃないんだ」安斎は言った。

「じゃあ何？」

「草壁にいい点数を取らせて、久留米先生をびっくりさせるんだっけ」と僕が訊ねる。

「そう。だけど、ちょっと違うかも。びっくりさせたいわけじゃない」

「じゃあ、何？」草壁も言う。背はそれほど高くないものの貧弱な体型ではなかった。ただ、目が小さく、いつもおどおどとしているからか、何をするにも弱々しく見え、野球帽を取るとさらに、ぺちゃんこの髪が、その弱さを際立たせた。

「この間も言ったけど、久留米先生の問題は自分の判断が正しいと思っていること」

「自分の判断が正しいと思わなかったら、まずいんじゃないの？」

「そうだけど、決めつけてるだけの場合もあるだろ。草壁のことを大事に扱わないのは、草壁が大した生徒じゃない、と考えているからだ」

そんなことを草壁の前で言っていいものか、とその時の僕はかなり、気を揉《も》み、草壁の顔を見ずにはいられなかったのだが、当の草壁は納得した表情で、うんうん、とうなずいていた。

安斎はそこでまた、教師期待理論について話をし、「そもそも、草壁が委縮しているのは、久留米先生の接し方のせいとも言える」と言った。「教師が、この生徒は駄目だ、と思ったら、本当に駄目になることは多いんだから」

「それで？」

「このままだと、久留米先生は自分の判断が正しいかどうか、間違っていないかどうか、疑うこともなく、先生の仕事を続けていくと思うんだ」

「だろうね。うちのお母さんを見ていても思うけど、大人って、考えが変わらないもん」

「完璧な人間はいるはずないのに、自分は完璧だ、間違うわけがない、何でも知ってるぞ、と思ったら、それこそ最悪だよ。昔のソクラテスさんも言ってる」

「ソクラテス？」

てる。

「『自分は何も知らない、ってことを知ってるだけ、自分はマシだ』って、そう言ってたらしいんだ」

「自分は？　知らないことを知ってる？」安斎の言葉は、早口言葉にしか聞こえず、慌てる。

「ようするに、何でも知ってるって奴は駄目だ、ってことだよ」

「ソクラテスって、プラトンの先生だったたんだっけ」佐久間が言う。

「うん、そうだよ」

「じゃあ、先生という意味では、久留米先生がソクラテスだ」

「草壁、それは違う、さっきも言ったように、ソクラテスさんは、自分が完全じゃないと知ってたんだから。久留米先生は、その反対だよ。逆」

「そうか、逆か」草壁は真面目に答えていた。

「だからさ」安斎がはっきりとした声で言う。「ここで俺たちが、久留米先生の先入観をひっくり返すんだ」

「先入観ってどういう意味？」草壁が訊ねると、安斎は、君が答えてあげなさい、と言わんばかりの目で、僕を見た。「決めつけのことだよ」と僕は、さも常識であるかのように説明した。

「いいか、ほら、もし、草壁が何か活躍をしてみたらどうなると思う？」

「僕が？」

「久留米先生は、あれ？　と感じるはずだ。みんなの前で認めたりはしないかもしれないけど、心の中では、『あれ、俺の決めつけは間違っていたのか？』って不安になる。そう思わないか」

「思う」と僕と佐久間は即答し、草壁もうなずいた。

「だとしたら、たとえば来年、久留米が別のクラスの担任になって、誰かのことを駄目な生徒だって決めつけそうになった時、ブレーキがかかるはずじゃないかな」

「ブレーキ？」

「もしかして、自分の判断は間違っているかもしれないぞ。って」

「草壁は予想に反して、活躍したしな、って？」佐久間は察しが良かった。

「そう。だから、これは、草壁のためになるわけじゃない。だいたいカンニングをして、いい点数を取ったところで、実際の学力が上がるわけではないし、草壁にとって良いとは言えないだろ。ただ、これから久留米先生に教わる子供たちのためにはなる。生徒に対して先入観を持つのに慎重になるかもしれないんだから」

「なるほどね」佐久間が納得したように言い、それから僕の母が先ほど持ってきた煎餅《せんべい》を齧《かじ》った。自分の家で女の子が、食べ物を食べていることが妙に新鮮で、小さく興奮した。ぽろぽろと口から、食べかすが落ちたのを目で追ってしまう。

「そうか、僕のためじゃなくて」草壁の声がそこで、少し強くなった。「これからの生徒のために、なんだね」

「そうだよ。草壁には申し訳ないけど」

「いや、僕もそのほうがいい」

それは、はじめて草壁が僕たちに心を開いてくれた瞬間だった。

仮にあれが、沈んだ学校生活を送っている草壁のために、いい思い出を残してあげたい、という憐《あわ》れみにも似た動機から発生した計画であったら、たぶん草壁は参加してこなかっただろう。仮に参加したとしても、それは僕たちのやる気に反対できないがために、渋々、協力するようなものだったはずだ。が、安斎の目的は、草壁を救うことではなかった。未来の後輩たちのためだ。草壁は、自分も救う側の人間になれるからこそ、乗り気になったのではないか。

佐久間は、コーラの入ったグラスを手に取ると、「こういう時じゃないと、飲めないから、嬉《うれ》しいな」とぼそりと言う。

「家では飲まないんだ？」

「お母さん、健康主義だから」と言った後で、佐久間はコーラに口をつけた。

そして横では、草壁が大きく開いた袋に手を入れ、一摘《ひとつま》みスナック菓子を食べた。見ていると、「うまい」と囁き、すぐにまた手を入れていた。

「草壁の家も健康主義?」と何とはなしに訊ねると、彼は唇を歪《ゆが》め、「倹約主義」と言葉を選びながら、言った。それから、息を吐くと開き直るかのように、「借金主義」と笑った。

「それで、安斎君はどこまで計画を考えているの」小六の僕の自宅で、佐久間は確か言った。「カンニングで百点を取らせて、先生を驚かせるだけなの?」

「いや、それだけじゃあ、久留米先生もそんなに気にしないし、逆に、単に草壁がまぐれを起こしただけだって思われておしまいかもしれない。もう一つ、続けないと」

「もう一つ? 何かアイディアがあるの」

「今、考えてるのは」

「何?」

「ほら、先入観っていうのはさ、答えがはっきり出ないものに、大きな影響を与えると思うんだ。数字で結果が出ないもの。逆に言えば、俺たちが仕掛けやすいのも、そういう曖昧なところなんだ」

「曖昧な?」

「たとえば」安斎がそこで麦茶を飲む。「絵だよ。絵の評価は、数字じゃ分からないだろ」

草壁が算数のテストで満点に近い点数を取った。その結果、久留米がどういう反応をしたのか、実はよく覚えていない。いや、覚えている部分もあるが、快哉を叫びたくなるような、こちらが期待する反応はなかった。

先生は生徒の名前を呼び、前に出てきたところに答案用紙を返していく。「頑張ったな」であるとか、「惜しかったな」であるとか、そう呼びかける教師もいたが、久留米はほとんど何も言わなかった。会社員になった後で、コピー機のソート機能を眺め、何か子供の頃に見たことがあるな、と感じたが、あれは久留米の答案返却の様子と同じだったのだ。

その時も、「草壁」と興味もなさそうに呼んだ。僕や安斎は不自然さを悟られぬように、あえて、気にかけないふりをし、草壁を見なかった。

◇

そして放課後になり、僕たちは草壁を公園に連れて行き、「久留米の反応はどうだった？」と訊ねた。

「何も」と草壁はかぶりを振るだけだった。

「何も声をかけてこなかった？」

「何も」

「でも」佐久間がそこで言った。ブランコを囲む柵に腰を下ろす彼女に、僕は体の中がそわそわする感覚になった。「でもさ、わたしが見たところだと、久留米先生、草壁君の反応をすごく気にしていたよ」

「え」

「疑っているのか、驚いているのか、分からなかったけど、ほら、前に教室に蜂が入ってきたことがあったでしょ。あの時、久留米先生が外に追い出そうとしていたんだけど、あの時の顔に似てた」

よく分からない説明だと、僕以外の二人ともが思ったのではないだろうか。

「それは、草壁のことを、蜂みたいに、怖がっていたということかい」安斎が言う。

「恐れていたわけ？」

「そういう感じでもないんだけど、こう、しっかり観察して、どうしようかって考えてるような顔」

「なるほど」安斎は満足げに顎《あご》を引いた。「もし、そうなら、作戦は成功だ。先入観が崩れて、動揺していたんだ。畳み掛けないと」

「そうかなあ」草壁はどこか自信がなさそうだった。

「でも、安斎君と草壁君の答案用紙が同じだったら、久留米先生も怪しんだんじゃないの」

「それは大丈夫」安斎は少し、前後に揺れていた。ブランコに乗っていたかもしれない。

「俺のほうはわざと間違えてるから。草壁は九十八点、俺は七十五点。疑わないよ。佐久間は何点だった？」

「わたしは百点」

さすが、と僕は反射的に感心の声を発したが、お嬢様のご機嫌を窺《うかが》うようで、恥ずかしかった。

「よし、じゃあ、次の作戦だ」安斎が言った。

「この間言ってた、絵画作戦だね」佐久間が身を乗り出す。「わたしは、お母さんに言えばいいんでしょ。去年と同じように、デッサンコンテストをやってほしいな、って」

「そうだね。佐久間のお母さんが、久留米先生にそれとなく言ってくれれば、今年もやることになるかもしれない」

デッサンコンテストとは、生徒がそれぞれ、家の中にあるものや外の景色を、鉛筆や木炭などでデッサンし、学校に持ち寄り、簡単な品評会をするといったイベントだった。久留米には、出来の良い作品があったならば、自治体のコンクールに応募しようという狙いもあるらしかったが、実際、父兄からは好評だったらしく、他のクラスでも行われはじめていた。

「ああ、でもさ、草壁君って絵、上手くなかったっけ」佐久間がそこで思い出したのか、声を大きくした。「五年の最初の頃に、教科書に車の絵、描いてたでしょ。あれ、可愛《かわい》くて、上手かったよね」

思わぬ指摘を受け、草壁は硬直した。顔を赤くし、動かない。草壁が固まった、と僕は指差し、安斎も表情を緩めた。

「あの絵、久留米先生に、『消せ』って怒られたんだ」やがて、草壁がぼそりと言った。「教科書に、下手《へた》な絵を描くものじゃない、って」

僕は、安斎を見る。

「そう言われて、草壁はどう思った？」

「まあ、僕の絵は下手だな、って」

「だろ。でも、そんなの久留米先生の感想に過ぎないんだ」安斎は目を光らせ、例の台詞、「僕はそうは思わない」について、そこでもまた演説をぶった。「だからさ、次、同じようなことがあったら、消しゴムで消しながら、絶対に言うべきだよ。『僕は、下手な絵だとは思わない』って。もし、口に出せなくても、心では、そう念じたほうがいい」

「心で思うだけでも？」

「そう。それが大事だよ。絶対に受け入れたら駄目だ」

◇

安斎の考える、「絵画作戦」について僕は、美術館に下見に行った帰り道で、最初に聞いた。以下のような内容だった。

生徒のデッサンを集めた久留米は、教室の壁にその作品を貼るだろう。五年生の時と同じやり方であるなら、そうだ。そして、全員にプリントを配り、一番良かったと思う作品の番号とその感想を記入させ、発表させる。

「だから今回は」安斎は説明した。

「今回は?」

「草壁の絵として、別の絵を提出してみるんだ」

「別の絵?」

「ほら、美術館に飾ってあった、地元出身の画家の絵だよ」

聞いた僕は度肝を抜かれた。というよりも、唖然《あぜん》とし、「え?」と間の抜けた声で訊き返した。「ちょっと待って。ということは、あのさっきの絵をもらってくるのかい」

「もらう、というか、借りてくるだけだよ」安斎はあっさりと言う。

「借りる、って美術館って、絵を貸してくれるの?」

「まさか」安斎は即答だった。「レンタル屋じゃないんだから。こっそり借りるしかないよ」

「どうやって！」

すると安斎は、別の絵と入れ替えるプランについて話し、僕をまた呆然《ぼうぜん》とさせた。雑貨屋とかで、安い絵を買ってくるから、それと交換するんだ、と。

「とにかく、あの画家の絵を、草壁のものとして提出する」

「どうなるわけ」

「俺や加賀が、そのコンテストの時に草壁の絵のことを褒めるんだ。『僕は、あの絵が良いと思いました』とか言って。そうするときっと、久留米先生は難癖をつけてくるよ」

「その絵に対して？」

「うん」安斎は強くうなずいた。「有名な画家の作品だと分かっていなければ、そして草壁が描いたものだと思い込んでいたら、きっと、駄目な絵だと決めつける。『漫画みたいだな』とか小馬鹿にするはずだ」

「そうかなあ」僕は素直にはうなずけなかった。「さすがに気づくよ」

「人間の先入観っていうのは侮れないんだよ。人は、自分の判断を正しい、と信じたいみたいだし」

「どういうこと？」

「久留米先生は、草壁を駄目な生徒だ、って判定しているだろ。そうすると、その後も、草壁の失敗したところばかりを見て、『やっぱり草壁は駄目だったんだ』って思うんだってさ。自分の判定とか決断に都合が良いものしか、受け付けなくなっちゃうんだ。それに、特に、絵の良し悪しなんて前にも言ったけど、曖昧だからね。判断する人の気持ち次第で、良いようにも悪いようにも見える。加賀だって、さっきの絵、有名画家の作品だって言われなかったら、落書きだと思っただろ。これなら自分でも描けそうだ、と言ったじゃないか」

「そうだけど」僕は言い淀《よど》む。「それで、じゃあ、もし安斎の言う通りに、久留米先生が、その絵を駄目だと言ったら、その後はどうするつもりなんだ」

安斎は唇を緩めた。ただの笑顔というよりは、体に隠れていた悪戯《いたずら》の虫がじわりと姿を出したかのようだ。「そうしたら俺が、どこかのタイミングで言うよ。『あ、先生、今気づいたんですけれど、その絵、草壁が描いたものとは違うかも！』って」

「え」

「美術館の絵じゃないですか？　って教えてあげるんだ。たぶん、久留米先生、焦るよ。だって、有名画家の絵を、貶《けな》したことになるんだから」

僕はうまく理解はできなかったが、それが安斎の言うところの、「先入観をひっくり返す作戦」であるのは何となく分かり、だから、「なるほど」と受け入れるような声を返した。

「きっとそれなりに取り繕うとは思うけれど、でも、久留米先生も自分の判定に自信を持てなくなるのは間違いない」

「そうすると久留米先生はこれから、生徒のことを決めつけなくなる。そういうこと？」

「そうだよ。自分の先入観がいかに、あやふやなものか思い知らせてやるんだ。うまくいけば、久留米先生もソクラテスみたいな考えに辿《たど》り着くかもしれない」

冷静に考えてみれば、この作戦はかなり、無茶だった。何しろ、久留米の先入観をひっくり返し、つまり、「有名画家の絵を、草壁の絵だと思わせる」ことが仮に成功したとしても、その後で、「どうしてその絵が、ここにあるのか」と問われた時の説明についてはまったく考えていなかったのだ。なぜ、草壁がその美術館の絵を提出したのか。なぜ、紛れ込んだのか。なぜ、草壁はすぐに言いださなかったのか。結果的に、草壁の立場が悪くなる可能性も高い。

が、安斎はそのことを特に重要視していなかった。「美術館から絵を持ち出すことに成功すれば、あとはどうにでもなる」といった力強い希望を抱いている節もあり、僕もそれを信じていた。

だから、僕たちは再び、美術館を訪れ、作戦を決行した。

僕は、安斎の指示通りに、学芸員の注意を惹《ひ》く役割をこなした。

そしてどうなったか。

結論から言えば、安斎は絵画の入れ替えを行わなかった。

学芸員の話を聞き、緊張感で朦朧《もうろう》とした思いで、雲の上を歩くような心地で出口へ向かい、そこにいた安斎に、「どうだった？　絵は？」と訊ねると、彼がかぶりを振った。

「駄目だ」

「駄目？　絵を入れ替えなかったの」

安斎がうなずく。

「どうして」

「サインだよ」彼のその悔しそうな顔は忘れられない。

「サイン？」

「あんなに小さなデッサンにも、画家のサインがあるんだな。今、見たら、下に描いてあってさ」

絵画には画家のサインが入るものだと、僕は知らなかったため、ぴんと来なかったのだが、安斎は、「さすがにサインが入っていたら、久留米先生も気づいちゃうもんな」とすっかり諦めていた。

デッサン作戦はそこで頓挫《とんざ》した。

◇

安斎は一度の失敗にめげる性格ではなかった。終わったことをくよくよと悩むことなく、「じゃあ次にいこう」と言い出すタイプだった。

それなら、と僕は提案した。放課後、僕の近所の公園での会話だったに違いない。「それなら今度は授業中に、草壁が難しい問題を解いて、久留米先生を驚かせるのはどうだろう」

「そうじゃなかったら」佐久間はその時、丈の長いコートを着ていた記憶がある。変哲のない、紺のコートだったかもしれないが、その時は、大人びたものに見えた。「そうじゃなかったら、英語の歌を覚えて、すらすら歌ってみせたりとか?」

安斎は腕を組んだまま、「ううん」と唸り、「いや、それはちょっと、カンニング作戦と同じパターンな気がするし、続けるとばれるかもしれない」と難しい顔をした。

「安斎君はこだわりがあるねえ」佐久間が感心と呆《あき》れのまじった声で言う。

「こだわりというか、効果を考えているだけなんだけどさ」

妙案も浮かばず、ブランコの周囲でぼんやり立っていた。季節がらずいぶん寒かったが、クラスのほかの生徒たちには秘密で話し合いをするのには高揚感があり、さらにいえば、クラスの誰もが憧れる佐久間が一緒にいることの喜びもあったため、愉《たの》しい時間以外の何物でもなかった。同じことを感じていたのか、草壁がそこでぼそりと、「でも、見られたらまずいよね」と洩らした。

「見られたら？」安斎が聞き返す。

「今、ここを、たとえば土田君とかに見られたら」

「大丈夫だろ。土田が、今のこの俺たちを見たって、公園で遊んでいるとしか思わないはずだ」安斎が言うと、草壁が首を横に振った。「そうじゃなくて、ほら、佐久間さんが一緒にいるから」

「え？」佐久間が自分自身を指差し、「まずかった？」と言う。

「そうじゃなくて、ほら、佐久間さんと一緒にいると、みんな羨ましがるよ」草壁はたどたどしくではあったが、そう言い、僕も、「ああ、それはあるね」と同意した。

「そうなの？」佐久間が言い、安斎を見る。

安斎は思案する面持ちで黙っていた。そして、ほどなく、「それか？」と自問する声を上げ、「それだな」とうなずいた。

「それって？」

「それだ。その作戦だよ」安斎は少し視線を上にやる。頭の中で考えを整理させているかのようでもあった。「佐久間は俗に言う、優等生だ」

俗に言う、という言葉が僕には新鮮だった。「族に言う」であるとか、「賊に言う」であるとか、そういったイメージを抱いた。

「優等生、ってあんまり、言われても嬉しくないのが不思議だよね」佐久間はむっとはしなかったが、不本意そうだった。

「まあね。でも、実際そうだよ。久留米先生だけじゃなくて、ほかの先生も、それに土田もみんな、佐久間には一目置いてる」

「一目置いてる？」草壁が意味を訊ねたが、安斎は答えなかった。

そしてそこでタイミング良く、電話が鳴ったのだ。僕はすぐに佐久間を見た。クラスでも携帯電話を持っていたのは限られており、佐久間はその一人だったからだ。佐久間はコートから携帯電話を取り出し、その慣れた動作にやはり僕は、自分との成熟度の差を感じずにはいられなかったが、彼女はすぐに、「うん、分かった」と電話に応じ、切った後で、「お母さんから」と口にした。

「寄り道しないで帰ってきなさい、って？」僕は、電話の内容を想像する。

「まあ、そうだね。何か、不審者が隣の学区で出たみたいで」

「え」草壁が顔を青くした。

「そういうのって、しょっちゅうだよ。一斉メールとかで、そういう情報、保護者に送られるみたいだけど、しょっちゅう、いろいろ出てくるんだから。多いんだよね、変質者って。うちのお母さん、いちいち気にして、連絡してくるけど」

「そりゃあ、心配なんだろうね」僕は言った。自分の母親は時折、気にかけている程度だが、これが男ではなく女であったら、もっと神経質だったのではなかろうか。

「でもまあ、一度も遭遇したことないけどね、不審者に」

「それは何より」安斎は答えてから、また言葉を止め、そして、「よし、それだな」と言った。

「それだな？」

「作戦を考えた。噂《うわさ》作戦だ」安斎は興奮を少し浮かべながら、説明をはじめ、僕たちはきょとんとし、顔を見合わせる。佐久間の瞳がひどく間近にあり、どぎまぎとした。

◇

朝、学校に到着すると、吹奏楽の練習が終わったところらしく、廊下で隣のクラスの女子と会った。彼女は、僕の家と同じ街区に住んでおり、幼稚園も一緒だった。今となっては名前もうろ覚えだが、その時、彼女が、「ねえ、加賀君、昨日の話、聞いた？」と声をかけてきた。

ランドセルを背負ったまま、僕が、「え?」と言うと、「昨日、佐久間さん、不審者に襲われそうになったんだってよ」と声を落とした。

「佐久間が?」

「それがほら、加賀君とかうちの近くのほうで。佐久間さん、あの酒屋の裏側、いつも塾に行くのに、自転車で通るんだって」

「へえ」僕は平静を装う。

「で、突然、出てきた男の人がわざと自転車にぶつかってきて。それで、佐久間さん、転んじゃって、大変だったんだって」

教室に入ってからも同様の話が、あちらこちらで交わされていた。男は特別、乱暴を働くような素振りは見せなかったが、明らかに挙動不審な様子で、つまりは露出狂ならではの動きで、佐久間に近づいたようだ、と。

「なあ、加賀、知ってるか」授業が始まる直前、土田も、僕に言ってきた。「でも、どうやらそこで誰かが助けに来たらしいぜ」

「へえ、誰なんだろう」

安斎と佐久間がどういった経路を狙い、噂を流したのかは定かではなかったが、僕が思い描いていた以上の速さで、噂が校内に広まっていた。おそらく、佐久間の母親も噂を広める役割を担わされたはずだ。

チャイムが鳴り、久留米が現れ、教壇に立った。分かりやすい恐怖政治が敷かれていたわけではなかったが、六年のそのクラスは、担任の久留米の登場とともに、静まり、生徒たちが着席する。

「もう、みんな聞いているかもしれないが」久留米はすぐに言った。「昨日、不審者が出た。うちのクラスの佐久間が目撃した」

誰が不審者に遭ったか、など、その名前を公表するのは適切ではないようにも感じるが、あれはもしかすると、佐久間自身が、母親経由で学校にそれとなく、提案したためかもしれない。「不審者に遭って、何かされたのではないか」という疑惑を打ち消すためにも、「遭遇したが、無事だった」と教師の口から全員に、公式発表としてアナウンスしてもらったほうがいい。佐久間は、そう母親に言い、結果的に、久留米も同意したのではないだろうか。もちろん、佐久間の本来の目的は、クラスで自分の話題を取り上げてもらうことにあった。

「佐久間、怪我《けが》はなかったのか」久留米が言うと、全員の視線が、佐久間に向いた。

彼女ははきはきとしており、座ったままではあったが、「大丈夫でした。びっくりしたけど」と自然に答えた。

「誰が助けてくれたんだよ」と土田がそこで声を上げた。本来であれば、安斎が呼びかけるはずであったが、その手間が省けた恰好だった。

それは何の話だ、と久留米は訊ねなかった。すでにその噂も耳に入っていたのだろう。するとと佐久間が教室の真ん中あたりに体を傾けた。「ええと」と少し言い淀んだ。「ええと」ともう一度、同じ言葉を繰り返した。「誰かは言えないんですけど、ちょうど通りかかったみたいで、『何するんだよ』ってびしっと言ってくれて」

へえ何だかすごいね、勇気ある人がいて良かったね、と佐久間の周りの女子たちがざわついた。

「で、ばんと相手を殴る感じで、追い払ってくれたんで、助かりました」

「ほう。それはまた、白馬の王子だな」と久留米は気が利いているのかいないのか分からぬコメントを発し、クラスが湧いた。

「ああ、そうかもしれませんね。意外でしたけど」佐久間はそう答えた。派手な反応ではなく、地味で何気ない態度であったが、あれは名演技と言えよう。意味ありげに、語尾を濁すようにし、視線をさっとまたクラスの中央に向けた。当然ながら、久留米をはじめ、クラスの生徒たちもその目の先に何か意味があるのではないか、と注意を傾けることになり、そしてその先には、少し身を屈めるようにして、ちょこんと椅子に座る草壁がいたのだ。

草壁がどうかしたのか？　と誰もが思ったはずだ。

当の草壁は、安斎から事前に出された指導に従い、教科書を大きく開き、あたかも、

「無関係を装いたい」と思っているかの如《ごと》く、顔を隠す姿勢だった。そしてその右手の拳部分には、これ見よがしに、包帯が巻かれている。

僕は笑いをこらえるのに必死だった。

その前日、公園で、安斎が説明した、「噂作戦」とはこうだった。「敵の敵は味方、というだろ。その反対に、『自分の好きな人が好きなものは、自分も好きになる』という法則があるんだよ」

「意味が分からないよ」

「簡単に言えば、こうだよ。土田も久留米先生も、佐久間を評価しているだろ。で、そこで、佐久間が草壁を評価してみろよ。どうなる」

「土田と久留米先生が、草壁を好きになるってこと?」僕は訝《いぶか》りながら言った。

「好きになるかどうかは分からないけどな。ちょっと、見直す可能性はあるってわけだよ。佐久間を変質者から守った、なんて噂が流れてみろよ、ちょっとは、草壁を見る目が変わる」

そんなにうまくいくかなあ、と僕は半信半疑であったが、実際、クラス内に妙な戸惑いが広がったのは事実だ。

佐久間の思わせぶりなコメント、そして彼女の視線の先に座る草壁、さらには、草壁の拳の包帯、それらが第三者の想像を刺激した。「まさかね」「もしや」という思いを少なからぬ生徒たちが抱いた可能性は高かった。久留米もそうだったかもしれない。

「噂作戦は成功だ」

その日の放課後、安斎は宣言した。目に見える形で、何かが変わった気配はなかったが、クラスの中に、「草壁を見直す」引っ掛かりを作ったのは、間違いがないように思えた。

ただ、僕からすれば、佐久間を助けたのが草壁であることなどリアリティが感じられない上に、「拳に包帯」の演出は、コントと言ってもいいほどの、あからさまな作為を感じずにはいられないのだから、どうしてみんなが、これが悪戯だと気づかぬのか、笑いださぬのか、それが不思議でならなかった。

「からくりを加賀が全部知っているから、そう思うだけだ」安斎は言った。「そうじゃない生徒にとっては、久留米先生にとっても、佐久間が嘘《うそ》までついて、草壁の評価を上げるなんて思いもしないだろ。理由がないし、目的も分からない。これが、もっと分かりやすいドッキリならまだしも、こんなまどろこしいのは、『変だな』とは思っても、仕掛けまで分からないよ」

はあ、そういうものかな、と僕は返事をした。

あの時の草壁は、この包帯をいつまでしていればいいかな、とずっと気にかけていた。

◇

「プロ野球選手が来てくれることになった」学校でその発表があったのは、絵画作戦が失敗に終わり、噂作戦が成功したすぐ後だった。記憶が正しければ、そのはずだ。

プロ野球はペナントレースを終え、ストーブリーグに入っていた。

選手名が告げられると、クラス中がざわついた。野球のことをほとんど知らない僕は、思わず隣の草壁に、「その選手、有名なの?」と訊ねたが、彼は、「すごいよ。打点王」と目を輝かせているため、自分が恥ずかしくなった。

打点王氏はそのシーズン、チームの主軸として活躍をし、充実した野球生活を送っていたため、心に余裕もあったのだろうか、自ら執筆した子供向けの絵本を出版したばかりだった。その、プロモーションのため全国各地を回り、学校に絵本を寄贈し、野球教室を行っているところだったのだ。

僕たちの小学校は、籤《くじ》によるものなのか、立地条件によるものなのか、それとも新聞社の上役である土田の父親の力によるものなのか、理由は判然としないが、その対象校に選ばれた。

野球に詳しくない僕ですら、一流の野球選手が体育館に現れた当日は高揚した。講演も楽しかった。小学生にも分かるレベルの、子供時代、授業中に眠らぬように工夫した話であるとか、少年野球で初めて試合に出た時に緊張のあまり三塁に向かって走った話であるとか、教訓めいたものよりもただの思い出話に終始していたからかもしれない。

唯一、残念であったのは天気が悪く、予定されていた野球教室が中止になったことだ。打点王氏もそのことは気にし、話の最後には、「本当は今日、晴れていれば外で野球教室をやる予定だったんだけれど、残念です」と言ったが、すると生徒たちが露骨に、不満と残念さを口々に洩らしはじめた。いつもは自己主張をしない草壁ですら、ぶうぶう、と文句を垂れるほどだった。

校長先生や教師たちが、静かにするように、と声を張り上げるまで、ブーイングは続き、打点王氏は、「あ、でも、明日は晴れるのかな？　午前中、もし晴れていたら、明日来ますよ」と急に提案をした。

生徒たちから拍手が湧く。草壁も驚くほど快活に、手を叩いた。僕はといえば、「明日も雨だったら、どうするつもりなんだろう」と余計なことが気にかかっていたのだが、安斎はさらに、まったく別のことを考えていた。

「よし、これだ」と言った。「あの選手にお願いしてみよう」と。

「お願い？　どういうこと」

「次の作戦だよ」

おたおたとする僕のことも気にせず、安斎は思うがままに行動に移した。

講演が終わると、校長室から出てくる打点王氏を待ち構え、後を追ったのだ。校門でタクシーに乗り込まれた時には、もう、選手には追いつけないな、と諦めかけたのだが、安斎が、「赤信号で停まったぞ！」と雨の中に駆け出したため、慌てて続いた。

水たまりを踏みつけ、車道に出て、タクシーに駆け寄ると、後部座席の窓に向かい、選手の名前を呼んだ。窓を叩くのはさすがにやり過ぎに思えたから、手を振った。雨で髪をびしょびしょにしながら、「○○さん！　○○さん！」と二人で、必死に声をかけた。自分がその選手の熱烈なファンであったと錯覚するほどだった。諦めかける直前、ドアが開いた。中から、「どうしたんだい。とにかく乗りなよ」と打点王氏から言われた時には、感激のあまり、涙ぐんだ。

「いったい、どうしたんだい」打点王氏は一人だった。球団関係者なのか、もしくは絵本の出版社なのか、学校で同行していた男性がいたはずだが、タクシーには乗らなかったらしい。僕たちは、選手の横から後部座席にぐいぐいと中に入った。閉めるよ、とタクシー運転手の無愛想な声がすると同時に、車が発進した。

「こんな風にやってこなくても、君たちの学校には、明日また行くよ。晴れたら、野球教室を」

テレビでしか見たことがないプロ野球選手は、目の前にすると体が大きく、僕たちは圧倒された。プロのスラッガーとはこれほどの貫禄《かんろく》に満ちているのか、と眩《まぶ》しさを覚えた。

「それなんです」安斎は強い声で訴えた。「その野球教室でお願いがあって」

安斎が考え出したのは、失敗した絵画作戦よりもさらに大それた計画だった。プロ野球選手を巻き込もうというのだ。

「同級生のことを褒めてもらいたいんです」安斎は単刀直入に言い、そこに至り僕も、彼の閃《ひらめ》いた計画について想像することができた。

「褒める？」

「明日、野球教室をやる時、うちのクラスに草壁って男子がいるんだけど、彼のスウィングを見たら、『素質がある』って褒めてあげてほしいんです」

「それは」選手は言いながら、頭を整理している様子だった。「その草壁君のために？」

「そう思ってもらって、構いません」安斎は曖昧に答えた。厳密に言えば、草壁のためではないからだろう。

翌日の野球教室のことを思い浮かべる。草壁がバットを振り、久留米先生が、「上手ではないな」と感じる。「やはり、草壁は何をやっても駄目だな」と再確認する。もしかすると実際に口に出し、「草壁のフォームは駄目だ」と言う可能性もある。そこで選手がやってきて、コメントをする。「君はなかなか素質があるよ」と。

するとどうなるか。先入観がひっくり返る。

安斎の目論《もくろ》みはそれだろう。

「その、誰君だっけ」

「草壁です」

「草壁君は、野球をやっているの？」

僕と安斎は顔を見合わせた。「野球は好きみたいだけど」一緒に野球をしたこともなかった。「どうなんだろう」

「草壁を今、連れてくれば良かったな」

「でも、とにかく、草壁を褒めてあげてほしいんです」安斎は言った。雨で濡《ぬ》れたランドセルを背負ったままの僕たちは、車内をずいぶん狭くしていたが、選手は嫌な顔もせず、ただ、少し苦笑した。「もちろん、褒めてあげることはできるけど」

「できるけど？」

「嘘はつけないから。素質があるとかそんなに大きなことは言えないよ」

「素質があるかなんて、誰にも分からないと思いませんか」安斎は粘り強かった。「だったら、嘘とは限らないですよ」

選手は困惑を浮かべた。それは、小学生相手に厳しい現実を教えることをためらっていたのだろう。「俺もプロだから、少しは分かるつもりだよ。素質や才能は一目瞭然だ」

「じゃあ、少し褒めるだけでも」安斎はさらに食い下がり、そうだねそれはもちろん吝《やぶさ》かではないよ、という言質を取り、ようやく少し安堵した。

それから僕たちは、安斎の家の近くでタクシーから降りた。選手は、「じゃあ、また明日」と優しい声をかけてくれた。

タクシーが去った後、僕たちは家に向かった。安斎の住むアパートの前を通ったのは、その時が最初で最後だった。「じゃあ、うち、ここだから」と二階へ階段を昇って行く安斎を、僕は特に意味もなく、ぼうっと見送った。お世辞にも立派とは言い難く、むしろ、ここで親子が暮らせるのだろうかと思えるほどの小さな部屋に見えた。玄関には補強のためなのか、ガムテープが貼られ、錆《さ》びた自転車が、餓死寸前の驢馬《ろば》のように横たわっている。鍵を開け、中に入っていく安斎の背中がとても小さいものに見えた。

体の皮膚や肉が剝がれ、心だけが晒《さら》され、乱暴に弾《はじ》かれる弦のように風に震わされる。そう感じるほど、物寂しく、心細い思いに駆られた。

◇

野球教室の日は晴れた。「日ごろの行いが良かったから」と校長先生は典型的な言い回しを口にし、「どうして大人はよくそう言いたがるのかな」と疑問に感じたが、とにかく、前日とは打って変わり、快晴だった。

　午前中の二時間、希望する生徒はバットを持ち、校庭に出て、選手の指示通りに素振りの練習をした。

　担任教師たちのいく人かは腕に覚えがあるのか、生徒たちにまじりバットを振った。久留米もその一人で、いつも真面目な顔でチョークを使っているだけであるし、体育の授業でも笛を吹く程度であったから、運動が得意な印象はなかったのだが、学生時代は野球部で鳴らしていたというのも嘘ではなかったらしく、美しい姿勢で素振りを披露した。

「久留米先生、恰好いい」と女子生徒から声が上がり、僕と安斎は顔を見合わせ、なぜか面白くない気持ちになった。

　安斎も、僕と似たり寄ったりの、情けないスウィングをしていたが、途中で、「加賀、校庭でみんなでバットを振っているのは何だか変だよな」と言った。

「新しい組体操みたいだ」

「みんなで振り回して、電気でも起こしている感じにも見える」

　打点王氏は真面目な人だったのだろう、形式的にふらふらと歩き回り指導のふりをするのではなく、一人一人のフォームを見ては、肘や膝を触り、丁寧にアドバイスをした。

　僕たちのいるあたりには、一時間もしてからやっと来た。

打点王氏は、僕と安斎に気づくと顔を少しひくつかせた。前日、タクシーに乗り込んできた二人だと分かったのだ。「昨日はどうも」と挨拶する様子で、笑みも浮かべた。「どれ、振ってごらん」と声をかけてくる。

僕は、うん、とうなずき、バットを構えたが、「うん、じゃなくて、はい、だろ」と横から指摘された。見れば久留米が立っていた。スポーツウェア姿も様になり、打点王氏の隣に立つと、コーチのように見える。

「はい」僕は慌てて、言い直す。ろくな素振りはできなかったが、打点王氏は笑うこともなく、「もう少し、顎を引いてごらん」とアドバイスをしてくれた。「体の真ん中に芯があるのを意識して」

はい、と答えてバットを振ると、僕自身は変化が分からぬものの、「うん、そうそう」と褒められる。安斎も、僕と似たような扱いを受けた。

そして、だ。安斎がいよいよ、本来の目的に向かい、一歩踏み出す。「久留米先生、草壁のフォーム、どうですか」と投げかけたのだ。

久留米は不意に言われたため、小さく驚き、同時に、草壁がどうかしたのか、と醒《さ》めた表情も浮かべた。草壁という生徒がいること自体、忘れている気配すらあった。

草壁は、僕たちのいる場所から少し離れたところにいたが、打点王氏が近づいていくと、緊張のせいなのか、顔を真っ赤にした。

「やってごらん」打点王氏が声をかける。

草壁はうなずいた。

「うなずくだけじゃなくて、返事をきちんとしなさい」久留米がすかさず、注意をした。

草壁はびくっと背筋を伸ばし、「はい」と声を震わせた。

あたふたしながら、バットを一振りする。僕から見ても、不恰好で、バランスが悪かった。腕だけで振っているため、どこか弱々しかった。

「草壁、女子じゃないんだから、何だそのフォームは」久留米の声は大きくはないのだが、低く、あたりによく聞こえる。近くにいた生徒が、「草壁、女子みたいだって」と言い、土田か誰かが、「オカマの草壁」と囃《はや》した。安斎が舌打ちをするのが聞こえた。久留米が意図的に言ったとは思わぬが、確かに、そういった発言により、他の生徒たちが、「草壁のことを下位に扱っても良し」と決めている節はある。

安斎は縋《すが》るような目で、打点王氏を見上げた。「草壁はどうですか?」と、草壁の名前をはっきりと発音し、昨日の依頼を想起させるように、言った。

打点王氏は眉を少し下げ、口元を歪めた。このスウィングを褒めるのは至難のわざ、と思ったのかもしれない。

「よし、じゃあ草壁、もう一回、やってみなさい」久留米が言ったが、そこで、安斎が、「先生、黙ってて」と言い放った。

　久留米は、自分に反発するような声を投げかけた安斎に、目をやった。自分に向けられた槍《やり》の切っ先の形を、じっと確認するかのようではあった。むっとしているかどうかも分からない。

「先生がそういうことを言うと、草壁は緊張しちゃうから」安斎の目には力がこもり、声も裏返っていた。

「こんなことで緊張して、どうするんだ。緊張も何も」

「先生」あの時の安斎はよく臆せず、喋り続けられたものだ。つくづく感心する。「草壁が何をやっても駄目みたいな言い方はやめてください」

「安斎、何を言ってるんだ」

「子供たち全員に期待してください、とは思わないですけど、駄目だと決めつけられるのはきついです」

　安斎は、ここが勝負の場だと覚悟を決めていたのかもしれない。立ち向かうと肚《はら》を決めたのが分かり、僕は気が気ではなかった。

　打点王氏のほうはといえば、大らかなのか、鈍感なのか、安斎と久留米との間で起きる火花を気に掛けることもなく、草壁のそばに歩み寄ると、「もう一回振ってみようか」と言った。

　はい、と草壁は顎を引くと、すっと構えた。先ほどよりは強張りはなく、脚の開き方も良かった。

先入観を、と僕は念じていた。そのバットで、吹き飛ばしてほしい、と。

もちろん草壁が、プロ顔負けの美しいスウィングを披露し、その場にいる誰もが呆気《あつけ》に取られ、草壁がいちやく学校の人気者になる、といった劇的な出来事が起こると期待していたわけではなかった。むろん、そのようなことは起きなかった。草壁の一振りは、先ほどの腰砕けのものに比べればはるかに良くなっていたが、目を瞠《みは》るほどではなかった。

安斎を見ると、彼はまた、打点王氏を見上げていた。

腕を組んでいた打点王氏は、草壁を見つめ、「もう一回やってみよう」と言う。

こくりとうなずいた草壁がまた、バットを回転させる。弱いながらに、風の音がした。

「君は、野球が好きなの？」打点王氏が訊ねると、草壁はまた首だけで答えかけたが、すぐに、「はい」と言葉を足した。

「よく練習するのかな」

「テレビの試合を見て、部屋の中だけど、時々」とぼそぼそと言った。「ちゃんとは、やったことありません」

「そうか」打点王氏はそこで、少し考える間を空けた。体を捻り、安斎と僕に一瞥《いちべつ》をくれ、久留米とも視線を合わせた。その後で、草壁の肘や肩の位置を修正した。

草壁が素振りをする。

ずいぶん良くなったのは、僕にも分かる。同時に、打点王氏が、「いいぞ！」と大きな、透明の風船でも破裂させるような、威勢の良い声を出した。まわりの生徒たちからの注目が集まる。

「中学に行ったら、野球部に入ったらいいよ」選手は言い、そして、僕たちが望んでいたあの言葉を口にした。「君には素質があるよ」と。

自分の周囲の景色が急に明るくなった。安斎もそうだったに違いない。白く輝き、肚の中から光が放射される。報われた、という思いだったのか、達成した、という思いだったのか、血液が指先にまで辿り着く、充足感があった。

草壁は目を丸くし、まばたきを何度もやった。「本当ですか」

その時、久留米がどういう顔をしていたのか、僕は見逃していた。もしかすると、見てはいたのかもしれないが、今となっては覚えていない。

「プロの選手になれますか」草壁の顔面は朱に染まっていたが、それは恥ずかしさよりも、気持ちの高まりのためだったはずだ。久留米の立つ方向から、鼻で笑う声が聞こえたのもその時だ。何か、草壁をたしなめる台詞を発したかもしれない。

「先生、草壁には野球の素質があるかもしれないよ。もちろん、ないかもしれないし。ただ、決めつけるのはやめてください」

「安斎はどうして、そんなにムキになっているんだ」久留米が冷静に、淡々といなす。

「でも、草壁君、野球ちゃんとやってみたらいいかもよ」佐久間がいつの間にか、僕たちの背後に立っていた。「ほら、プロに太鼓判押されたんだから」

草壁は首を力強く縦に振った。

恐る恐る目を向けると、打点王氏は僕の予想に反して、明るい顔をしていた。あれは、乗りかかった舟、の気持ちだったのだろうか。それとも、先生と安斎とのやり取りから、嘘をつき通すべきだと判断したのか、そうでなければ、草壁の隠れた能力を実際に見抜いたのか、いやもしかすると、豪放磊落《ごうほうらいらく》の大打者は、あまり深いことは考えていなかったのかもしれない。彼は、草壁に向かい、「そうだね。努力すれば、きっといい選手になる」と付け足した。

久留米はそこでも落ち着き払っていた。「何だかそんな風に、持ち上げてもらってありがたいです」と打点王氏に頭を下げた。「草壁、おまえ、本気にするんじゃないぞ」とも言った。「あくまでもお世辞だからな」

念押しする口調が可笑《おか》しかったから、いく人かが笑った。場が和んだといえば、和んだが、わざわざそんなことを言わなくとも、と僕は承服できぬ思いを抱いた。

「先生、でも」草壁が言ったのはそこで、だ。「僕は」

「何だ、草壁」

「先生、僕は」草壁はゆっくりと、「僕は、そうは、思いません」と言い切った。

安斎の表情がくしゃっと歪み、笑顔となるのが目に入るが、すぐに見えなくなった。なぜなら、僕も目を閉じるほど顔を歪め、笑っていたからだ。

◇

野球教室が終われば、教室に戻ることもなく、校庭で解散となった。記憶の場面ではそうだ。打点王氏が帰るのを、生徒全員で拍手で見送った後で校長先生の挨拶があった。それから、みながばらばらに帰路へ向かったのだが、僕と安斎たちはしばらく校庭に残っていた。

草壁が自主的に素振りをするのを眺め、それこそ、「プロ野球選手が褒めたから」という先入観があったからか、「言われてみれば、草壁の素振りはなかなか上手だな」と感心し、「もっと前から、正式に野球をやっていれば良かったじゃないか」と余計なお世話を口にした。

「でも、不思議なもんだよね」草壁はその日、水を補給された植物さながらに、急に活力を得たのかもしれない。喋り方も明瞭になっていた。「ちょっと褒められただけなのに、すごく嬉しい」と笑った。

「草壁、おまえ、本当にプロの選手になったらさ」横に立った安斎が言った。

「なれるわけないけど」

「いや、分かんないよ、そんなの」安斎が真面目な顔で言い返す。「とにかくさ、プロになったら、テレビに向かって、サインを出してくれよ」

「サイン？　色紙にするやつ？」

「そのサインじゃなくて」安斎は言うと、指を二本出してみたり、ガッツポーズを取ったりと、ああでもないこうでもない、と体を動かしはじめた。

「それは何なの」草壁もバットを止め、疑問を口にした。

「いつかさ、おまえがプロ野球で活躍したとするだろ」

「たとえば、ね」僕は笑うが、安斎は真面目な顔だった。「その時、たぶん、俺たちは今みたいに毎日会ってるわけじゃないんだから、俺たちに向けて、合図を出してくれよ」

「合図？」

「活躍した後で、たとえば」安斎は自分の顔を洗う仕草をし、その後で、二本の指を前に突き出した。目潰しでもするかのように、だ。

「こういうの、とか」

「その恰好、何か意味あるの？」訊ねたのは僕だ。

「『顔を洗って、ちゃんと自分の目で見てみろ』ってそういう意味だよ。大人たちの先入観に負けなかったぞ、って俺たちにサインを送ってくれよ」

　ああなるほどね、と草壁は目を細めて、聞いていた。

「たぶん、その時にはもう、草壁はプロで忙しくて、俺のことなんて覚えてないかもしれないけどさ」安斎は言った。あの時にはすでに、小学校卒業後に引っ越す、と決まっていたのだろうか。

「覚えてないわけないよ」草壁は当然のように言ったが、安斎は首を傾《かし》げるだけだ。その後で、「もし、久留米先生がテレビを観ていたら、驚くだろうな」と言った。「たぶん、つらくてテレビを消しちゃうぜ」

　そこで僕は視線を感じ、はっと振り返る。すぐ後ろに久留米が立っていた。安斎も、あ、まずいな、という表情を浮かべたが、弁解を加えることはしなかった。

　話は聞こえていたのは間違いないが、久留米はそれには触れなかった。かわりに何か、非常に事務的な、安斎の盛り上がりに水を差す言葉を発した。内容は覚えていない。

　僕は、また草壁を眺めた。久留米の言葉など耳に入っていない様子であることに、心強くなる。プロ野球選手に褒められたことが、安斎言うところの、「教師期待効果」として彼に影響をもたらすのではないか。ありえるかもしれないな、と思い、おそらくその時僕は初めて、早く大人になりたい、と感じたかもしれない。

五年前、忙しい時間を縫い、地元にこっそりと帰ってきた草壁と居酒屋で会った。

「あの小六の時、安斎がいなかったら」と彼は酔っ払い、何度か言った。

小学校を卒業した後、当然のように同じ中学に行くものだと思い込んでいたが、安斎はあっさりと転校した。挨拶もなく、唐突に、いなくなった。最初のうちこそ年賀状を送ってきていたが、ある年に、苗字《みようじ》が変わったことを書き記してきた以降は、音信不通となった。

安斎の父親が、長い懲役で社会から離れている、と知ったのは、かなり後だ。世間でも大きな話題となった事件の犯人らしく、人の死も関係しているらしく、一時期はマスコミも騒いでいたという。安斎と母親はそのこともあり、住む土地を転々としていたのだろうか。

「そういえば、成人式で会った土田が言ってたよ」僕は話した。「東京の繁華街で安斎に似た男を見かけたんだって。土田は、安斎の名前も覚えていなかったから、『六年の時の転校生』って言い方をしてたけど」

「どんな感じだったんだろう」

「どこからどう見ても、チンピラみたいだったって」

「安斎が、チンピラねえ。別人じゃないのかな」

「土田が言うには、親が犯罪者だから、人生を踏み外すのは当然のことなんだと」

「そうかなあ」草壁が間延びした言い方をし、それから、こう続けた。「俺はそうは思わないけどなあ」と。

僕は、彼がその言葉をごく自然に口にしていることに気づいたが、指摘はしなかった。「安斎、どうしているのかな」草壁はその台詞を、飲んでいる間、繰り返した。ただ、「会いたいな」とは一度も言わなかった。それは僕も同じだった。その言葉を洩らした途端、永久に会えなくなるような、妙な予感があった。安斎と会うことは、望みとして口にするような、叶《かな》うかどうか分からぬものではないのだ、と思いたかったのかもしれない。

今の僕は、会社員としての生活に精を出し、与えられた仕事をこなすのに疲弊し、恋人とのすったもんだに心を砕き、時に幸福を感じ、日々の生活を過ごしていた。小学生の頃を懐かしむこともほとんどない。

ただ、時折、外出中に不意の雨に降られると、ランドセルを背負い、髪を濡らしながら、停車したタクシーに向かい、野球選手の名前を連呼しながら必死に手を振っていた自分を、そして隣の安斎のことを思い出す。

〈参考文献〉『超常現象をなぜ信じるのか』菊池聡著　講談社

下野原光一くんについて

あさの　あつこ

あさの　あつこ

1954年岡山県生まれ。青山学院大学文学部卒業。97年『バッテリー』で野間児童文芸賞、99年『バッテリーⅡ』で日本児童文学者協会賞、2005年『バッテリーⅠ～Ⅵ』で小学館児童出版文化賞、11年『たまゆら』で島清恋愛文学賞を受賞。児童書、青春小説、ＳＦ、時代小説など幅広いジャンルで活躍し、『THE MANZAI』『No.6』『敗者たちの季節』『弥勒の月』『夜叉桜』『燦』『花を呑む』など著書多数。

その一

下野原光一《しものはらこういち》くんの小学校時代のあだ名は、〝チビ丸〟だった。あだ名というにはあまりに捻《ひね》りのない、あまりにセンスのない呼び方だと思う。

下野原光一くんは、チビだった。

一年生から六年生まで、小学校の六年間、身長順に並んだ列の一番前に、光一くんはいつもいた。しかも、光一くんの後ろに並んだ子、つまり、クラスで二番目に背の低い子より五センチはさらに低いのだ。

いつも、そうだった。

新入生として胸に赤い造花のバラを付けたときから、卒業生として胸に白いリボンを飾ったときまで、ずっとそうだった。

わたしは、女子の列の最後尾に立つことが多かったから（四年生からは、そこが定位置になっていた）、光一くんと並ぶことは一度もなかった。

わたしの小学校時代のあだ名は〝煙突〟だった。円藤季美《えんどうとしみ》、という名前とひょろりとした体形からつけられたのだろう。わたしは、この呼び名が大嫌いで、呼ばれる度に泣きたくなった。〝煙突〟だなんて、「おまえはちっともかわいくないな」と、言われているようなものだ。

本当に嫌だ。

光一くんはどうだったのだろう。

〝チビ丸〟と呼ばれることに抵抗や葛藤はなかったのだろうか。

中学の入学式のとき、光一くんは前から二番目に並んでいた。一番前の人と目立つほどの差はなかったけれど、確かに二番目だった。一列になって、自分の前に誰かがいるなんて、光一くんにとって初めての経験だったんじゃないだろうか。わたしは、相変わらず列の一番後ろにいたし、クラスも違っていたので、光一くんの表情も仕草も窺《うかが》うことはできなかった。式が終わって退場するとき、わたしはわざと出入口でぐずぐずして、光一くんが出てくるのを待っていた。

わたしは一年一組、光一くんは二組なのだ。

クラスメートとしゃべりながら現れた光一くんは、すごく嬉《うれ》しそうでも興奮している風でもなかった。光一くんよりはゆうに頭一つ分背の高い男の子（わたしの知らない顔だった）を見上げ、何かを熱心にしゃべり、時折、楽しげに笑っていた。

いい笑顔だった。

いい笑顔って、どんな笑顔？　と尋ねられたら、上手《うま》く説明できない。でも、いい笑顔だと、わたしは感じたのだ。

光一くんが顔を前に向けた。

わたしと目が合う。

わたしは慌てて、視線をそむけた。

光一くんと目が合うまで、わたしはわたしが光一くんを見詰めていたことに気がついていなかったのだ。

恥ずかしい。たまらないほど、恥ずかしい。

「あれ、円藤」

光一くんがわたしの苗字《みようじ》を口にした。

光一くんは、他の男子のようにわたしを〝煙突〟なんてあだ名で呼ばない。〝季美〟と呼び捨てにすることも、もちろんなかった。いつも、〝円藤〟だった。もっとも、光一くんがわたしの名前を呼ぶことなどめったにないのだが。

わたしは少しうろたえ、どう返事していいかわからなくて黙っていた。頰が熱くて、耳の後ろがとくとくと脈打っている。

「クラス、隣同士だな」

光一くんが言った。

わたしは辛《かろ》うじて「うん」と答えられた。

それだけだった。

光一くんは、また、横の男の子としゃべりながらわたしの傍《かたわら》を通り過ぎて行った。

光一くんの姿は黒い制服の群れに吞《の》み込まれ、すぐに見えなくなってしまう。

わたしは、ため息を吐《つ》いた。


光一くんの背丈が目に見えて伸び始めたのは、中二の夏休み前あたりからだ。それはまさに、ぐんぐんという形容がぴったりなほどの勢いだった。

まるで、十三歳の夏が特別な何かを孕《はら》んでいたかのように、光一くんは変化していったのだ。

夏休みが終わったとき、光一くんは二年二組男子の列の、ちょうど真ん中あたりに並ぶようになっていた。

「光一、おまえ、何やったんだよ」

始業式の朝、日下部《くさかべ》くんが廊下で光一くんと話をしていた。日下部くんの地声は大きくて、よく響く。

わたしの席は廊下側の窓辺だったので、なるべく何気ない様子を装って、廊下を覗《のぞ》いてみた。

二年生になっても、わたしは一組、光一くんは二組のままだった。日下部くんはわたしと同じ一組だ。入学式のとき、光一くんとおしゃべりしていた人だ。

バスケット部に所属していて、背が高く、陽気で、おもしろい。日下部くんの周りには、いつも笑いが起こっている。女子にも人気があるみたいだ。友だちの幾人もから、「日下部くん、かっこいいよね。かっこいいのにおもしろいって、最高、最強って感じじゃない」という科白《せりふ》を聞いた。今年のバレンタインデーは、もらったチョコレートの数が二十個以上あったとうわさされている。本人は、否定しているらしいけれど。二十個がオヒレのついたうわさだったとしても、日下部くんがもてるのは本当だろう。廊下に立っていても、日下部くんの長身は目立つ。女の子たちがちらちら横目で、あるいは真《ま》っ直《す》ぐに、日下部くんを見やりながら通り過ぎて行った。

でも、わたしは光一くんを見ている。

廊下の窓は全て開け放され、まだ夏の激しさを十分に残した光がガラスの上で過剰なほどぎらついている。

光一くんの白いシャツも、光を弾いて眩《まぶ》しかった。

「何って、何のことだよ」

「身長だよ、身長。えらく伸びたじゃないかよ」

「ああ、これね」

光の中で光一くんが笑む。

笑みながら洗ったばかりの手を振った。

「おれもびっくりしてんだ。朝、起きる度にちょっとずつ、背が伸びてるって感じでさ」

「だから、何かやったのかよ。薬飲むとか、身長伸ばしマシンを買ったとか、秘密のジムに通ってるとか」

「秘密のジムって何だよ」

「背を伸ばしたいやつが全国から秘《ひそ》かに集まってくるジムで、どっかの古いビルの地下とかにあるんだよな、これが」

「おまえは、あほか」

光一くんが日下部くんの頭をぴしゃりと叩《たた》く。今までは、背伸びしないと届かなかったのに。

「何にもやってねえよ。自然だよ、自然」

「へぇ。自然ねえ。そんなに伸びるもんかなあ」

「伸びんだよ、マジで。制服が着れなくなっちゃって、けっこう、慌てた。昨日、サイズの大きいのを買いそろえたんだ」

「だろうな。うちのおふくろなら、マジで切れてんな。制服、また買い替えるなんてとんでもないって。ぜーったい目がつり上がってるぞ。こんな感じで」

日下部くんが指で目尻を持ち上げたのだろう（わたしの所からは、日下部くんの後ろ姿しか見えない）。光一くんが声をあげて笑った。白いシャツに反射した光がスポットライトのように、光一くんの笑顔を照らす。

あぁそうかとわたしは思い至った。

光一くんのシャツは真新しいのだ。今日初めて腕を通したシャツなのだ。だから、こんなに眩しいのだ。

笑っている光一くんに、小学生のときの面影がほんのちょっぴりだけれど戻ってくる。わたしは目を細め、光一くんの笑顔にそっと視線の焦点を合わせた。

男の子たちは、いつの間に母親のことを〝おふくろ〟、父親のことを〝親父《おやじ》〟と呼ぶようになったのだろう。わたしたちも、時折、父親のことを「うちの親父ったらさ」なんて口にするけれど、それは、わざとはすっぱを気取りたいときか、〝お父さん〟と呼びたくないとき（例えば父親に、とてもむかついていたりして）に限ってだ。でも、男の子たちはごく当たり前に〝おふくろ〟と言い、〝親父〟と呼ぶ。中一のころは、どこかぎこちない調子が耳障りでも、おかしくもあったのに、今は何の違和感も覚えない。慣れるものなのだなと思う。男の子たちの太く低くなった声音に知らぬ間に慣れてしまったように。

わたしたちは少しずつ少しずつ、変わって行く。少しずつ……いや、けっこう激しいかもしれない。急流に巻き込まれたみたいに、激しくどんどん押し流されているのかもしれない。

どんどんと、どんどんと。

日下部くんの声が響《ひび》いた。

「おまえん家《ち》、いいよな。おふくろさんが優しくて。ぜーったい、制服のことぐらいで機嫌が悪くなったりしねえって感じだもんな。おれ、マジで羨ましい」

本当に羨ましそうな声だった。

光一くんが肩をすくめる。

「そうかぁ。そんなことないと思うけど。フツーだし」

「バカかよ。おまえ、それ、贅沢《ぜいたく》だよ。今時、優しい母親なんて希少だよ。イリオモテヤマネコやパンダみたいなもんだ」

「うちのおふくろ、絶滅危惧種か」

光一くんの返しに、今度は日下部くんが笑う。一学期の終わり、理科の授業で『世界の絶滅危惧種と絶滅種』というDVDを見た。滅びていく動物たちがせつなくて、わたしは、胸が詰った。光一くんもせつなかったと思う。

光一くんは、動物が好きなのだ。とても、好きなのだ。

五年生の一年間、一緒に飼育委員をやった。

小学校で飼っているウサギとニワトリの世話をするのだ。

ウサギは三羽、ニワトリも三羽いた。

飼育委員は毎年、なり手のない役だ。

毎日水替え餌やり、飼育小屋の掃除の仕事があるし、連休や夏休みといった長期の休みでも毎日のように、登校しなければならないからだ。

わたしは、じゃんけんで負けて飼育委員を押し付けられた。生き物は好きで、家にも猫二匹と犬が一匹いるから世話自体はそんなに苦痛ではなかったけれど、これで、お休みが潰《つぶ》れちゃうなと考えると少し憂鬱な気分にはなった。

五年生は二クラスしかなくて、飼育委員は各クラス一名ずつ。

わたしと光一くんだった。

最初、がっかりした。

落胆なんて言葉をまだ知らなかったけれど、本当に身体の力が抜けるような気がした。

飼育委員で、しかも相手が男の子なんて、最低、最悪だ。動物の世話を真面目にしてくれる男子なんているわけがない、と、わたしは思い込んでいたのだ。

光一くんも、じゃんけんかくじ引きで無理やり押し付けられた口だろう。きっと、すごくいいかげんで、無責任で、途中で仕事を放棄することだって十分に考えられる。

覚悟しなくちゃ。

わたしは覚悟した。

ウサギもニワトリも、世話をしてやる者がいなければ死んでしまう。殺すわけにはいかない。自分に預けられた生命を無視できるほど、わたしは図太くはなかった。優しいわけではない。『わたしのせいで殺してしまった』なんて思いを引き摺《ず》りたくないのだ。図太くないうえに、誰かに上手に責任転嫁できるほど器用でもなかったのだ。

不器用で、生真面目で、融通がきかない。

付き合い難《にく》い人だ、可愛《かわい》げのない子だと言われていた。でも、しょうがない。これが、わたしだ。

不器用でも、生真面目でも、融通がきかなくても、わたしはわたしを生きるしかない。

わたしは、開き直ったように、でもどこか頑《かたく》なに十一歳を生きていた。今でもまだ、そういうところはあるけれど、思い込みの強い性質《たち》なのだ。

光一くんに会って、変わった。

光一くんが変えてくれた。

「円藤って、飄々《ひょうひょう》としてるね」

ウサギ小屋の掃除をしながら光一くんに言われたことがある。飄々の意味がわからなかった。

糞《ふん》を掃き集めていた手を止め、わたしは振り向く。光一くんがわたしを見上げていた。

目が合った。

柔らかな淡い眸《ひとみ》だ。

光一くんと目を合わせたのは、このときが初めてだった。

「飄々って？」

わたしが尋ねる。光一くんが首を傾《かし》げる。

「うーん。大らかってことかなぁ。あんまり、ごちゃごちゃこだわらない、みたいな……感じかな」

「そんなことないよ」

大声で否定していた。

自分で自分の声に驚いてしまった。

ウサギの糞の臭いが鼻孔に広がって、咳《せ》き込《こ》む。

ごほっ、ごほごほ。

「円藤、だいじょうぶか?」

「うん……だいじょうぶ。ちょっと……びっくりしただけ」

「びっくりするようなこと、言ったっけ?」

「言ったよ」

わたしは臭いにむせて、また、咳いていた。

光一くんが片手でわたしの背中を叩く。これにも、驚いた。もう五年生だ。男子と女子の距離が何となく開いていく時期だった。距離の取り方をみんな、手探りしている時期だった。

こんなにあっさりと背中を叩いてくれるなんて、叩けるなんて不思議だ。

「何を言ったかなぁ」

背中を叩きながら、光一くんが呟《つぶや》く。妙にのんびりした口調だった。光一くんに合わせるように、隣のニワトリ小屋で雄鶏《おんどり》のコースケがのんびりと鳴いた。

コケー、コケーッコー。

おかしい。

おかしくてたまらない。

噴き出してしまった。笑いが止まらない。

「えー、今度は笑うわけかぁ。どうしたらいいんだろうなぁ」

光一くんの一言に、わたしはさらに笑いを誘われる。

おかしい、おかしい。ほんと、おかしい。

何て、おもしろい人だろう。

何て、ヘンテコで愉快な人だろう。

知らなかった。

下野原光一くんて、こんな人だったんだ。

笑いながら、わたしの心は、ほわりと軽くも温かくなって行く。

心地よかった。

光一くんは、飼育委員の仕事を怠けなかった。いいかげんに済ますことも手を抜くこともしなかった。むしろ、わたしより熱心に取り組んでいた。

夏休みには、ちゃんと当番表をこしらえて、友だちや先生にも協力してもらって、毎日、登校しなくていいように工夫した。ニワトリ小屋に新しい餌場や水飲み場も作った（プラスチックの桶《おけ》とペットボトルを組み合わせた簡単なものだったけれど、とてもりっぱに見えた）。学校近くの農家を回って、野菜の屑《くず》を分けてもらい餌に混ぜたりもした。野菜屑とはいえ新鮮で、ニワトリもウサギも餌箱に入れたとたん、夢中でついばみ、かぶりついた。

光一くんが自分から飼育委員に立候補したと聞いたのは、水飲み場を作っている最中だった。

ずっとやりたかったんだと光一くんは言った。

「五年生になったら、絶対立候補するって決めてたんだ」

飼育委員は五年生だけの役目だ。五年生しか、なれない。

「飼育委員の仕事……好きなの」

ペットボトルを光一くんに渡す。光一くんは、それを針金で作った輪っかに差し込み、水の出方を調べる。うなじを幾筋もの汗が伝っていた。

「動物、好きなんだ。犬でも猫でもウサギでも」

「ニワトリも？」

「あ……ニワトリのことは、あんまり考えてなかった。でも、コースケやコッコやクックはかわいい。飼育委員になってから、ニワトリがかわいいって思えるようになった」

わたしは嬉しかった。三羽の白色レグホーンのことをかわいいと言ってくれる人が傍《そば》にいることが嬉しかった。

光一くんともっといろんな話がしたかった。でも、何をどう話したらいいのか見当がつかない。軽やかに、適当におしゃべりする技術をわたしは、ほとんど持ち合わせていなかった。

　自分が歯痒《はがゆ》い。痛いほど歯痒い。

「円藤も、動物好きだよな」

　光一くんが顔を上げ、額の汗を拭う。わたしは、じゃんけんで負けて飼育委員を押し付けられただけ……とは言えなかった。

「あ、うん。家にも猫と犬がいるし……」

「ほんとに？　猫も犬もいるわけ。すげえな」

「あっ、そんな。どっちも雑種だよ。犬は近所からもらってきたの。猫は二匹とも捨て猫。真っ白とミケ」

「えーっ、猫が二匹もいるんだ。すげえすげえ」

「だから、雑種なんだって」

「雑種でもすげえよ。いいなぁ、猫と犬かぁ」

「ペット、いないの？」

　光一くんがうなずく。それから、小さく息を吐き出した。

「妹が喘息《ぜんそく》ぎみなんだ。動物の毛にすごい反応しちゃうから、家ではペット、飼えないんだよな」

「妹、いるんだ」

「うん、いる。一人ね」

「いくつ？」

「今年一年生になった。でも、けっこう、休むこと多いかな」

「そう……、じゃあ飼育委員とかできないね」

「うん、おれが飼育委員になったって言ったら、いいなぁってすごく羨ましがってた」

「何て、名前」

「あかり。平仮名であ、か、り」

「かわいい名前だね」

光一くんが動物を好きなこと、四つ違いのあかりちゃんをかわいがっていることを、わたしは知った。

飼育小屋の中で、わたしと光一くんはぼそぼそと、会話を交わした。その度に、わたしは光一くんのことを知っていく。わたしの中に光一くんが溜《た》まってくる。積み重なってくる。

わたしは今でも、小学校の飼育小屋を鮮明に思い出すことができる。緑色の円錐《えんすい》形《けい》の屋根を、亀の甲羅模様みたいな金網の目を、ウサギやニワトリの糞の臭いを、コースケの紅色の鶏冠《とさか》を、ウサギたちの白い前歯を、光を浴びて輝いていたペットボトルの水を、ちゃんと思い出すことができるのだ。

コースケたち三羽のニワトリは、わたしたちが六年生になって間もなく、死んだ。新たに飼育委員になった五年生が、戸の鍵を閉め忘れてしまったのだ。戸を開けて、野良猫か野良犬か、あるいは裏山から狐《きつね》が小屋に忍び込んだらしい。

ニワトリたちは無残に殺された。その中でも、コースケは特にひどく、ほとんど頭が食い千切られていたそうだ。わたしがニワトリ小屋に駆け付けたとき、小屋には何もいなかった。血の跡と白い羽毛が地面に散っているだけだった。光一くんの作った水飲み場は壊れ、ペットボトルが斜めに傾《かし》いでいた。

何もいなかった。

からっぽだった。

「コースケ」

金網に指をかけて、呼んでみる。

糞の臭いはまだ残っているのに、コースケたちはいない。

消えてしまった。

「コッコとクックを守ろうとして、戦ったんだよね」

消えてしまったコースケに話しかける。

目の奥が熱くなった。

わたしはわたしがコースケをとても好きだったんだと気がついた。

いなくなって、やっと気がついた。

コースケが好きだったんだ。

紅色の鶏冠を揺らして堂々と歩く姿も、年をとって元気のなかったクックに寄り添っていた優しさも、止まり木に摑《つか》まり損ねてしょっちゅう落っこちていたお馬鹿な格好も、好きだった。

コースケ。

額を金網に押し付けて、泣いた。跡がはっきりと残るだろう。みっともない顔になるだろう。

かまいはしない。

泣くより他に何もできない。

「円藤……」

背後で名前を呼ばれた。

振り向かなかった。

振り向かなくても、光一くんが立っているとわかった。

光一くんは、わたしの横に来て、わたしと同じように金網に指をかけた。そして、同じように目を凝らした。一生懸命に捜せば、どこからかコースケが現れると信じているみたいに、見詰めていた。

光一くんが何も言わないのがありがたかった。

わたしは黙って、立っていた。

光一くんも黙って、立っていた。


チャイムが鳴った。

「あっ、じゃあ、後で」

日下部くんがひらりと手を振る。

「あぁ、バイ」

光一くんも手を振る。

わたしは、視線を手元に落とし、廊下を行き過ぎる光一くんの気配だけを拾う。

窓から吹き込んできた風が汗の滲《にじ》んだ頬に心地よかった。


光一くんは、それからはどんどん伸びていった。もう、誰も〝チビ丸〟なんて呼ばない。〝チビ丸〟のかわりに光一くんは〝タケノコ〟というあだ名をつけられた。

古典の磯縞《いそじま》先生が授業中、「下野原、おまえ、タケノコみたいにぐんぐん、でかくなるな」とまじまじと光一くんを見ながら言ったとか。続けて、「おれは、おまえが羨ましい」と唸《うな》ったとか。

磯縞先生は、背が低くて童顔なので、外来者にたまに生徒と間違われたりするのだ。

光一くんは、みんなから〝タケノコ〟と呼ばれるようになった。

光一くんは、どんどん伸びる。ぐんぐん、大きくなる。

三年生になるころには、クラスでも一番後ろか、後ろから二番目に並ぶようになっていた。

光一くんが、変わり始めたのはそのころだった。

身体だけでなく、下野原光一くんそのものが変わり始めたのだ。

誰にわからなくても、わたしにはわかる。

その二

光一くんが突然、消えてしまったのは、中学三年の夏だった。いや、夏と秋のあわいのころだ。

三年生の夏、わたしは完全な受験生症候群《シンドローム》に罹患《りかん》していた。落ち着きなく、苛立《いらだ》ち、些細《ささい》なことで腹を立てては、家の中で、しょっちゅう小さなトラブルを引き起こしていたのだ。

「季美ったら、ほんと扱い難くなっちゃって、困るわ。絵に描いたような受験生の尖《とが》り方よねえ」

冗談半分の母の言葉や、

「まっ一過性の風邪みたいなもんさ。おれも罹《かか》ったから、よくわかるって。季美ほど重症じゃなかったけどな」

兄の訳知り顔の科白が鬱陶しくて、腹立たしくてたまらなかった。父の無神経（と、わたしが感じる）な物言いには涙が出るほどの嫌悪感を覚えたし、すり寄ってくる猫たちを蹴飛ばしたい衝動に、しょっちゅう襲われた。

そんなわたしに一番戸惑っているのは、わたし自身だった。わたしはわたし自身をおとなしい、感情の起伏のあまりない少女だと思っていた。不器用で、生真面目で、融通がきかなくて、ちっとも感情的ではない。それが、わたしだと。

実年齢よりいつも三つ、四つ上に見られるのは、ひょろりと高い背丈のせいばかりでなく、よく言えば落ち着いた、悪く言えば老けた雰囲気がわたしにあるからだ。外見に添うように、わたしの内面も妙に穏やかで、その分、若やぎに欠けている。

そう思い込んでいた。

それが、どうだろう。

穏やかどころじゃない。大嵐だ。

ざぶりざぶりと大波が押し寄せ、風巻《しまき》が荒れ狂う。何もかも吹き飛ばしたい。粉々に砕いてしまいたい。

わたしは、わたしの中に渦巻くあまりの激情に、おぼれそうになっていた。

焦っていたのかもしれない。

三年生の夏ともなると、受験へのカウントダウンが始まる。わたしは、隣の市にあるN高校の普通科を目指していた。N高校は、この地域では屈指の進学校で、わたしの成績は、「何とか合格圏内かも」、「ぎりぎり、大丈夫だろう」というレベルだった。つまり、それほど余裕がなく、大きなミスを一つでもすれば合格は覚束《おぼつか》なくなる。

N高校の受験を決めたときから（三年生になって、間もなくだった）、わたしは、必死に受験勉強にとりかかった。

ほんとうに必死だった。

自分がこんなに必死になれるなんて、必死になる人間だったなんて、自分でもびっくりしてしまう。母もそうだったらしく、

「季美はもう少し、のんびりやだと思ってたのにね。まさかN高校をねらうなんて、ほんと想定外よ」

と、素直に驚いていた。続けて、

「S女学院とかT学園高校なら、十分合格圏内でしょ。そこでいいんじゃない」

なんて、暢気《のんき》なことを口にもした。

母親が暢気なのは、いいことだ。子としては、けっこう救われる。なのに、その好ましいはずの母の性質にさえ、わたしは苛立った。

本気でわたしのことを考えていない。どうでもいいと思っている。さすがに口にはしなかったけれど、胸の内で何度も母を詰《なじ》り、挙句の果てに、昔、母から言われた「あんたは、ほんとに可愛げがないんだから。もう少し、愛想がよくないと女の子としては、だめよ」という苦言を思い出し、そう言われたときの痛みを思い出し、さらに母を疎ましく感じたりもした。

過ぎてから思い返せば、何て理不尽で荒々しい日々であったのかと、おかしくもあり怖くもある。そして、懐かしくもあった。思春期と一般に呼ばれる嵐の日々を通り過ぎてから、感情をあんな風に滾《たぎ》らせることなんて、二度となかった。おそらく、これからもないだろう。そう考えれば、懐かしい。

わたしは、確かに焦っていたのだ。

必死の頑張りのおかげか順調に伸びていた成績が、夏休みの前には足踏み状態になり、なかなかN高校合格の安全圏に入れない。その現実に焦っていた。いや、正直に語れば、N高校に入る、入らないではなく、光一くんと一緒にいられるのか別れてしまうのか、その瀬戸際で、わたしはじたばた、足掻《あが》いていたのだ。

わたしは下野原光一くんが、好きだった。

わたしは誰より、光一くんが好きで、一緒にいたいと望んでいた。付き合っていたわけではない。ゆっくりと話をしたことさえなかった。小学五年生の、飼育小屋で過ごした時間が、光一くんの最も近くにいたときだった。もう、何年も昔のことになってしまった。

その何年もの間に、光一くんのあだ名は〝チビ丸〟から〝タケノコ〟に変わった。光一くん自身も変わった。

どう変わったのか、ちゃんと言葉にできない。

光一くんは、背が伸びても光一くんで、優しくて明るくて、屈託がなかった。クラスのムードメーカーになるほど陽気でもお調子乗りでもなかったけれど、よく笑った。わたしにも他の女子にも、ごく自然に接してきたし、他の男の子のようにわざと乱暴な口をきくこともなかった。

小学校のときからの友人に一度だけ、

「光一くんって、変わったよね」

と話したことがある。その友人は、わたしに向けて二度、三度、瞬《まばた》きをし、首を傾げた。

「えー？　そうかな。そんなことないでしょ。そりゃあ見た目はずいぶんと変わっちゃったけど、他は……まんま、光一くんじゃない」

「……そうかなぁ」

「季美は、光一くんのどこが変わって見えんの？」

尋ねられて、わたしは答えられなかった。

光一くんは、変わった。

三年生になったあたりから、背がぐんぐん伸びて〝タケノコ〟になったころから、徐々に、でも、確かに変わり始めたのだ。

あれは……夕焼けの美しい日だった。

わたしは、制服の上に濃紺のカーディガンをはおっていたから、春はまだたけなわになっていない時季だったと思う。三年生になる直前だったのだろう。

教室に忘れ物をした。

そのころ、好きで読んでいたある作家の短篇集、その文庫本だった。どの作品もちょっとミステリーがかった結末がおもしろく、全六篇の内、四話までは完読していた。五話目の話がおもしろくなりかけたところまで読んでいて、家でどうしても続きが読みたかったのだ。わたしは、三階にある教室まで階段を駆け上がり、机の中に忘れていた文庫本を取り出して、廊下に出た。

そこに光一くんがいた。

二組の前の廊下、窓ガラスの前に佇《たたず》んでいた。

たった一人だった。

窓からは、濃い紅色の夕日が差し込み、光一くんを濃い紅色に染めていた。

光一くんは窓から外を眺めていた。いや、何も眺めてはいなかった。ただ、視線を外に向けていただけだ。

暗い眼《め》だった。

とても暗くて、底なしで、全てを飲み込んでしまう眸だった。恐ろしいほど紅《あか》い夕焼けの光さえ、光一くんの眼を彩ることはできなかった。紅く染まった顔の中で、光一くんの眼は、どこまでも暗い二つの穴だった。

ぞっとした。

わたしの知っている光一くんではなかった。

わたしの知っているどんな人も、こんな眼をしてはいなかった。光一くんの眼差《まなざ》しは、終わりを見据えているようだった。明日に繋《つな》がらない時間が流れていく。その流れを見詰めているようだった。

わたしは悲鳴をあげそうになった。

光一くんが死んでしまうと感じたのだ。

暗みに塗りつぶされてしまうと感じたのだ。

わたしが口を半ば開けたとき、光一くんが横を向いた。

目が合った。

光一くんが瞬きをする。

一度、二度、三度。それで、暗みはきれいに拭い去られた。わたしの前にいるのは、背の高い、夕焼け色に染まった少年だ。

「あれ、円藤」

光一くんは入学式のときと同じ調子で、わたしの苗字を呼んだ。声はあのときより、ずいぶんと太く低くなっていたけれど。

「何やってんだ?」

光一くんこそ、何をしてたの?

そう問い返したかったけれど、できなかった。わたしにできたのは、曖昧な笑みを浮かべて文庫本を差し出すことだけだった。とたん、光一くんの表情が明るくなる。

「あっ、この本、おれも読んだ」

「あ……ほんとに?」

「うん。この作者、けっこう好きなんだ。おもしろいよな。この本もかなりイケてた」

「うん……」

現金なもので、わたしの中にはさっきまでの恐怖(あれは確かに恐怖だった)にかわって、光一くんと会話を交わせる喜びがじんわりと広がっていったのだ。

「おれ、第一話がマジで気に入ってんだ。三度、読み返したかな」

「三度も、へぇ……」

第一話は、『奇妙で愛しい人へ』というタイトルの、六篇の中で一番長い物語だった。二十歳になったばかりの女性が主人公だ。その女性の一人称で、彼女の恋人のことが、語られる。真面目で几帳面《きちょうめん》で少し気は弱いが優しくて、誠実な恋人がある日を境に徐々に変貌していくようすが、淡々として修飾を抑えた文章で描かれていた。

恋人はなぜ、変わっていったのか。その変貌の行き着く先には、何があるのか。最後には、想像もしていなかったどんでん返しがあって、とてもおもしろい作品だった。三度も読み返そうとまでは、思わなかったけれど。

「あたしは、五話目の『鶏冠のある男』が好きかな。まだ、最後まで読んでないけど、主人公が一人で長距離バスに乗り込むところが、すごく印象的で、これからどうなるのかなって、どきどきしてる」

「あっ、それな。バスの乗客の中に真犯人がいるって匂わせているだろ。ところが、それがとんでもない事件の」

「まって、まだ読んでないんだから。だめ、だめ。言わないで」

わたしは光一くんの口を押さえようと、腕を伸ばした。

何て大胆な行為だろう。

後で、自分のやったことを思い返し、冷や汗が止まらなくなった。だけど、そのときはごく自然に身体が動いたのだ。

物語の結末なんて知りたくない。楽しみが半減してしまう。

光一くんは、わたしをからかうつもりらしく、ひょいひょいと上手にわたしの攻撃をよけながら笑っていた。

「言っちゃおうかなぁ。だれが犯人か言っちゃおうかなぁ」

「もう、光一くん。いいかげんにして」

わたしは嬉しかった。

こんな風に、光一くんと戯れていられるのが嬉しかった。まるで、五年生のあのときに帰ったかのようだ。ニワトリとウサギの糞の臭いに包まれ、汗を流し、二人で飼育委員の仕事をしたあのときに。

あっ。

足がもつれて、よろめく。

「危ない！」

光一くんがわたしを抱きとめる。

わたしの顔が光一くんの胸に当たった。

あぁもう五年生じゃないんだ。

わたしはもう、光一くんを見下ろすことはない。話を聞くために、膝を曲げることはない。

光一くんは、わたしより、ずっと背が高いのだ。

バシッ。

青い火花が散った。

一瞬、腕に鋭い痛みが走る。

わたしは声を上げることもできず、ただ、身体を縮めた。息が詰り、喉を塞いだのだ。

「あっ、いけねぇっ」

光一くんが、五本の指をひらひらと動かした。わたしの腕を摑んでいた指だ。

「悪《わり》ぃ、おれ、静電気体質なもんで」

静電気？　今のが？

静電気って、あんなに鮮やかな青い火花を散らすものなんだろうか。こんな痛いものなんだろうか。

「ごめんな、円藤。だいじょうぶか」

「あ、うん。平気。どーってことないよ」

わたしは笑ってみせた。光一くんも笑顔でうなずく。

「そっか、よかった。じゃあ、おれ、帰るわ。バイ」

「あ、さよなら」

光一くんが笑みを浮かべたまま、手を振る。けれど、向きを変える瞬間、ガラス窓に映った横顔は硬く、暗く、強張《こわば》っていた。

光一くんが変わっていく。

『奇妙で愛しい人へ』の恋人のように。

わたしは感じた。理屈でなく、感覚として捉えたのだ。誰もそんなことは感じていなかった。

突拍子もない妄想に近いけれど、わたしは光一くんが不治の病に冒されているのではと考えた。あの眼の暗さは、余命を区切られた者の、いつか遠くに去らねばならない者のそれではないのかと、考えたのだ。

光一くんが死んでしまう。

身の毛がよだつほど恐ろしく、その恐ろしさの底の底に甘美な匂いを潜ませた想《おも》いだった。その想いが、わたしがどれほど光一くんを好きなのか、気付かせてくれた。

わたしは光一くんが、好きだ。

失うと考えただけで、身体が強く痛むほどに好きだ。失いたくないと、息を詰らせるほどに好きだ。

それから間もなく、わたしたちは中学三年生になった。

光一くんは元気だ。

また背が伸びて、少し逞《たくま》しくなった。死の影などちらりとも過《よぎ》らない。でも、暗みはそのままだった。以前にはなかった翳《かげ》りを眼の中に宿して、光一くんは成長する。

わたしは光一くんを追いかける。もう少し、あと少しだけ、光一くんと一緒にいたいと思う。

光一くんの志望校がN高校だと教えてくれたのは、日下部くんだった。日下部くんとは二年、三年とクラスメートで、二度同じ班になった。人見知りするわたしが、わりに気安く話ができる数少ない男子の一人だ。

「光一、N高、ねらうって」

昼食の後の休み時間、何気ない調子で日下部くんがそう言った。

「あいつ、けっこうデキル子だからな。N高でも、かるーく、入れちゃうかもね。余裕ってカンジでさ」

「……そうだね」

わたしはほんの少しだけ首を傾けた。

光一くん、N高に行くんだ。

心臓が急に、鼓動を速めた。

「円藤は？」

「え？」

「志望校。もう決めたのか」

「あ……うん。なんとなくだけど……」

「もしかしたら、やっぱN高とか？」

うなずいていた。とてもはっきりと。自分でも驚いた。それまで、志望校なんてぼんやりとしか考えていなかったのに。あんまり無理をせずに、入れる学校を選ぼうなんて、いいかげんにしか考えていなかったくせに。

「うっへぇ、やるなぁ」

日下部くんが大仰に、身体を反らせてみせた。

「あ、でも、あの……あたしの成績だと厳しいかも。これから、頑張らなくちゃ……」

「だなぁ。みんな、頑張るんだ。円藤は、わりにのんびりしてるキャラだと思ってたのに、やっぱ、頑張るんだ」

日下部くんに咎《とが》められた気がした。

わたしは日下部くんから視線を逸《そ》らし、窓の外を見た。淡い青色の空に丸い春の雲が浮かんでいた。

その日から、わたしは足掻き始めた。

光一くんと同じ高校に行きたい。

光一くんといつか別れてしまう。いつか離れ離れになってしまう。その予感がわたしを捉え、締めつける。別れをできるだけ遠ざけたい、先延ばしにしたい。そのためにはどうしても、N高に入らなくてはならない。わたしは強く、思い込んだ。

そして、もう一つ。

わたしがN高に受かったら、光一くんのあの暗さが消えるんじゃないか。そんなことを考えていた。わたしが頑張って、頑張って、N高という高いハードルを越せたら、光一くんの翳りを拭い去ることができるんじゃないか。

何の根拠もないのに、思った。信じ込もうとした。

頑張れ、頑張れ、頑張れ、頑張れ、頑張れ、頑張れ……。

自分で自分を鼓舞し、叱咤《しった》し、煽《あお》る。

頑張れ、頑張れ、頑張れ、頑張れ、頑張れ、頑張れ……。

でも、成績は夏休みを前に足踏み状態になる。わたしは焦り、苛立ち、尖り、些細なことで家族に八つ当たりしてしまう。

今日もそうだった。

九月半ばの日曜日。頼んでいた問題集を母が買い忘れた。

それだけのことが許せなくて、わたしは母に悪態を吐いた。

「お母さん、あたしのことなんかどうでもいいんでしょ。あたしが高校に受からなくてもいいって思ってんでしょ。だから、あれほど頼んだのに問題集、忘れたりして」

最後まで言えなかった。

頰が鳴った。

口の中に痛みがじんと染みた。

「いいかげんにしなさい」

わたしの頰を打った手を握りこぶしにして、母が叫ぶ。

「親が子どものことを、どうでもいいなんて思うわけないでしょ。自分が何を言ってるのか、わかってるの」

わたしは頰を押さえ、母を睨《にら》んだ。

「情けない」

ふいに、母の眼に涙がもりあがった。

「ほんとに、情けない……」

母の涙が溢《あふ》れ、滑り落ちる。

わたしは身をひるがえし、リビングを飛び出した。家を飛び出した。走る。本気で走る。走りながら、奥歯を噛《か》み締《し》め、涙を堪《こら》える。

情けない。

母の言葉が突き刺さる。

本当に情けない。こんな風に母に八つ当たりする自分が情けない。どうしようもない焦燥感に煽られて惑う自分が情けない。努力も奮闘も空回りをして成果を出せない自分が情けない。

全力疾走していたはずなのに、いつの間にか、足を引《ひ》き摺るようにしてとぼとぼと歩いていた。

時刻は午後の九時近くだった。日中はまだ夏の暑さを残しているけれど、夜は既に秋の気配を濃密に漂わせていた。

ふと気がつけば、わたしは児童公園の前に立っていた。子どものころ、よく遊んでいた場所だ。そう言えば、父や母に怒られたとき、兄と喧嘩《けんか》したとき、友だちに裏切られたとき、寂しくてたまらなかったとき、一人泣きたいと感じたとき、公園のジャングルジムに上った。地上から、ほんの二、三メートル高くなっただけなのに、ジャングルジムのてっぺんに上れば、空が近くなったと感じた。地と空の間に立っているのだと思えた。それで、心が落ち着き、わたしは大きく息が吐けた。

あのジャングルジムはまだ、あるだろうか。優しい水色に塗られた遊具のことをずい分長い間、忘れていた。

公園の中は外灯が一つ、点《つ》いているだけだった。オレンジ色の明かりに無数の羽虫が群れていた。

暗い。

外灯の明かりが届かない場所には、たっぷりと闇が溜まっている。

わたしは去年、この公園で痴漢騒ぎがあったのをふいに思い出した。小学生の女の子が襲われそうになったのだ。たまたま公園近くを歩いていた警察官が女の子の悲鳴を聞き、駆け付け、犯人を逮捕したと聞いた。痴漢？　去年、出たのなら、今年だって……。

背筋が寒くなる。怖い。

やりきれなさも、せつなさも、自己嫌悪も吹き飛ぶ。

帰ろう。帰れば、安全で明るい部屋がある。「ごめんなさい」と謝れば許してくれる母がいる。

帰ろう。

踵《きびす》を返そうとしたとき、
青い火花が見えた。

青い美しい火花が闇に散ったのだ。

地上から数メートルの高さで、小さな花火のように火の粉が散る。青一色の火の花が咲く。

この青に、見覚えがあった。

わたしは前に進む。ゆっくりと、慎重に足を運ぶ。火花はジャングルジムの上で散っていた。てっぺんに黒い人影がうずくまっている。両手の手首から先が青く発光していた。指と指が触れあうたびに、青い火花が四方に撒《ま》かれる。

不思議だとも怖いとも感じなかった。美しいとだけ感じた。

何てきれいな青だろう。澄んだ秋空より、さらに青い。

わたしは見惚《みと》れてしまう。

青い光はしだいに薄れ、やがて消えた。束の間、闇が辺りを包み込む。けれど、すぐに月が雲を割って、現れた。月の光が降りてくる。その光を求めるかのように、人影が空を仰いだ。それから、わたしの方に顔を向けた。

「円藤……」

光一くんが、わたしの苗字を呼んだ。

「光一くん」

わたしは、光一くんの名前を呼んだ。それっきり二人とも黙り込む。風がわたしの頬を撫《な》でていく。

「そこに、行ってもいい」

問いながら、わたしはジャングルジムを摑んでいた。冷たい。

「いいけど」

光一くんが身じろぎする。身体を動かし、わたしのために場所を空けてくれた。わたしは躊躇《ちゅうちょ》なくジャングルジムを上り、その場所に腰を下ろした。

光一くんと身体を寄せ合う。

温かい。

ジャングルジムは冷たいのに、光一くんは温かい。

「円藤」

光一くんが囁《ささや》くように、また、わたしを呼んだ。

「おれな……」

「N高に行くんでしょ。あたしも、第一志望、N高にしたの」

わたしは早口で、光一くんの言葉を遮った。

「一緒に行けたらいいね……なーんて。光一くんは合格圏内だけど、あたしちょっとヤバいかも。正直、焦ってんだ」

風が強くなる。

光一くんの前髪もわたしの前髪も、風になぶられる。

「おれ、だめだ」

光一くんがため息を吐く。

「やっぱりだめだ。これ以上、ここにはいられない」

二度目のため息。最初のものより、ずっと重く長かった。

「どうして？」

わたしは尋ねた。語尾が震えて、掠《かす》れてしまう。

「背が伸びるのが止まらないんだ。どんどん、伸びて行く。この星の環境に適応できなくなった証拠なんだ。このままだと……」

「このままだと？」

「生きていけなくなる」

わたしは、息を飲み込んだ。光一くんのため息を全部、吸い込んでしまいたかった。

別れの予感は正しかったのだ。こんなにも、正しかったのだ。

「光一くん……どこに行くの」

どこに行ってしまうの。

光一くんは、黙って、空を見上げた。

月と星があった。

「ずっと、ここにいられると思ってたのにな」

光一くんの言葉が染みる。わたしの中に染み込んでくる。

「嫌」

わたしは光一くんの腕を摑んだ。

「そんなの嫌。あたし、光一くんと一緒にいたい」

「円藤」

「嫌だ。ここにいて。もう少し、ここに……」

言葉が詰る。指先が震える、涙がまた、零《こぼ》れてしまう。

光一くん、あなたが好きです。あなたが何者であっても、あなたが光一くんである限り、わたしはあなたが好きです。

頰に指が触れた。指先がほんのり青く光る。少し熱い。

光一くんの青い指がわたしの唇に触れる。わたしは眼を閉じる。光一くんの唇が重なった。

青色のキスだった。

「知ってるか、円藤」

唇を離し、光一くんが言う。

「N高って、飼育委員会があるんだぞ」

「飼育委員会……」

「そう。高校の敷地内にウサギ小屋とニワトリ小屋とインコの小屋があるんだって」

光一くんはわたしの眼を見詰めながら、微笑《ほほえ》んだ。

「高校に入ったら、飼育委員になるか」

「それもいいね」

わたしは一瞬、ウサギとニワトリの糞の臭いを思い出した。とても懐かしい臭いだった。

「帰ろう」

光一くんが言った。それから、とても小さな声で「ありがとな」とも言った。

風が吹き過ぎた。


光一くんの一家は翌日、街から消えていた。

光一くんのお父さんの経営する『下野原工務店』が倒産して、夜逃げしたのだと、うわさを聞いた。

光一くんは消えてしまった。

もう二度と会えない。

わたしはN高校に合格した。

飼育委員会に入り、ウサギやニワトリの世話を三年間、務めた。日下部くんもいっしょだ。

高校一年の夏と秋のあわいのころ、光一くんが消えてちょうど一年が経った日、日下部くんから交際を申し込まれた。

「円藤が行くって言うから、死に物狂いで頑張って、この高校に入ったんだ」と告げられた。

「円藤が光一のこと好きなの知ってたから……告《こく》るの我慢してた。でも……我慢できなくて……」

陽気で屈託のない日下部くんがもごもごと、しゃべる。

あぁ本気なんだ。この人、本気でわたしを求めているんだ。素直に、日下部くんを信じられた。

でも、わたしはまだ、光一くんが好きだった。忘れられなかった。

「ありがとな」

あの一言が、鮮やかに耳に残っている。まだ、残っている。

わたしは高校を卒業し、大学に進み、獣医になるために学んでいる。日下部くんは人間の方の医者になるのだそうだ。

『まだ諦めてないからな。おれ、けっこう粘着質だったんだな。で、今度の日曜日、会わない?』

なんて携帯メールが、今、届いた。

さて、何て返事をしよう。

携帯の画面を見詰め、思案する。

何と返事をしたいのだろう、わたしは……。

何気なく顔をあげた視線の先、道路の反対側にひょろりと背の高い少年がいた。

白いシャツを着ている。

わたしは携帯を握りしめ、小さく叫んだ。

横断歩道の信号が青になり、人々の群れが道路を渡る。

少年はもうどこにもいなかった。

行き交う人々の流れの中で、わたしは一人、佇む。大きく息を吐き出す。それから、大股で横断歩道を渡った。大学へと続く道を、真っ直ぐに、止まることなく、歩き続ける。

校門の手前で足を止め、ふと空を見上げた。

夏と秋のあわいの空だ。

光一くんの空だった。

「ありがとな」

光一くんの声が、遠く遠く、微《かす》かに伝わってくる。それは、風にざわめく木々の音に消され、すぐに聞こえなくなった。

四本のラケット

佐川 光晴

佐川 光晴
さがわ・みつはる

1965年東京都生まれ。北海道大学卒業。2000年「生活の設計」で新潮新人賞を受賞しデビュー。02年『縮んだ愛』で野間文芸新人賞、10年『おれのおばさん』で坪田譲治文学賞を受賞。著書に『家族芝居』『ぼくたちは大人になる』『牛を屠る』『おれたちの青空』など。

給食をなかなか食べおわらない女子がひとりいたため、あとかたづけに時間がかかり、ぼくは大急ぎでテニスコートにむかった。一年三組の教室がある四階から一気に階段をかけおり、昇降口を出てグラウンドに目をやると、テニス部の一年生たちが道具小屋のまえにかたまっているのが見えた。

「太二《たいじ》、おせえよ」

みんなより頭ひとつ背の高い武藤《むとう》に呼ばれて、道具小屋へとダッシュしながら、ぼくはグーをだそうか、パーをだそうか悩んでいた。きのう、おとといとグーで助かっていたから、みんなそろそろパーをだそうと考えているかもしれない。いや、そうはいっても、やっぱりグーがつづく気がする。

朝練で荒れたコートを、昼休み中にブラシでならすのは一年生の役目だった。ただし、二十四人全員でする必要はないので、グーパーじゃんけんの一発勝負で人数の少ないがわになった者たちが四面あるコートの整備に当たる。同数の場合は、前日に負けた手をだしたがわが負けになる。

「一中の男子テニス部に代々うけつがれてきた伝統だからな。誰かがひとりでやることになったとしても、手伝ったりするなよ」

四月半ばに二年生の中田《なかた》さんから言われたときに、グーパーじゃんけんだと結果がかたよって不公平になるのではと、ぼくは心配になった。

「まあ、やってみな。おもしろいもんで、あんがい公平にいくから。いろんなメンバーでコート整備をするようになって、自然にチームワークもよくなるしな。毎日自分がやるものだとおもって、助かったらラッキーくらいに考えておくのが無難だけど、本気で読みを入れて勝負するのもおもしろいぜ。ただし、かげで相談をして、誰かひとりをハメるのは絶対になしだぞ。わかったな」

いまはキャプテンになっている中田さんは、いかつい顔に似合わず気がきくひとらしく、こちらの懸念をあらかじめうち消してくれたのはありがたかった。さらに、いくら伝統だといっても、じゃんけんのせいで人間関係が悪くなっては意味がない。そのときは当番制に切りかえてやるから、遠慮なく言いに来いとフォローまでしてくれたが、ぼくは翌日から昼休みのじゃんけんが気になってしかたがなかった。

もっとも、中田さんが言ったとおり、たいていは十四人対十人くらいの結果におちついて、自分が少ないほうにはいったときでも余裕をもってコート整備をすることができた。一度だけ、グーが二人になったことがあり、ぼくもそのうちのひとりだった。勝負の結果を嘆いているひまなどなく、二人ともが左右の手に一本ずつブラシを持ち、無言でコートを掃いてまわった。どうにかやりおえたときに昼休みの終了を告げるチャイムが鳴りだして、大急ぎでブラシをかたづけて教室にかけこんだあとはしばらく汗がひかなかった。

ひとりになったら、絶対に時間内にはおわらない。そのときそうおもったが、さいわい十月半ばの今日まで、二十二人対二人というのが最大のかたよりだった。でも、そろそろ、グーかパーがひとりだけということになるかもしれない。

「おい、末永《すえなが》。早く来いよ」

ぼくがみんなの輪にはいりかけたときに武藤がどなって、ふりかえると末永が昇降口から出てきたところだった。長髪を、トレードマークのヘアーバンドでまとめた末永が、長い手足をふって一気に迫ってくる。

「太二、パーな」

武藤は小声で言うと、そっぽを向いた。いままで一度もなかったことだが、みんながなにをしようとしているのかはわかった。やめたほうがいいよ、という言葉が口から出かかったときに末永が到着した。

「悪い悪い。給食のあと、腹が痛くなってさ」とおくれた言いわけをする末永を尻目に、

「グーパー、じゃん」とみんなが声をだした。

「あっ」

自分だけがグーだとわかり、末永がしゃがみこんだ。うなだれた顔にかかった髪のすきまから、とがらせた口が見えた。

「すげえ偶然だな。おい、末永。手伝ってやりたいのは山々だけど、よけいなことをしたら先輩たちに怒られるからよ」

武藤は早口で言うと、さあ行こうぜというように右腕をふった。ぼくは残って末永と一緒にブラシをかけようかとおもったが、久保に肩をたたかれて、みんなにまざって小走りで校舎にもどった。

たまたま末永がおくれたのにかこつけて、武藤がワナをしかけたのだ。もしも末永と同時に到着していたら、ぼくもグーをだしていたかもしれない。ぎりぎりセーフと安堵《あんど》するのと同時に、末永がキャプテンの中田さんか顧問の浅井《あさい》先生にこのことを訴えたらたいへんだと不安がよぎった。

中田さんはふだんはおだやかだが、一度怒ると簡単には相手を許さなかった。夏休みの練習で、数人の二年生が日かげでサボっていたときには、自分も一緒にやるからと二年生全員で二百回素振りをした。あらかじめ注意されていたのに、末永ひとりをハメたことがばれたら、どんな罰を与えられるかわからない。

こんなことなら武藤の言いなりになるんじゃなかったと、ぼくは後悔していた。でも、聞こえなかったふりをしてグーをだしていたとしても、自分だけいい子になりやがって と、みんなの反感を買っていただろう。

久保が武藤についたのも、ぼくにはショックだった。久保は小学一年生からの友だちで、超がつくほどまじめなやつだ。そのぶんかけひきがへたで、肝心なところで相手に裏をつかれる。グーパーじゃんけんでもよく負けて、三回に二回はコート整備をしていた。だから、というわけでもないが、ぼくは久保ならこういうときは絶対にとめるだろうとおもっていた。

武藤と末永はプレースタイルがよく似ていた。二人とも百七十五センチをこえる長身で、威力のあるサーブ&ボレーを武器にしている。ツボにはまると手がつけられないが、ベースラインでの打ちあいをやや苦手にしていて、自分のイージーミスから崩れることが多いところまでそっくりだった。

ただし、武藤が練習熱心なのに対して、末永はすぐに手をぬこうとする。筋トレのときに、末永がまじめにやらなかったせいで、スクワットや腕立て伏せの回数を増やされたことも一度や二度ではなかった。だから、武藤が中心になってハメたのはたしかに行きすぎだが、末永にまったく非がないわけではなかった。

そうはいっても、ひとりで四面のコートにブラシをかけるのはたいへんだ。末永の性格からすると、途中で投げださないともかぎらない。それをきっかけに末永が退部したら、後味の悪いことになってしまう。

昼休みのおわり近くに、四階の教室の窓からグラウンドに目をやると、末永はまだブラシをかけていた。かなりがんばったようで、残りは半面だったが、そこで昼休みの終了をしらせるチャイムが鳴りだした。両手にブラシを持った末永は前かがみになって最後の力をふりしぼり、コートの端にたどり着くなり地面にひざをついた。

末永は放課後の練習にいつもどおり参加したので、ぼくは胸をなでおろした。今回は大ごとにならずにすんだが、昼休みのグーパーじゃんけんがあるかぎり、こうした問題はくりかえされるのだとおもうと気が重かった。なにより、武藤の言いなりになってしまった自分が情けなかった。練習にも集中できず、ぼくはどうすればいいのかを考えながら家までの帰り道を歩いた。

「おう太二、おかえり。今夜は麻婆豆腐《マーボー》だ」

玄関からダイニングルームにはいると、父がキッチンで夕食のしたくをしていた。

「うん、ただいま」

看護師の母が夜勤の日は父が家事をする。今日がそうだったことをおもいだし、ぼくは二階にあがって制服を脱いだ。

父が働く豆腐店は家から一キロほど離れた商店街にある。朝早い仕事なので、父は毎朝午前三時ごろに原付バイクに乗って出かけていく。そのぶん帰りは早くて、午後五時すぎには家にもどってくる。そして週に一、二度、母にかわって夕食をつくってくれるのだが、去年の四月に豆腐店で働きだしたばかりのころは、なれない仕事にからだがついていかず、とても家事どころではなかった。

父が早期退職者の募集におうじて会社を辞めたのは、ぼくが小学五年生をおえる三月末だった。そのまえの十一月ごろから夜中に父と母が話しあう声が聞こえてきて、なにか深刻な問題がおきているらしいと、ぼくはひそかに心配していた。

ぼくの部屋の真下がダイニングルームのテーブルなので、床を通して両親の話し声が聞こえてしまう。十二月になると毎晩のように話し声が聞こえてきて、ぼくはまたかとうんざりしながら聞くともなく聞いていたが、姉まで加わって三人で話しだしたときはおもわず床板に耳をつけた。

その晩の話題は姉の進路だった。父が会社を辞めれば家計は苦しくなるが、難関を突破して入学した中高一貫校でもあり、このまま高校にあがらせるつもりでいる。ただし、母が夜勤もするようになるし、生活費もきりつめなければならない。そのあたりのことは理解してほしいと話す父の低い声が、床板を通してぼくの鼓膜をふるわせた。

姉はこれまでどおりに学校に通えることに安心しながらも、不況のあおりで退学していった友達がいたと不安を口にした。

「この家を手放すようなことにはならないから、そう心配するな」

「でも、自分でお豆腐屋さんをするとなると、会社員のときとはちがって、月にいくら収入があるのかわからなくなるわけでしょ?」

「退職金がそうとう出るし、おかあさんも正規採用の看護師として働くから、当座の生活には困らないって言っただろう」

「でも……」

「いいか、弓子。おまえはまだ中学生なんだし、しばらくは黙って親のやることを見ていなさい」

父が強い語気でかたり、そこで話しあいはおわったようだった。

姉とちがい、ぼくは地元の第一中学校に進むつもりでいた。公立中学校にはめずらしく硬式テニス部があり、しかも毎年県大会に出場している強豪校だ。部員が多いと練習に支障をきたすため、入学後のセレクションで一学年二十四人にしぼりこむというが、ぼくは選ばれる自信があった。

父の転職について、ぼくに説明があったのは一月末だった。四月から、父は商店街の豆腐店で働くという。

「家のなかがバタバタするとおもうけど、しっかり頼むぞ。テニスも勉強もがんばれよ」

「うん、わかった」

そう答えながら、ぼくは父をすごいとおもった。四十歳をすぎてから、肉体的にもきつい仕事につくひとなんてめったにいない。

父によると、九月の連休中に、たまに買い物に行っていた商店街の豆腐店に立ちよった。なじみらしい客と店の主人が話をしていて、後継ぎもいないので一年後には店をたたむつもりでいると聞き、父はその場で決意して弟子入りを志願した。

豆腐店の主人は面食らい、その年齢ではとても無理だと断った。しかし父はあきらめず、仕事の合間を見つけては、弟子入りをお願いしに行った。大学生のときに近所の豆腐店でアルバイトをしていたので豆腐のつくり方は一応心得ている。油揚げや厚揚げだって揚げられる。高校、大学とラグビーをしていたので、いまでも体力には多少の自信がある。あまりの熱心さに店の主人もついに折れて、実はお客さんからも店を閉めないでほしいと言われていたのだとうちあけて、父の願いを聞きいれてくれたとのことだった。

「まあ見ていてくれ。おとうさんは、この歳になってようやく、一生つづけたいとおもえる仕事が見つかって、うれしくてしかたがないんだ」

そのことばを聞いて、ぼくは父が会社での仕事をあまり好きではなかったのだとわかった。

父は豆腐づくりに全力でとりくみだした。腕にやけどをしてくるのはしょっちゅうだし、なれない水仕事で手にあかぎれをつくりながらも、楽しくてしかたがないようだった。

サラリーマンのときは、仕事のことなんてほとんど話してくれなかったのに、父は晩ごはんのとき、豆腐づくりについてあれこれかたった。材料は国産大豆と天然のにがりだけで、消泡剤は使わない。そのため大豆を煮るときに泡が立ちやすく、吹きこぼれないように火加減を調節するのがとても難しい。しかも、にがりを打つタイミングで豆腐のできはまるでかわってしまう。気温や湿度のちがいも考えにいれなければならず、一年三百六十五日、同じ味の豆腐をつくりつづけるのは本当にたいへんだ。日本では大豆を生産する農家が減る一方だし、良質の豆を手にいれるためには農業のありかたについても考えていかなければならない等々、豆腐に関する父の話はつきることがなかった。

「太二、どうした？　早く来いよ」

父に呼ばれて階段をおりていくと、テーブルに晩ごはんが並んでいた。まんなかに麻婆豆腐をよそった大皿があり、となりの中皿には中華サラダと、おからをのせたトマトのスライス。味噌汁はシジミで、きざんだ万能ネギがふってあった。

「よし、食うぞ。腹がへって、もうガマンができん。いただきます」

ぼくがテーブルにつくなり父はレンゲで麻婆豆腐をすくい、猛烈な勢いで食べだした。丸一日働いたあとなので、とにかくおなかがすくらしい。もともと筋肉質だったからだがさらにたくましくなっていて、なかなか筋肉がつかないぼくは父がうらやましかった。もっとも、父も子どものころはクラスで一番小さいくらいで、背が伸びたのは高校生になってからだという。

「どうした、食わないのか？　うまいぞ、奮発して黒豚の挽肉を使ったからな。しかも豆腐は、おとうさんがつくった特選木綿豆腐だ」

　修業を始めて一年半がすぎ、父はかなりの手応えを感じているようだった。このところ父の豆腐は一段とおいしくなっていたし、料理の腕まであがって、今夜の麻婆豆腐はこれまでで最高のおいしさだった。

「うん、うまい」と答えたとたん、ぼくは悲しくなって顔をふせた。

「おい、どうした？」ときかれても返事ができず、ぼくはトレーナーの袖で涙をふいた。

「部活かクラスで、うまくいかないことでもあるのか？」

「あるけど、だいじょうぶ。自分たちでどうにかするから」

「そうか」

「うん。言っとくけど、おれがいじめられているわけじゃないからね」

かえって心配させてしまう言い方だったと気づいて顔をあげると、父はそれ以上はなにもきかずに、黙ってごはんをかきこんだ。

「よし、ごちそうさま。悪いが、おとうさんは風呂にはいって、そのまま休むぞ。一時間もすれば弓子が帰ってくるだろう。あいつも勉強で疲れているはずだから、おまえが麻婆豆腐や味噌汁を温めなおしてやってくれ。あと、あしたの朝はパンだからな」

午前二時半におきる父は、午後九時には寝てしまう。以前は夜中に酔って帰ってくることもあったのに、このところは健康そのものの生活で、そうでなければおいしい豆腐はつくれないとのことだった。

高校二年生になった姉は、授業がおわったあとに、学校の近くにある図書館で勉強をしてから帰ってくる。帰宅は九時すぎで、いつも父とはすれちがいだった。塾に行けないぶんを自力でおぎなおうとしているのだろうが、ぼくには姉が父をさけているようにも見えた。もっとも、母とはよく話をしているらしい。

「ねえ、おとうさん」と、風呂場にむかおうとする父にぼくは声をかけた。

「なんだ、どうした」

「このところ、腰はいいの？」

「良くもないが、悪くもない。今、ギックリ腰をやるわけにはいかないからな。準備体操は念入りにしているし、適度に動かしているほうがからだにはいいみたいだ。なんだ、おまえ、腰が痛いのか？」

「いや、そうじゃなくて」とぼくがためらっていると、父は息をついてイスにすわった。

「そうだな。豆腐屋になると決めてから、おとうさんは自分の仕事のことばかり考えていたからな」

独りごとのようにつぶやき、父はテーブルに両手をのせた。豆腐づくりを始めてから、父の手はふだんでも白くむくんでいた。冷たい水に手をつけることが多いので、タオルでふいてもどうにもならないのだという。

「頼みごとがあるなら、遠慮しないでいいぞ。なんだ、新しいラケットかシューズでも欲しいのか？」

「いや、そうじゃなくて、いつかまた家族四人でテニスをしたいとおもってさ」

ぼくが言うと、父はいったん視線をはずしてから小さくうなずいた。ほんの一年間だけだったが、ぼくが小学一年生のときは毎週土曜日に家族四人でテニススクールに通っていた。練習のあいまに親チームと子どもチームでダブルスの試合をしたり、つぎのときは男チームと女チームで戦ったりと、本当に楽しかった。

「おとうさんたちのラケットも、とってあるんでしょ？」

「ああ、ちゃんと押入れにしまってある。おまえが小学生のときに使っていたラケットも一緒に、四本まとめてとってある。でも、使う前にガットをはりかえないとな」

「それならよかった。呼びとめてごめん、明日も早いんでしょ」

「ああ、さっさと風呂にはいらないとな」

そう答えながらも、なかなかイスを立とうとしない父のまえで、ぼくは麻婆豆腐をたらふく食べた。


父の麻婆豆腐でおなかはいっぱいになったものの、グーパーじゃんけんをおわらせるアイディアはおもいつかなかった。テニス部の連絡網はわたされていたので、いっそのこと中田さんに話してしまおうと、ぼくは携帯電話を開いた。

しかし、キャプテンに直談判《じかだんぱん》して当番制にかえてもらったとしても、それなら誰がチクったのだろうと、一年生部員のあいだに不信感が生まれてしまう。やはり自分たちで解決するしかないと覚悟を決めて携帯電話を閉じたが、どうすればいいのかはわからなかった。

「神様、雨を降らせて、明日の朝練を中止にしてください」

寝るまえに三度も祈ったのに、いつもと同じ午前六時に目覚まし時計に起こされて雨戸を開けると、空はよく晴れていた。一階では母が朝ごはんのしたくをしていて、父は母が帰ってくるまえに仕事に行ったという。

「学校でなにかあったの？　おとうさんがメールをくれて、太二のことを心配していたから、おかあさん早引けしてきたのよ」

夜勤のときは午前八時で交替だったとおもいだし、ぼくは母にあやまった。

「心配させてごめん。でも、なんでもないんだ。おかあさんは、きょうは休み？」

「夜勤あけだから、あさっての朝まで家にいるわよ」

「そうなんだ」と答えながら、今夜は父と母がそろっているのだとおもうと、やるだけのことはやってやろうと気合いがはいった。母がつくってくれたベーコンエッグとトーストの朝ごはんを食べて、ぼくはラケットを背負い、かけ足で学校にむかった。

朝練では、一年生対二年生の対抗戦をする。シングルマッチで一ゲームを取ったほうの勝ち。四面のコートに分かれて、合計二十四試合をして、白星の多い学年はそのままコートで練習をつづける。負けた学年は球拾いと声だしにまわる。

力試しにはもってこいだが、二年生との実力差は大きくて、これまで一年生が勝ち越したことはなかった。武藤や末永でも三回に一回勝てるかどうかで、久保は一度も勝ったことがない。ぼくは勝率五割をキープしていたが、団体戦に出場するレギュラークラスには歯が立たなかった。ただし、一度だけ中田さんから金星をあげたことがある。ベースラインでの打ちあいに持ちこんで、ねばりにねばって長いラリーをものにした。誰が相手であれ、きのうからのモヤモヤを吹き払うためにも、ぼくはどうしても勝ちたかった。

ところが、やる気とは裏腹に、ぼくは一ポイントも取れずに負けてしまった。武藤や末永もサーブがまるで決まらず、ダブルフォールトを連発して自滅。久保も、ほかの一年生たちも、手も足も出ないまま二年生にうち負かされて、これまでにない早さで勝負がついた。

「どうした一年。だらしがねえぞ」

キャプテンの中田さんに命じられて、ぼくたちはグラウンドを走らされた。いつも先頭をきっているので、みんなの姿を見ずに走るのはなれていたが、今日だけは武藤や末永や久保がどんな顔でついてきているのか、気になってしかたがなかった。

誰もが、きのう末永をハメたことを後悔しているのだ。足を止めて、一年生全員で話しあいをして、昼休みのコート整備を当番制にかえてもらうようにキャプテンに頼もうと言いたかったが、おもいきれないまま、ぼくはグラウンドを走りつづけた。

「よし、ラスト一周。ダッシュでまわってこい」

中田さんの声を合図に全力疾走となり、ぼくは最後まで先頭を守った。

「ボールはかたづけておいたからな。昼休みのコート整備はちゃんとやれよ」

八時二十分をすぎていたので、ネットのむこうは登校する生徒たちでいっぱいだった。武藤に、まちがっても今日はやるなよと釘を刺しておきたかったが、息が切れて、とても口をきくどころではなかった。

ラケットを持って四階まで階段をのぼりながら、ぼくは武藤と話さなくてよかったとおもった。ぼくが武藤を呼びとめていたら、ほかの一年生はぼくたちがなにを話しているのかと、気になってしかたがなかったにちがいない。武藤ではなく、久保か末永を呼びとめていても同じ不安が広がっていたはずだ。冷静に考えれば、きのうのことは一度きりの悪だくみとしておわらせるしかないわけだが、疑いだせばきりがないのも事実だった。

もしかすると、みんなは今日も末永をハメようとしていて、自分だけがそれを知らされていないのかもしれない。もしかすると、きのうのしかえしに、末永がなにかしかけようとしているのかもしれない。もしかすると、二、三人の仲の良い者どうしでもうしあわせて、たとえ負けてもひとりにはならないように安全策をこうじているのかもしれない。

ウラでうちあわせ可能な手口がつぎつぎ頭にうかび、これはおもっている以上に厄介《やっかい》だと、ぼくは頭を悩ませた。

やはりキャプテンの中田さんに助けてもらうしかない。そうおもったが、それをおもいとどまったのは、きのうから今日にかけて、一番きついおもいをしているのは末永だと気づいたからだ。末永以外の一年生部員二十三人は、自分が加担した悪だくみのツケとして不安におちいっているにすぎない。それに対して末永は、今日もまたハメられるかもしれないという恐れをかかえながら朝練に出てきたのだ。最終的に中田さんに頼むとしても、まずはみんなで末永にあやまり、そのうえで相談するのが筋だろう。

そう結論したのは、三時間目のおわりぎわだった。おかげで授業はまるで頭にはいっていなかったが、ぼくはようやく自分のするべきことがわかった気がした。そこでチャイムが鳴り、トイレに行こうと廊下に出ると、武藤が顔をうつむかせてこっちに歩いてくる。

「よお」

「おっ、おお」

武藤はおどろき、気弱げな笑顔をうかべた。そんな姿は見たことがなかったので、もしかすると自分から顧問の浅井先生かキャプテンの中田さんにうちあけたのではないかと、ぼくはおもった。たっぷり怒られるだろうが、それでケリがつくならかまわなかった。

それなら、昼休みには浅井先生か中田さんがテニスコートに来るはずだ。

給食の時間がおわり、ぼくはテニスコートにむかった。しかし集まったのは一年生だけだった。ぼくは落胆するのと同時に自分の甘さに腹が立った。

いつものように二十四人で輪をつくったが、誰の顔も緊張で青ざめている。末永にいたっては、歯をくいしばりすぎて、こめかみとあごがぴくぴく動いていた。いまさらながら、ぼくは末永に悪いことをしたと反省した。

しかしこんな状況で、きのうはハメて悪かったと末永にあやまったら、どんな展開になるかわからない。武藤をはじめとするみんなからは、よけいなことを言いやがってとうらまれて、末永だって怒りのやり場にこまるだろう。

だから、一番いいのは、このままふつうにグーパーじゃんけんをすることだった。うまく分かれてくれればいいが、偶然、グーかパーがひとりになる可能性だってある。ハメるつもりがないのに、末永がまたひとりになってしまったら、事態はこじれて収拾がつかなくなる。

みんなは青ざめた顔のまま、じゃんけんをしようとしていた。どうか、グーとパーが均等に分かれてほしい。

こぶしを顔の横に持ってきたとき、ぼくの頭に父の姿がうかんだ。一緒にテニススクールに通っていたころ、父は試合で会心のショットを決めると、応援しているぼくたちにむかってポーズをとった。ぼくや母も、同じポーズで父にこたえた。

「グーパー、じゃん」

かけ声にあわせて手をふりおろしたぼくはチョキをだしていた。本当はVサインのつもりだったが、この状況ではどうしたってチョキにしか見えない。ぼく以外はパーが十五人でグーが八人。末永はパーで、武藤と久保はグーをだしていた。

ぼくが顔をあげると、むかいにいた久保と目があった。

「太二、わかったよ。おれもチョキにするわ」

久保はそう言ってグーからチョキにかえると、とがらせた口から息を吐いた。

「なあ、武藤。グーパーはもうやめよう」

久保に言われて、武藤はくちびるを隠すように口をむすび、すばやくうなずいた。そして、武藤は握っていたこぶしから人差し指と中指を伸ばすと、ぼくにむかってその手を突きだした。

武藤からのVサインをうけて、ぼくは末永にVサインを送った。末永は自分の手のひらを見つめながらパーをチョキにかえて、輪のなかにさしだした。

「明日からのコート整備をどうするかは、放課後の練習のあとで決めよう。時間もないし、今日はチョキがブラシをかけるよ」

そう言って、ぼくが道具小屋にはいると、何人かの足音がつづいた。ふりかえると、久保と武藤と末永のあとにも四人がついてきて、ぼくは八本あるブラシを一本ずつ手わたした。

コート整備をするあいだ、誰も口をきかなかった。ぼくの横には久保がいて、ブラシとブラシが離れないように歩幅をあわせて歩いていると、きのうからのわだかまりが消えていく気がした。

となりのコートでは武藤と末永が並び、長身の二人は大股でブラシを引いていく。コートの端までくると、内側の武藤が歩幅を狭くしてきれいな弧を描き、直線にもどれば二人ともがまた大股になってブラシを引いていく。

きっと、ぼくたちはこれまでよりも強くなるだろう。チーム全体としても、もっともっと強くなれるはずだ。

ぼくはいつか、テニス部のみんなに、父がつくった豆腐を食べさせてやりたいとおもった。さらに、このコートで家族四人でテニスをしたいとおもい、押入れにしまってある四本のラケットのことを考えた。ぼくはブラシを引きながら、胸のなかで父と母と姉にむかってVサインを送った。

ひからない蛍

朝井 リョウ

朝井 リョウ
あさい・りょう

1989年岐阜県生まれ。大学在学中の2009年、『桐島、部活やめるってよ』で第22回小説すばる新人賞を受賞しデビュー。11年『チア男子!!』で第3回高校生が選ぶ天竜文学賞を、13年『何者』で第148回直木賞を、14年『世界地図の下書き』で第29回坪田譲治文学賞を受賞。他の著書に『星やどりの声』『もういちど生まれる』『少女は卒業しない』『スペードの3』『武道館』『世にも奇妙な君物語』『ままならないから私とあなた』『何様』等。最新刊は『風と共にゆとりぬ』(文藝春秋)。

1

トイレに行きたい。だけど、トイレがどこにあるのかがわからない。

これはもしかしたら、大きいほうもしたいのかもしれない。ホウキを握る手にぎゅっと力が入る。昨日、建物の中を案内してもらったばかりなのに、いま自分がどこにいるのか、トイレはどこにあるのか、太輔《たいすけ》にはよくわからなかった。給食の直前、誰もいないときを見計らって、学校のトイレで用を済ませたのが最後だ。昨日の夜は、お風呂でこっそりおしっこをした。

ここは、これまで暮らしていた家よりずいぶんと広い。大きな迷路の中で、太輔はまだ自由に動けない。

昨日この建物を案内されたとき、横に長い長方形をしているなあと思ったことを思い出す。だったら、あっちに行けばトイレがあるかもしれない。

「佐緒里《さおり》ちゃん、あいつどっか行くよ。掃除サボる気だよ」美保子《みほこ》の高い声が聞こえたけれど、太輔は振り向かない。佐緒里は「あいつ、なんて呼ばないの。太輔くん、でしょ」と、腰に巻きつく美保子をやさしくほどいている。

七月の夕方、山の向こう側にある太陽が、むきだしの肌をちりちりと痛めつける。地面に伸びるホウキの柄《え》の影を見て、自分はいまこんなにも長いものを持っているはずない、と太輔は思った。

「ぼく、どうしたの？」

急に声をかけられて、肩がびくっと動く。

「掃除場所、どこ？」

にわそうじ、と答えようとしても、声が出ない。この男の人は誰だろう。昨日はこんな人いなかった。このお揃《そろ》いの青いTシャツを着た人たちは、今日の午後、急にどわっと現れた。

「ダメでしょサボったら、掃除の時間なのに。ほら、お兄さんと一緒に戻ろう」

胸のあたりに、白くて大きなカタカナの文字がある。スマイル、キッズ、とか、なんとか。ハートマークが真ん中にあって、周りにニコニコマークがちりばめられている。

この人たちは、何かを話すとき、わざわざしゃがんでまで目を合わせてくる。

それが少し、怖い。

「すいません、太輔くん、たぶんトイレに行きたいんだと思います」

肩に、誰かの手が載った。

「私が連れて行きます。この子、昨日ここに来たばかりだから」

私この子と同じ班なんで、と、佐緒里が言うと、青いTシャツの男は「そう、ならよろしくね」と小さく折りたたんでいた体をぐんと伸ばし、何かをメモ帳に書き込んだ。青いTシャツのニコニコマークが、夕陽《ゆうひ》の光をぴんと弾《はじ》く。

「太輔くん、一階のトイレはお風呂場の横。私たち一班だけ部屋が一階だから、ここ、いっぱい使うからね」

ここだよ、とトイレの前に連れてこられても、太輔は動き出すことができない。男子トイレの中には、違う班の、知らない男子がいる。小学校高学年くらいだろうか、自分より大きい体の子が二人、タイルにまいた水をブラシで飛ばしあっている。

「どうしたの、入らないの？」

佐緒里の声に、太輔は小さく頷《うなず》く。「もうちょっと待つ」と声を出すことができたころには、掃除の時間の終わりを告げる放送が流れ始めていた。二人の男子が、トイレから飛び出してくる。じゃあまた食堂でね、と、佐緒里がそばを離れる。太輔のホウキも一緒に持って行ってくれたらしい、太輔の両手はいつの間にか空っぽになっている。

三人の足音が聞こえなくなってやっと、太輔はトイレに入った。誰かが見ている前で、トイレの個室に入るのは恥ずかしい。

「うわ、おいしい。ここのご飯すごくうまいなあ」

青いTシャツの男がわざとらしく大きな声を出す。胸元の名札を横切る「ケンタロー」という水色の文字には濃紺で影がつけられており、立体的に見えるようになっている。美保子がその男に向かって「おいしいでしょ？」と、子どもらしくない上目遣いをしている。淳也《じゅんや》はケンタローの大声に怯《おび》えているのか、昨日よりも食べるペースが遅い。

今日の夜ご飯はハンバーグと、ごぼうのサラダと、味噌汁《みそしる》と、白飯。デザートはりんご。「青葉おひさまの家」では、一日のスケジュールがきちんと決まっている。午後五時から三十分は各班に分かれて掃除、そのあと、六時からは夕飯。そのせいで、いままで毎週観《み》ていた夕方のアニメを観られなくなってしまった。ご飯のメニューも毎日決まっていて、白飯のおかわりは自由だ。

「おいしい？　おいしい？」ちょんまげのように頭のてっぺんで髪を結んだ麻利《まり》が、男に向かってぐいぐい身を乗り出している。

「おいしい。俺いっつもコンビニ弁当だから特に」

「だからそんなにデブなん？」

おなかパ～ンパン、と、麻利は男の腹を指さしてげらげら笑った。男は一瞬、動きを止めたけれど、すぐに麻利に合わせて笑い始める。

食堂には長いテーブルが四つあり、夕食は、それぞれ班ごとに集まって座ることになっている。一班の太輔たちのテーブルは、入り口に一番近い。太輔たちのテーブルにやって来た男は、さっきの掃除時間中に声をかけてきた男だった。

「麻利ちゃんと淳也くんは兄妹《きょうだい》なんだよね？　言われてみれば、ちょっと似てるなあ。いくつ離れてるの？」

男にいきなり話しかけられた淳也は、箸を持つ手を止めた。麻利が、「お兄ちゃんが九歳で、うちがもうすぐ七歳やから、ふたつ。うちお兄ちゃんのこと大好き！」と椅子の上で飛び跳ねる。まるでリレーのバトンを持つように握りしめたフォークで、淳也のハンバーグを奪い取ろうとしている。

「そうか、仲いいね。九歳ってことは、淳也くんは太輔くんと同じ小学三年生？」

「うん！」

なぜか麻利が頷く。いきなり自分の名前が出て、太輔はひゅっと心臓が持ち上がった気がした。男は、文字が走り書きされているメモのようなものを持っている。はっきりと確認できなかったが、自分の名前がその中に含まれていることだけはわかり、太輔は気味の悪さを感じていた。

一班　佐緒里ちゃん　中三　一班のまとめ役
一班　麻利ちゃん　小一　ジュンヤ妹、元気、すぐ泣く
一班　淳也くん　小三　マリ兄、兄妹ともに、シセツ二年目
一班　美保子ちゃん　小二　大人びている　母NG
一班　太輔くん　小三　昨日来た子　※ヨウチュウイ

「今日ね、ママが会いにきてくれたの」

美保子は一瞬、太輔のことをちらりと見た。

「ミホのママ、日曜日にいっつも会いにきてくれるの。それでね、話聞いてくれてね、ぎゅってしてくれるの。ミホ、もうすぐ家に帰れるかもしれないの」

そっか、と微笑《ほほえ》んで、男は美保子の頭を撫《な》でた。男の手の向こうから、美保子がこちらを見ているのがわかる。

「ミホのママはね、もう一回ミホをちゃんとそだてられるってえらい人に言われたら、むかえに来てくれるんだって。だから待っててねって言うの、いつも」

このリボンも今日ママにもらったの、と、美保子は赤いリボンのついたヘアゴムを男に見せた。ママとおそろいなの、と執拗《しつよう》に訴える美保子に、かわいいねえ、と男が微笑

んであげている。太輔は顔を上げることができない。

美保子がまだこちらを見ているような気がする。

「H大学って、ここからけっこう遠いですよね」

ふと、佐緒里の声がした。

「スマイルフォーキッズのみなさんは、いつもこういう感じでボランティアしてるんですか？」

ん、と、お茶を飲みながらケンタローが少し背筋を伸ばしたので、Tシャツを横断している【H大学ボランティアクラブ　スマイルフォーキッズ】という文字が少し張った。

「そうだね。保育園や幼稚園や病院にも行くし、今日みたいに児童養護施設に行くことも多いかな。ゴミをリサイクルして作ったオモチャを持って行くこともあるよ。あとは、地元の祭りのお手伝いをしたりね。近々だと」

男は一口、味噌汁をすすった。

「ほら、蛍祭《ほたるまつ》り。来月の。そこでもいろいろお手伝いするよ。みんなは行くの？」

「あんな、そんときはな、みんなで旅行！」

イェーイ！　と、麻利が突然、淳也と無理やりハイタッチをした。「やめてってば……」巻きこまれた淳也がうんざりと呟《つぶや》く。

「毎年夏にはな、旅行に行くんよ。そのためのバザーが今度あってな、そこでいろいろ売って、そのごほうびでみんなで海に行くんやで。やから、今年は祭りには行けへんの」

ごくんと喉が鳴る。ぐしゃぐしゃになった千切《せんぎ》りキャベツが、ぐいぐいと喉を開いて進んでいくのがわかった。

「祭り、行けないの?」

キャベツを飲み込むと、太輔は言った。

「あ、しゃべったー!」

やっとしゃべったやっとしゃべった! 麻利がパチパチと手を叩《たた》きながら大きな声を出す。他の班からの視線が一班のテーブルに集まってしまう。

「祭りなんて行けないよ、今年は旅行なんだから」美保子の冷たい声は、太輔のなけなしの勇気を簡単にかすめとっていく。「ミホ、ママに新しい水着買ってもらおうっと。お花のかわいいやつ」

喉に詰まったキャベツを、お茶で流し込む。赤ピーマンも同じようにたくさんのお茶で流し込む。そうして野菜を片付けているとコップが空になってしまったので、お茶の入ったボトルに手を伸ばす。

その手が、男の手に当たった。

「あっ」

ずっとニコニコ笑っていた男が一瞬、真顔になった。

「あー危なかった、ごめんね、大丈夫？」

男は、倒れそうになったボトルを支えながら太輔の顔を覗《のぞ》き込んでくる。広い顔いっぱいの笑顔がそこにある。

佐緒里も、ケンタローも、親戚の伯父《おじ》さんも、大きい人たちはいつもそうだ、はじめはいつもやさしい。やさしいのははじめだけで、いつから、叩いてくるようになるかわからない。

最後のトマトを口の中に入れ、ボトルに再び手を伸ばしたとき、佐緒里が言った。

「太輔くん、野菜はちゃんと噛《か》んで食べないとダメだよ」

佐緒里ちゃんはえらいねえ、と感心するケンタローの大きな声が、太輔にはあまり聞こえなかった。

2

「なんで祭り行けないの？　去年も行けなかったじゃん」

あの日、床につかない足をぶらぶらさせながら、太輔はお母さんの向かい側に座っていた。春巻きもご飯も食べ終わってしまって、もう残りは野菜の煮物だけだ。

七月七日は七夕。八月八日は蛍祭り。

「今年こそみんなで行こうと思ったんだけどね、お父さん仕事だし、お母さんも体調崩しちゃって」

コホコホ、と咳《せき》をしながらお母さんは背中を揺らしている。クラスの友達はみんな夜は祭りに行くと言っていた。濃いソース味の焼きそばにたこ焼き、ブルーハワイのかき氷とりんごあめ。目の前にある野菜の煮物が、どんどん憎々しく思えてくる。

蛍祭りが行われる青葉町《あおばちょう》まで、太輔の家からは車で二十分以上かかる。自転車で行くにはかなり遠い。

「みんなで願いとばししようって約束してたのに」

太輔がいくら足をぶらぶらさせても、お母さんは動こうとしない。太輔はあきらめきれずに、やわらかいカボチャに箸を差したり抜いたりを繰り返す。

規模としてそんなに大きなものではないのに、祭り自体の知名度は高い。それは、祭りの目玉行事「願いとばし」をおさめた写真集がとある新聞に紹介され、それが全国的に話題になったからだ。

この地域に伝わる特別な紙でつくられたランタンを、小学校のグラウンドから一斉に飛ばす。下から見ると、赤く光る無数のちょうちんが夜空から吊《つ》るされているようでとてもきれいだ。一年ほど前、その写真集の一枚が新聞やニュース番組でやたらと紹介された。写真の左下には小さな子どもが写り込んでおり、ランタンの赤い光がその子のふくらんだ頰を縁取《ふちど》っていた。

「お父さんなんていいから、二人だけで行こうよ」

家族みんなの願いをこめて。あの写真の下には、そんな言葉が書かれていた。

ランタンは、袋をさかさまにしたような形をしている。気球と同じで、袋の入り口に火を点《つ》けることで袋の中の空気があたたまり、宙に浮く仕組みになっている。火を点けてからは、参加者はじっと黙り、ランタンに願いを込めるのだ。そして、願いごとと一緒にランタンを空に飛ばす。その光をかつてこの地域で見られた蛍になぞらえて、「蛍祭り」という名がついた、と、新聞には書いてあった。

「ねえ、お母さん。二人で行こうよう」

コップにお茶が少ししかない。このままじゃ、野菜を飲み込めない。特にニンジン。

「こんなに雨降ってるんだから、願いとばしだってきっと中止よ」

お母さんは窓の外を見る。大粒の雨が町じゅうをべちゃべちゃと濡《ぬ》らしている。

「それに、願いとばしはね、家族みんなでやるものなんだよ」

ごほごほ、とお母さんはまた咳をして背中を揺らした。

「ランタンだって、家族でひとつでしょ。お母さんと太輔でひとつ飛ばしたら、お父さんだけでもうひとつ飛ばさなきゃってなるでしょ。それじゃダメなんだよ」

「そうなの？」太輔は少し遠くにあるお茶の容器に手を伸ばす。

「そう。家族でひとつしか飛ばせないの」

ふーん、と、よくわからないまま、太輔は頷く。

「今年は我慢して、来年お父さんも一緒に三人で飛ばしにいこうね」

お母さんはそう言いながら、さりげなくお茶の容器を太輔の手から遠ざけた。

「あと、野菜はお茶で流し込んじゃダメ。よく噛まないと、栄養だって吸収されないで流れちゃうんだから」

ええー、と太輔は眉を下げる。結局そのまま、お茶の容器を取り上げられてしまう。

「ほら、もう、お野菜、お茶で流し込まないって約束して？」

お母さんはそう言って、小指を差し出してきた。太輔は自分の小指をそれに結びつける。

「太輔は今日から野菜をちゃんと噛んで食べます。ハイ、約束ね」

空になった食器と一緒に、お母さんはお茶の容器を片付けてしまう。食卓には、太輔の煮物だけが残された。

「ちょっと、お父さん駅まで迎えに行ってくるね。ついでにスーパー寄るけど、何か買ってこようか？」

「アイス！」コーンの！ と付け加えると、お母さんはハイハイ、とエプロンのひもをゆるめた。

「じゃあ、さっきの約束守るんだよ？」

はーい、と太輔が返事をすると、お母さんは満足したように一度頷き、財布と鍵《かぎ》を持ってリビングから出て行った。「すごい雨」しばらくして、玄関からそんな声が聞こえた。

ドアの閉まる音を確認すると、太輔は冷蔵庫を開けた。お茶を取り出す。

雨がさらに強くなる。窓がかつかつと音を鳴らす。風も出てきたようだ。駅は家から歩いて行けるくらい近いけれど、スーパーは少し遠い。太輔がニンジンやカボチャをほとんど噛まずにお茶で流し込んでいるその間に、両親の乗った車は雨でスリップしたトラックに撥《は》ね飛ばされていた。

3

「ここ、この橋渡ったら右曲がる。そしたらもう、すぐそこがうちや。な、わかる？」

前を歩く淳也のランドセルからぶらさがる給食袋が、一歩進むたびに揺れている。

「ここで左曲がったらいっこだけコンビニあって、夜とかは怖い人たちとかおって、危ないんやって！」麻利がほとんど走るようにしてついてくる。

蟬《せみ》の声が、体じゅうにまとわりついてくる。帽子に包まれた頭が汗で蒸《む》れてかゆい。

「あそこ曲がると、中学生とか高校生とか、いっぱいおるから。学校終わったあとは、あんま行かんほうがええ」

「兄ちゃん、はやい、もっとゆっくり歩いてや」

太輔は歩くペースを遅くしてやる。一年生の麻利は、黄色い帽子の白いゴムを嚙む癖があるらしい。汗が染み込んだゴムはとてもしょっぱい味がすることを、太輔は知っている。

だけど今は、太輔の帽子のゴムはとてもきれいだ。帽子そのものも、焼きたてのカステラのようにふんわりと輝いている。

「勉強、大丈夫やった？　前おった小学校と、おんなじくらい？」

真新しい帽子はそれだけで目立つ。私は転校生です、とわざわざ主張して歩いているようだ。

「あした体育あるで、体操服いるけど、持っとる？　赤白帽子は？　名前書いた？」

質問が多すぎて、答えが追いつかない。淳也は、教室にいるときよりも帰り道のほうがよくしゃべる。

「ああ、太輔くんが同じクラスでよかったあ。青葉の家の子はみんな違うクラスやし」

淳也は一日かけて、学校のいろんなところに案内してくれた。教室から出ても、淳也は太輔から離れなかった。

「給食でニンジン出たら、食べてな」

「……おれもニンジン好きじゃないよ」

「うちが食べに行ったる！」

教室違うから無理やろ、と淳也がなだめると、「そのとおり！」と麻利はあっさりと大人しくなった。三人並んで通学路を歩く。周りには田んぼしかない。道にはっきりと映る自分の影を踏もうとして、麻利の歩幅はどんどん大きくなっている。

今日から通うことになった青葉小学校は、「青葉おひさまの家」から歩いて三十分ほどのところにある。子どもが少なくなっているのか、太輔と淳也の所属する三年生以上が二クラスで、一年生と二年生は一クラスしかない。学校に着いたとき、太輔はまず、グラウンドが広い、と思った。すると淳也が「蛍祭りの願いとばし、ここでやるから。広いやろ」と太輔の考えていることを見抜いたように言った。

「あ」

角を曲がったとたん、淳也が一瞬、足を止めた。

二十メートルほど先で、ランドセルが四つ動いている。そのうちのひとつは、他のランドセルに比べてとても高いところにある。

三年一組の中で一番背の高い男子の名前は、長谷川《はせがわ》といった。前の方の席だと後ろの人のじゃまになるから、という理由で、いつでも一番後ろの席に座っているらしい。

「兄ちゃん？」

歩く速度を落とした淳也の顔を、麻利が覗き込む。

教室のすべてを見られる場所にはいつも、長谷川の目がふたつある。休み時間のたびに「学校案内したるな」と教室を出て行く淳也と太輔の姿を、あの目はいつも捉えていた。

「なあなあ、太輔くんは、前はどこの学校におったん？」

帽子のゴムをぐいーんと伸ばしながら、麻利が小石を蹴った。

「こっから車で三十分くらいのとこ」

「へえ。近かったんや。うちらな、めっちゃ遠いところから来たんよ。何でここに来たん？」

「そんなこと聞くもんやないで」

淳也が麻利の頭を叩く。麻利は、五時間目が終わったらもう昇降口にいた。「給食のデザート、朱音《あかね》ちゃんから一個もらってん」そう言って嬉《うれ》しそうに給食袋を揺らしていた。三人で集まって帰ろうとする太輔たちの横を、美保子は別の友達と楽しそうに笑いながらすり抜けていった。

青葉町は、太輔がこれまで住んでいた町よりも田舎《いなか》だ。「青葉おひさまの家」への帰り道は、淳也が教えてくれた。学校を出てプール沿いに歩き、小さな工場と消防署を通り過ぎたら、わっと視界が広がる田んぼ道に出る。そこをずっとまっすぐに歩くと川があり、その川にかかる橋を渡って右に曲がれば、あとは道の両側に用水路がある細い道に沿って進むだけだ。

「うちらはもうパパもママもおらんのやで」

この用水路に、空き缶やたんぽぽを流してレースをすることもあるらしい。朝、麻利が教えてくれた。

「ミホちゃんはな、ママはおるけど、すぐ怒鳴ったり、叩いたりするんやって。それがなおるまで、ミホちゃんはうちらんとこにおるんやって。前に会いに来とるの見たけど、あんまミホちゃんに似とらんかった」

美保子の高い声が思い出されて、太輔は心臓がきゅっと鳴った気がした。

「太輔くんは？　ママは？　パパは？　おるん？」

淳也も麻利も、太輔の知らない音程で話す。どれだけ遠いところからこの町に来たのだろう。

「麻利、もうやめ」

淳也が麻利の黄色い帽子をぽんと叩いた。

「太輔くん困っとるやろ。そんなふうに聞くもんやない」

あっ、と、麻利がはねるように太輔の左側に回る。

「太輔くん給食袋かわいい、なにこれ、なんていうやつ？」

左側にぶら下がっている太輔の給食袋を、麻利が握った。

「触るな！」

蟬の鳴き声よりも、大きな声が出た。黄色い帽子のつばの向こうで、突然の大声に驚いた兄妹は同じ表情をしている。

4

「みんな、片付け終わってもちょっとそのまま残っててね」

夜ご飯を食べ終えるころ、髪の短い女の人がそう言った。みんなから、みこちゃん、と呼ばれている人だ。私たち一班の世話をしてくれる人だよ、と、一昨日《おととい》、佐緒里が紹介してくれた。

今日はもう、青いTシャツの人たちはいない。「たまに前みたいにボランティアの人たちがくることもあるんや」と淳也が言っていた。「バザーのときも、たぶんおると思うで。やたらはりきって手伝ってくれる」特に嬉しそうでもないその口ぶりの隣で、麻利が友達からもらったという給食のデザートを大切そうに食べている。

「今年の夏のバザーでは、キルトを作ります」

片付けを終え、各班のテーブルがきれいになると、みこちゃんが鍋敷きほどのサイズのカラフルな布を取り出した。

「超かわいい！　ミホ、あれで防災ずきん作ってほしかった」

少し黄ばんだブラウスを着ている美保子は、今日は髪の毛を三つ編みにしている。佐緒里にやってもらったらしい。「いまの防災ずきん、ダサいもん」小学校の椅子の背もたれにはみこちゃんがまとめて作ってくれた黄色い防災ずきんがかけられている。

「キルトって、二枚の布の間に綿を入れて、縫い合わせて作るのね。班ごとにやってもらうのは、模様や生地の色を考えて、縫ってもらうところまで」

縫うところまでえ？　と、別の班の男子が不満そうな声を漏らした。

「そこまでは班ごとにやること」ね、とみこちゃんが睨《にら》んでも、男子たちはぶうぶう何か言っている。「そのあとは、ボランティアの手芸クラブの人たちが手伝ってくれるから。できた生地から、コースターとか、鍋つかみとか小さなバッグとか作ってくれるんだよ。だからみんなは、自分たちで縫えそうな、かわいい柄を考えてね。ノルマは、一班につきこれだけ」

そう言うと、みこちゃんはばさっと布をはためかせた。キルトは二枚の布を重ねて縫い合わせるから、縫い合わせる前だとけっこうなボリュームになる。

「みんなわかってると思うけど、このバザーで夏の旅行がどんなものになるか決まるからね？　去年みたいに海で遊べるように、みんなでがんばりましょー。じゃあ、班長それぞれ材料を取りに来て」

海！　と麻利がクロールのまねごとを始めたのと同時に、佐緒里が立ち上がった。一班の班長は佐緒里だ。「ミホ、ぶきようだから細かいことにがてー。誰かやってくんないかなあ」美保子は淳也をじろじろ見ている。

戻ってきた佐緒里が、テーブルの上に布を置いた。

「太輔くん、がんばろうね」

テーブルの上に布を置くと、ぶわっと風が起こる。

太輔は太ももを少しつねった。つねって、我慢した。

部屋に戻ると、女子たちはお風呂に行った。一班の部屋には、淳也と太輔だけが残される。

「青葉おひさまの家」には子どもたちが暮らす大部屋が班ごとに一つ、合計七つある。三階に三つ、二階に三つ、一階には一つだけ。一階には一班の部屋の他に、食堂とお風呂、そして多目的室がある。多目的室は夜遅くまで開いているから、部屋が消灯になってしまった受験生などはここに勉強道具を持ってきてカリカリと勉強している。部屋には二段ベッドが三つと、人数分の勉強机が壁に向かって並べられている。二段ベッドのあるスペースはそれぞれ壁で仕切られており、子どもたちは、このスペースのことを小部屋と呼んでいる。小部屋と勉強机があるスペース全体のことは、大部屋と呼んでいる。

二段ベッドは、淳也が下、太輔が上。壁一枚向こう側で、麻利が下、美保子が上。そのさらに向こうの二段ベッドは、佐緒里がひとりで使っている。

「ねえ」

机の上に漢字ドリルを広げてみたものの、鉛筆を握る気が起きない。隣には、せっせ
とドリルに取り組んでいる淳也がいる。

「バザーって、毎年これなの？」

太輔は、佐緒里の机の上に置かれている布を指さして言った。

「いや、毎年やないで。去年は何やったかな、忘れたけどなんか違うやつ」

淳也の机に置いてある鉛筆はすべて、先がすっかりまるくなってしまっている。

「何で今年はこれなの？　これを売ったお金で旅行に行くの？」

「何でってぼくに聞かれてもわからんけど……」

淳也はふうとため息をつくと、てのひらから何かを放した。鉛筆だと思っていたそれ
は、消しゴムだった。

まだ日光の名残《なごり》がある部屋は、一応クーラーはついているけれどじっとりと暑い。

「太輔くん、蛍祭り、行きたいん？」

もしかして、と、淳也は付け加える。

「ぼくたちが行っても、みんなに笑われるだけや。願いとばしは、家族でやる行事やもん」

な、と言いながら、淳也はもう一度消しゴムを握った。

「どっちにしろ、ぼくたちはそんときは旅行やから、しかたないって」

淳也は、宿題をする前に、クラスメイトからの落書きをすべて消さなければならない。消しゴムで消せるところだけでも。

バタバタと足音がした。淳也はドリルを閉じる。

「おさきー！」

体から湯気を立ち上らせながら、麻利がバァンとドアを開けた。美保子はお気に入りだというピンクのパジャマを着ているからか、ほかほかの頬が嬉しそうにゆるんでいる。

「女子、私たちが最後だったから、もう男子が行っても大丈夫だよ。お風呂のあと、キルトの柄話し合おうね」

白いタオルで濡れた髪の毛を挟みながら、佐緒里は太輔に笑いかける。「ダメ、佐緒里ちゃんはミホと一緒に考えるの、ミホと！」わかったわかった、と困ったように笑いながら、佐緒里は美保子の髪の毛をドライヤーで乾かしてやっている。

太輔は太ももをつねる。机の上に置かれてある布の山が、かさ、と少し崩れた。

5

バザーは、夏休みに入ってすぐ、行われるはずだった。

「夜、外部の人は建物には入れません。だから、この中にみんなのキルトをぐちゃぐちゃにした人がいるってことになるの。……私は犯人捜しをしたいわけじゃないけど」

みこちゃんはそこで、深く息を吐いた。短い髪の毛は今日もぼさぼさだ。

「こんなことをする人がこの中にいることが、私はすごく悲しい。もう、バザーはできない。つまり、旅行にも行けません」

「えー！」

真っ先に大きな声を出したのは麻利だった。続いて美保子が、「ママに水着買ってもらうつもりだったのにい」と佐緒里に泣きつく。

「せっかく手芸クラブの人たちが協力してくれたのに……今日だってこうして手伝いに来てくれていました。本当に、ごめんね」

みこちゃんが頭を下げると、隅の方で固まっていた女の子たちがもぞもぞと動いた。近くの中学の手芸クラブの人たちだ。この人たちが、太輔たちが作ったキルトをかわいい鍋つかみやバッグに生まれ変わらせてくれた。今日のバザーも、朝から手伝ってくれる予定だった。

「……こんなこと、青葉の家に来てから初めてだよ。私はみんなの先生じゃないし、正直、なんて言っていいのかわからないけど」

みこちゃんはちらりと、食堂の隅のテーブルを見る。そこには、昨日まではかわいいキルトグッズだった布が山となっている。縫い目がちぎられてしまっていたり、どこかがはさみで切られていたりして、もうグッズとしては使えない。こんなものを売るわけにはいかない。

太輔は太ももをつねる。

「もし、正直に申し出てくれるなら、その子は、私のところに来てほしい。そして理由を聞かせてほしい。もちろん今じゃなくていいよ。誰がやっているのを見ました、とかじゃなくて、自分がやりました、って、その子だけ言ってくれればそれでいいから」

手芸クラブのうちのひとりが、あくびを嚙み殺している。

「今日はもう、バザーは中止です。みんな、部屋に戻ってください」

みこちゃんのその言葉が合図となって、ぱらぱらと子どもたちが席を立ち始めた。太輔はひとりで建物の外へと出た。

じーじーじーと耳元で鳴いているような蟬の声を掻《か》きわけて歩く。裏庭を掃除していたときに見つけた、もう誰にも使われていない小屋を目指す。

夏の朝は、もう昼間と同じだ。どこかに隠れようとしても、全身をぴっかぴかに照らされてしまう。

むき出しのふくらはぎに雑草が擦《こす》れてくすぐったい。背中を覆うTシャツの布に、じっとりと汗が染み込んでいく。誰もいない空っぽの小屋のそば、そこにしゃがみこんだ太輔は、頭を下げて背中を丸めた。自分のことをできるだけ小さくするために、全身にぐっと力を込めて。

◆

お母さん、お父さん、と、呼ぶことができなかった。そうして日々を過ごしていくうちに、伯母さんは目を合わせてくれなくなり、伯父さんは体を叩いてくるようになった。

「暗いやつは嫌いなんだ」

伯父さんにすすめられた少年野球チームに入りたくないと言ったときは、テレビのリモコンで背中を叩かれ続けた。「何か言え」そう言われたから、痛い、と言った。すると、「うるさい」ともっともっと叩かれた。伯母さんはその横で洗濯物をたたんでいた。

太輔を引き取ったお父さんの兄夫婦は、子どもがいなかった。新しい家はもともと住んでいた町から車で四十分ほどのところにあったので、小学校も転校することになった。

はじめはふたりとも、とてもやさしかった。まるで初孫みたい、と伯母さんは特に喜んでくれた。だけど太輔にとって、会ったこともないようなその親戚はどうしたって他人だった。お母さんはお母さんを呼ぶための言葉だし、お父さんはお父さんを呼ぶための言葉だった。他の誰も、その名前で呼んではいけないと思った。

だけどふたりは、特に伯母さんは、自分をお母さんと呼ぶことを強要してきた。毎日、毎日。

引き取られるその日、太輔は、お父さんに買ってもらった黒いランドセルの中にお母さんの作ったキルトをできるだけたくさん押し込んだ。やわらかいキルトはすぐにぶわりと膨《ふく》らんでしまうので、詰め込むのにとても時間がかかった。やがて玄関のドアが開く音がした。伯母さんが迎えに来たのだ。太輔は急いだ。

最後に詰め込んだひとつは、青と水色のチェックの給食袋だった。

お母さんは、よくキルトを作っていた。たまに家に人を呼んで、教室のようなこともしていた。コンクールで賞をもらって、大きなホールに作品が展示されていたこともあった。

お母さんはキルトを作るとき、まず布をばさっとはためかせる。そのときに起こる風のにおいが太輔は大好きだった。

伯母さんと伯父さんは、太輔の前で絶対に両親の話をしなかった。それは、太輔の心を傷つけないようにという配慮ではなく、はじめから話題にしようとしていないのだった。まるで太輔の両親などいなかったかのように振る舞いながら、自分たちをお母さん、お父さんと思わせようと、とにかく必死だった。

この人たちに見つかってはいけない。そう思った太輔は、家から持ってきたキルトをたたみと布団の間に隠した。伯母さんが布団をたたんで見つけてしまうなんて、そんなことそのときは考えられなかった。

キルトを布団の下に敷いて寝ると、お母さんとお父さんの夢をよく見た。

ある日、布団の下からキルトを見つけた伯母さんは、お母さんにまつわるものを全て処分した。「こういうものがあるから、太輔は私のことお母さんって呼んでくれないのよ」写真も、キルトも全て捨てられた。ランドセルの中に隠していた給食袋は、見つからなかった。

それからは、いままでみたいに夢を見られなくなった。枕の下に給食袋を敷いてみたけれど、それでも夢は見られなかった。だから太輔は、必死に思い出した。叩かれたところが痛むときは、自分の太ももをつねってその痛みを散らしながら、思い出す作業に集中した。

「ほら、太輔とお父さん、そっちとそっち持って」

お母さんのことはいつも、声から思い出される。

「こう?」

お父さんとふたりであたふたしていると、カメラを抱えたお母さんが、冷静に指示してくるのだ。いつもそうだった。

「太輔、腕ぴーんて伸ばして、低いから、そう、あー、お父さん入ってる。別にお父さんは入んなくていいから」

キルトのコンクールは、一次審査は写真のみ、二次審査に進んで初めて現物を見てもらえる。それを通過してやっと審査の対象となるのだ。作品は大きいから、こうやってみんなで手伝わないと全体をきれいに撮《と》ることができない。

「なんか今回、今までのとちがう?」

表側を覗き込みながら太輔は言う。どれどれ、とお父さんも覗き込む。「だからお父さん顔入っちゃってんだって!」

これまでのキルトは、どちらかというと女の子が好きそうな感じだった。ピンクと赤のハートだったり、水色の模様だったり。だけどこのときのキルトには、ベースの色が藍色《あいいろ》のような暗い色で、ぽつぽつと黄色や白がちりばめられていた。夜空のようにも見えるけれど、それにしては明るくてやさしい。

思い出す。思い出す。

「今回はね、ちょっと変えてみたんだ」

さすが太輔は気づくねえ、とお母さんが笑い、お父さんが少しスネる。

「ほら、蛍祭り。なんだかんだ今まで行けてないでしょう。今年は一緒に行けますようにっていう、お願いも込めてね」

申し訳なさそうに「仕事がなかなか……」と俯《うつむ》くお父さんに、わかってるって、とお母さんが笑いかけている。

二人がいなくなる直前の記憶。磨《す》り減りそうになるたびに、無理やり思い出して、もう一度塗り固めていく。

「ハイそのままキープキープ、じゃあ撮るよ」

思い出す。声を、会話を、温度を、あの家を、表情を、話し方を、目を、指を、ひとつも残さず、必死に。

シャッターが押されるその瞬間、太輔はぎゅっと目を瞑《つむ》った。

「ちょっと太輔、こんな明るい部屋でフラッシュたくわけないでしょ」

ぎゅって顔しかめてたよいま、と、お父さんに向かって笑いかけるお母さんの横顔。

そうだ、お母さんは右ほほにだけえくぼができる。

新しいことを思い出せたときには、ぽとりと涙が出た。なぜかそのたび、伯父さんに叩かれた場所が余計に痛む気がして、涙が出た。

◆

「……三年くらい前まではね、この小屋でチャボ飼ってたんだって。太輔くん、チャボ、知ってる？」

おでこを腕に載せて体操座りをしていたから、佐緒里がすぐそばにいることに全く気が付かなかった。

「小さいにわとりみたいなの。けっこう大きいよね、この小屋」

雑草が生え放題の小屋を見ながら、佐緒里が「卵産むから、たまにみんなでオムレツとか作って食べてたんだって」とつぶやいた。

「太輔くん、私のこと嫌い？」

太輔は思わず顔を上げた。無言のまま首を横に振る。

「じゃあ、ここ、いい？」

一度、太輔は短く頷いた。佐緒里が隣に腰を下ろしたことで、かちかちに力が入っていた全身から、ふっと力が抜ける。おしりがちゃんと地面に落ち、背中と壁が触れる面積が広くなった。おしりは土で、背中は壁の粉で汚れているだろうけど、そんなことはどうでもいい。

「太輔くん、そのアニメ好きなの？」

佐緒里が、太輔の胸のあたりを指さした。

「いつもそのTシャツ着てるから。お気に入りなのかなって」

服をあまり持ってこなかったのと、それがお気に入りだという理由で、太輔はここに来てから一日おきに同じTシャツを着ている。胸のあたりでは、あるアニメの主人公が剣を手にして笑っている。

うん、と、声は出さずに頷く。

「私もそれ好き」

小さな虫が、土や草の上を飛んだり跳ねたりしている。蟬の鳴き声がうるさい。

「旅行、なくなっちゃったね」

心臓の周りの血液だけが、ぼこっと沸騰した気がした。

また、体じゅうに力が入る。気づかれている。気づかれていない。気づかれている、の方向に、意識のかたまりがごそっと動く。

「私、蛍祭り行きたかったんだ。だからちょっとラッキーかも」

ラッキーなんて言っちゃダメか、と、佐緒里が少し笑った。

「……おれも、蛍祭り、行ってみたい」

勇気を出して声を振り絞る。

「ほんと？」佐緒里は声を高くした。「じゃあ、一緒に行こう？　私、屋台とか大好き」

行きたい、と言いかけて、喉がぎゅっと締まった。

「でも、家族がいないと、蛍祭り、参加できないんだって」

「……誰がそんなこと言ってたの？」

佐緒里は、腰を少し動かして、その場に座り直す。

「クラスのみんな。あと、淳也も」

校舎の案内、という理由で教室を抜け出せなくなってから、もうしばらく経《た》つ。長谷川たちはことあるごとに、淳也を傷つけようとする。蛍祭りの話になったときは、お前たちは行く資格がない、と言ってきた。願いとばしは家族でやるものなんだから、と言いながら、長谷川は教室のロッカーの上であぐらをかいていた。

淳也は、クラスメイトに何か言われるたびに、ちらりと太輔のほうを見て申し訳なさそうに眉を下げる。自分が浴びせられた言葉で、間接的に、太輔も傷ついていると思っているのかもしれない。

「本当にごめんね、またよろしくね」みこちゃんの声が玄関のほうから聞こえてきた。やることがなくなってしまった手芸クラブの子たちが帰っていく。他にも、バザーがあると思って「青葉おひさまの家」を訪れた人々に、大人たちが謝っている声が聞こえる。

大丈夫だ、絶対に誰にも見られていなかったはずだ。

なのに、見えない何かが、すぐそこまで迫ってきているような気がする。

「……太輔くんの給食袋、すごくかわいいよね」

膝のうらを、汗が一筋伝っていく。ぼろぼろのスニーカーの周りを小さな蟻《あり》が忙《せわ》しく歩き回っている。

顔がどんどん下に向いていく。首筋が太陽に焼かれる。

もうダメだ。

「太輔くんのお母さん、キルト作るの上手だったんだね」

バレた。

「だって」

太輔は両腕でぎゅっと足を引き寄せた。

「だって、キルト作れるのは、お母さんだけなんだもん」

靴底と砂が擦れて、周りをちょろちょろと動いていた蟻たちが離れていく。

「キルトは、お母さんが作らないとダメで、だけど、キルトが見つかったら伯母さんにも伯父さんにも叩かれるしずっとずっと叩かれるし、隠さなきゃって、キルトだってわからないようにしなきゃって」

「太輔くん」

「それに、旅行に行ったら、お母さんとお父さんと約束してた蛍祭りに行けなくなるし」

「太輔くん」

たいすけ、という自分の名前の音の響きが、佐緒里のてのひらの熱に包まれた。いつのまにか佐緒里は、太輔の頭を撫でてくれていた。

「大丈夫、大丈夫」

大丈夫なわけないと思った。悪いことをしたら、お父さんは怖い顔をして怒った。お母さんは、小指をピンと突き出した。もうしないって約束して、と、太輔に向かって小指を伸ばした。

でも、お父さんもお母さんも、太輔のことを絶対に叩かなかった。

「だけど、もう二度とこんなことはしちゃダメだよ。みんなが作ったものを壊すのは、絶対にダメ」

だから、と、佐緒里のてのひらが頭を離れる。

「もうしないって、約束して」

目の前にあったふたつの膝の間に、佐緒里の細い小指が入り込んできた。

太輔は今日から野菜をちゃんと噛んで食べます。ハイ、約束ね。

「……ごめんなさい」

ん？　と、佐緒里が声を漏らす。

「野菜、ちゃんと噛んで食べないで、ごめんなさい。よく噛んで食べるから、もうお茶で流さないから」

大きな蟬の声は、大雨の音に似ている。

「おれが約束やぶったから、お母さんもお父さんも、帰ってこなかったんでしょ？　もう約束やぶらないから。ぜったいに守るから」

太輔は目に力を込める。

「一緒に、蛍祭り行こ」

この人の前で、泣きたくない。

「これが、新しい約束」

佐緒里の声が、お母さんの声と混ざって、頭の中で溶けた。

6

八月八日、蛍祭りの日はちょうど登校日と重なっていた。

あれから、太輔は佐緒里とよく話すようになった。そうなるとますます美保子が太輔にきつく当たったけれど、それも少しずつ気にならなくなり、淳也や麻利とも、もっともっと話すようになった。夏休みの間も施設での生活スケジュールはちゃんと決まっているけれど、やはり学校があるときよりは自由時間が多い。太輔は淳也や麻利と小学校のプール教室に行ったり、佐緒里とコンビニにアイスを買いに行ったりした。そのたびに美保子がついてきて、しきりにミホのママね、ミホのママね、と、自分のお母さんの話をしてきた。

八月一日には、散髪屋が施設まで来てくれた。毎月一度、無料で子どもたちの髪を切ってくれるらしい。美保子は何度も何度も「ミホ、前髪みじかすぎじゃない?」と言って鏡を見ていた。淳也の長い前髪もなくなって、やっとその目がはっきりと見えるようになった。さらに、毎月一日はお小遣いがもらえることを太輔は初めて知った。小学生は、三年生と四年生で額が変わる。「四年になったら、千円ももらえるんやで」と、淳也は五百円玉を大切そうに握りしめていた。

「ねえ」

登校日の朝、玄関で靴を履いている佐緒里に太輔は話しかける。

「今日帰ってきたら、お祭りだよ」

今日、青葉中学校の生徒は、町の公民館で演劇を鑑賞するという。中学校の登校日って、そんなものらしい。

「おれ、今月のお小遣い一円も使ってないから。行ったらまず、ランタン買おうよ」

ひとつ五百円のランタンは、祭りの会場で売っている。「楽しみだね」と、佐緒里は制服のポケットから携帯を出した。

「私、三時に学校が終わって、四時くらいには帰れると思うから。もし遅くなったら連絡入れるね。暗くなる前に行こ」

佐緒里は携帯電話を持っている。親戚の誰かが携帯代は払ってくれている、らしい。じゃあとでね、と、長いスカートを揺らして、佐緒里は玄関から出て行った。

朝、小学校のグラウンドでは、蛍祭りに向けていろんな大人たちがいろんな準備をしていた。クラスメイトの中には、ランドセルを持ってきていない子もいる。このまま家に帰らずに、祭りに参加するつもりなのだろう。みんな、ポケットやマジックテープの財布の中に百円玉をたくさん入れていて、頬を紅潮させている。

みんな、肌が黒い。何度か行った学校のプール教室だけで黒くなった淳也と太輔とは違う。みんなは、海に行ったりバーベキューをしたりして、いろんなところの太陽を浴びて黒くなっている。

「お前ら祭り来《く》んの？」

淳也と二人、昇降口で靴を履いていると、長谷川に呼び止められた。太輔が先に振り返る。

「行くよ」

太輔は淳也たち一班のメンバーと話すようになってから、クラスメイトとも口をきけるようになっていた。

「へえ。何しに？」

もう行こうや、と、淳也が太輔の給食袋を引っ張る。何か言いたげな長谷川を一秒だけ睨んで、ふたり並んで昇降口を出た。出てすぐのところに、麻利が立っている。

「お兄ちゃん！」ほら、と、麻利が小さな紙切れを見せてくる。「先生がな、屋台の券くれた！　お祭りの！　わたあめタダやって、もらってから帰る！」麻利は、待ってて、と言い残し、わたあめの屋台へと走っていく。いつもの校庭に先生以外の大人がいるのは不思議な感覚だ。

通学路を歩きはじめると、麻利の手はすぐにわたあめでべとべとになってしまった。汚いけれど、誰もハンカチなんて持っていない。

楽しそうな声が、遠くのほうから聞こえてくる。美保子は今日、学校が終わったあと、お母さんとそのままお祭りに行くと自慢していた。

「毎年、祭りの次の日は、町内掃除なんや。願いとばしで使ったランタンが落ちてないか、みんなで見て回るんやで」

ほとんど何も入っていないランドセルがカタカタと音を鳴らす。

「一緒に行こうな」

淳也の小さな声に頷きながら、もう完璧に覚えた通学路を、三人で歩く。

ずっと使わないでおいた五百円玉が、短パンのポケットの中で揺れている。この町に来てからずっと着つづけているTシャツで、太輔は鼻の汗を拭《ふ》いた。

大部屋のドアが乱暴に開いた。美保子だ。

「……どうしたん」

淳也の呼びかけを無視して、美保子は自分のベッドがある小部屋に入ってしまった。

麻利がそのドアを開けようとすると、中から「来ないで！」という声が飛んできた。

太輔は、美保子が開けっ放しにした大部屋のドアを睨む。もう、祭りも終わった。午後七時を回ったあたりから、時計は見ていない。

夕食を終えて部屋に戻ると、やがて窓の向こうで、空に飛んでいく無数のランタンが見えた。だからすぐにカーテンを閉めた。

「佐緒里ちゃん、帰ってこんねえ」

そう言う麻利は、マンガを読んでいる淳也にいろいろとちょっかいをかけている。

「そうやな。外出届でも出しとるんやない？」

太輔は部屋を出て、玄関へと向かった。太輔の目の高さギリギリのところに窓があって、向こうに座っている職員と会話ができる。子どもたちはここで外出届のやりとりをする。

「あら、どうしたの」

「今日って誰か、外出届、出してる？」

えーっとねえ、とめがねをかけながら、中にいる人がパラパラと紙をめくっている。

その手が止まった。

「出してるわね、一班の佐緒里ちゃん。今日は学校休んで、弟の病院に行ってたみたいよ。ほら、佐緒里ちゃんの弟の病院、ここからすごく遠いから……あれ、でも、今何時？」

「弟？」

その大人に、太輔の声は聞こえなかったみたいだ。「予定帰宅時刻過ぎてるわね」と、すぐに視線を外されてしまう。

そのときだった。入り口のドアが開いて、見慣れた制服姿が太輔に影を落とした。

「太輔くん」

開けっ放しのドアから、生暖かい真夏の空気が流れ込んでくる。走ってきたのだろうか、佐緒里の髪の毛はぼさぼさだ。

「太輔くんごめん、事故で電車が止まっちゃって、山奥で携帯も通じなくて連絡できなくて」

太輔は佐緒里の髪の毛の先を見つめた。

「ごめんね太輔くん、今日、私、ほんとは学校行ってなかったの。ほんとはもっと遠いところに行ってて、それで」

「弟、いるんだ」

息を切らす佐緒里の肩が上下に震えている。太輔は、ぐっと、握った拳に力を込めた。

「……淳也にだって、麻利がいる。ミホちゃんにだって、お母さんがいる」

使わなかった五百円玉の分だけ、右側のポケットが重い。ランタンは、ひとつ五百円。

「おれとじゃなくたって、お祭り、行けるじゃん。願いごと、飛ばせる」

自分だけだ、ひとりぼっちなのは。

「おれだけ、おれだけ」

太ももをぐっ、ぐっ、と何回もつねる。佐緒里の背後、遠くのほうで、あまのじゃくなランタンがひとつ、ふたつ、空へ飛んでいくのが見えた。

7

枕元に、八月九日の欄が真っ白なままのラジオ体操出席カードがある。

何かとても悪いことをしてしまったようで、どきどきする。あくびをしながら時計を見ると、もう八時近い。パジャマのまま慌てて食堂に向かうと、いつものテーブルには太輔以外の一班のメンバーが揃っていた。佐緒里はこちらに背を向けて座っている。

「おはよう」淳也に声をかけると、「おはよう」と返してくれる。いつもは元気に「おっはよ！」と頭でも叩いてくる麻利が、周りの視線を気にするようにそわそわしている。美保子の目は赤く腫れている。

昨日の約束を破った佐緒里は、いつもどおり朝ご飯を食べている。太輔は、なぜだかそれが無性に許せなかった。

太輔が席に着いたとたん、そそくさと麻利が立ち上がった。「トイレ、ね、佐緒里ちゃんいっしょにトイレ行こ」じゃあミホちゃんも一緒に行こっか、と、佐緒里が美保子の手を握る。

眠そうな淳也が、もそもそとご飯を食べている。あんまりこっちを見ない。

太輔はふと、思い出した。

「淳也、町内掃除……行った？」

今日は、ラジオ体操のあとに町内清掃があったはずだ。昨日の帰り道、一緒に行こうな、と、淳也と約束をした。

「ごめん、おれ、寝ちゃってて、約束したのに」

淳也は学校に友達がいないから、太輔が近くにいてあげないとひとりになってしまう。麻利や美保子がクラスでうまくやっている分、ひとりの淳也が余計、目立ってしまう。

「ええよ、そんなの」

淳也が席を立った。ごちそうさま、と、自分の分の食器をカウンターへと持って行ってしまう。

口の中が渇いている。

ゆっくりと朝ご飯を食べていたら、食堂全体の中でも最後のひとりになってしまった。大部屋に戻ったところで、誰もいない。一生口をきいてやらない、と心に決めたほどの昨日からの怒りが、一秒ごとに薄れていく。昼食の時間になってやっと姿を現したみんなは、ろくに会話もせずに食事を終え、すぐに食堂からいなくなってしまった。どこに行ってしまったのかもわからない。多目的室にも、マンガがいっぱいあるとうわさの三班の部屋にもいなかった。

真夏の昼間は、どこにも逃げ出せないくらいに暑い。

結局、クーラーのある大部屋から太輔はあまり出なかった。淳也にちゃんと謝りたくても、その淳也がいない。無視という形で佐緒里に仕返しをしたくても、その佐緒里がいない。淳也のマンガを勝手に借りようと思っても、どこか悪い気がして、手を出せない。だからといって、夏休みの宿題をする気にもならない。

小部屋に戻り、ごろんと自分のベッドに横になる。

もうすぐここに来て一か月になる。伯母さんも、伯父さんも、一度だって会いに来てはくれなかった。

いつのまにか眠ってしまっていたらしい。ふと目を開けると、小部屋の扉の向こうから、バンバン、と何かを叩くような音が聞こえてきた。ゆっくりと上半身を起こし、二段ベッドから降りる。

小部屋から出ると、誰かが大部屋の窓を叩いている姿が見えた。もうすっかり日は暮れてしまっている。

「麻利？」

麻利のおでこがギリギリ見える。思わず窓を開けると、麻利がぴょんぴょん飛び跳ねながら言った。

「外、出てきて、こっち来て！」

早くね！ と、急《せ》かされ、太輔はその窓を開けたまま玄関へと向かう。スニーカーを履いて、外に出る。大部屋がある窓のところまで回ると、麻利がこちらに向かって大きく手招きをしていた。

「こっちこっち！」

麻利に手を握られ、走らされる。まだきちんと履けていなかったスニーカーとかかとの間に、砂が入り込んできた。

「何、どこ行くの？」

戸惑う太輔を気に留めることもなく、麻利は迷わずにぐいぐい進む。あそこの角を曲がれば、確か、雑草に覆われたチャボの小屋があるはずだ。

蟬とカエルの鳴き声に足をすくわれそうになりながら、太輔は角を曲がった。

小屋を覆っていた雑草が、きれいになくなっている。

「おかえりなさい」

エプロンをした美保子が、真っ赤なくちびるを動かした。口紅を塗っている。雑草が取り払われた小屋の中には青いビニールシートが敷いてあり、美保子はその隅に置かれた机の上で小石や草をそれらしく並べている。

「遅かったじゃない、もうご飯できてるわよ」

「ご、ご飯できてるで、太輔」

淳也の顔には、マジックで髭《ひげ》が描《か》いてある。全然似合っていない。シートの真ん中であぐらをかいて、持たされている古新聞を熟読しているふりをしている。

「ほら、家なんだからクツぬいで」

かかとが入っていなかったスニーカーを、麻利につんつんと蹴られる。靴下のまま、ビニールシートの上に立った。下に小石があるのか、足の裏がごつごつしている。

「おかえり、太輔くん。ハイ、これ太輔くんの」

佐緒里は、いつもどおりの制服姿で、何かを差し出してきた。

「おはしはな、うちが見つけてきたんやで！　ハイこれは兄ちゃんのぶん」

「父さんやろ、麻利」

ややこしいなあ、と、麻利が木の棒を二本ずつ、シートの上に置いていく。同じような長さ、細さの、木の棒。さっき洗ったのか、まだしっとりと濡れている。「おはしっぽいの見つけるの、けっこうたいへんやったんやで」

佐緒里から差し出されたのは、平べったい石の上に並べられた石と細い草だった。

「これがハンバーグで、これがサラダな」麻利がテキパキと説明してくれる。

針金の金網だけ残されたチャボの小屋は、こうしてきれいに掃除されると、まるで小さな家みたいに見えた。

「これ、なに？」

「家族！」

麻利が、パッと両手を広げた。

「ミホちゃんがお母さんで、淳也くんがお父さん。私が太輔くんのお姉ちゃんで、麻利ちゃんが末っ子」

座ろ、と、佐緒里がその場に腰を下ろす。「なんで佐緒里姉ちゃんのが年上やのにミホちゃんがお母さんなん？」「ミホちゃんがどうしてもエプロンがいいって」淳也と麻利のひそひそ話は美保子にも筒抜けだったが、美保子は気にするようすもなく自分の髪の毛を手ぐしでといている。

「昨日は本当にごめんね」

一生口をきいてやらない、と、何度も何度も決意していた気持ちが、お湯の中に投げ込まれた氷の粒のように、形をなくしていく。

佐緒里は、眉を下げて太輔のことを見つめている。

「家族だよ。だから、願いとばし、していいんだよ」

朝から雑草を抜き、いろんなところからいろんなものを調達し、つくりあげてくれた家。

「家族……」

太輔が声を漏らすと、右手をぎゅっと麻利に握られた。えへへ、と、下から顔を覗き込まれる。

「お兄ちゃんがもうひとりできた」

麻利はそう言って、もう一度てのひらに力を込めた。とても小さな握力が、太輔の指の関節を包む。

あのね、と、佐緒里が話し出す。

「私、実は、太輔くんが来る四日前に、ここに来たばっかりなの」

え、と、驚いた顔をしたのは太輔だけだった。淳也も麻利も美保子も、顔色ひとつ変えずに佐緒里の話を聞いている。

「両親が離婚して、弟だけ、親戚に引き取られたの。弟はすごく体が弱いから、入院しないといけなくて」

　私ね、と、続けて、佐緒里は一度唾を飲み込んだ。

「ひとりでこんなところに来て、どうしていいかわからなかった。そんなときに太輔くんが入ってきて……弟と同い年で、同じアニメのTシャツを着てた」

　太輔は、自分のTシャツの胸のあたりを見る。お母さんに買ってもらった、好きなアニメのTシャツ。

「弟が近くにいるみたいで、嬉しかった。この子のお姉さんになれば寂しくなくなるって思った」

　どうしてこの人はこんなにやさしいんだろう、と思っていた。やさしい人はすぐにうらぎる、と思っていた。

「ほんとは私も、太輔くんと同じくらい寂しかっただけなの。お姉さんぶって、自分の寂しさを紛らわしたかっただけ」

　ごめんね、と、佐緒里は謝った。太輔は、どうして謝られているのかわからなかった。

　淳也が、美保子の肩をつついている。ほら、と、何か促しているのがわかる。

「……ミホ、お姉ちゃんを取られるんじゃないかって思っただけだよ」

　美保子はエプロンの裾をくしゃくしゃといじくっている。

「だから、お姉ちゃんひとりじめしないんだったら、ミホも仲良くしてあげてもいいよ」

ず、と、美保子は洟《はな》を啜《すす》った。

「……ミホ、またママに叩かれたから。お祭りで、ミホがチョコバナナもう一個食べたいってわがままゆったの。だからミホ、まだちょっとはここにいるし」

そう言ってちらりと太輔のことを見た美保子の目は、まだ少し腫れていた。

「ちゃんと謝れて偉いね」佐緒里は美保子の頭を撫でたあと、スカートのポケットから白色の小さな何かを取り出した。

「ほら、ランタンの代わり」

膨らむ前の風船を顔の横に持ってくると、ね、と、佐緒里が微笑んだ。「あ、これも、これも」淳也が、銀色のスプレー缶のようなものを小屋の隅っこから取ってくる。

「ヘリウムガスじゃないと、風船って飛ばないんだよ。知ってた？」

さっき覚えたのであろうヘリウムガス、という単語を、美保子は自慢げに使った。

「これ探しに行くのも大変やったんやで。うちらだけで電車乗ってな、でっかいお店行ってな、怖かったたな」

「そういうことは黙っとくもんやで」

淳也が麻利の頭をぽこんと叩く。「今日、ずっとひとりでつまんなかった？」美保子はやっぱりどこか意地悪だけれど、もう、嫌な気分にはならない。

「よし、じゃあ、みんなでやろ」

「うちがふくらます！」

麻利が佐緒里から風船を奪い、顔を真っ赤にしてふうふうと膨らまし始める。

「麻利、ヘリウムガスやないと意味ないんやって！　何のためにガス買いに行ったんや！」淳也が風船を取り返そうと手を伸ばした瞬間、ぶうう、と大きな音がして、麻利の口から風船がすごい勢いで飛び出していった。「手え放すからや！」自由に宙を裂く風船に振り回される淳也を指さして、太輔はやっと、笑った。

すーぱー・すたじあむ

柳 広司

柳 広司
やなぎ・こうじ

1967年生まれ。2001年『黄金の灰』でデビュー。同年『贋作「坊っちゃん」殺人事件』で朝日新人文学賞受賞。09年『ジョーカー・ゲーム』で吉川英治文学新人賞、日本推理作家協会賞をダブル受賞。同書を始めとする〈ジョーカー・シリーズ〉の他『はじまりの島』『新世界』『吾輩はシャーロック・ホームズである』『虎と月』『ナイト＆シャドウ』『象は忘れない』など著書多数。

……竜次《りゅうじ》が補導された。

1

翌朝グランドに行くと、野球部《クラブ》の連中の様子がおかしかった。もうすぐ練習開始時間だというのに、まだユニフォームに着替えていない奴《やつ》さえいる。

「なにやってんや。着替えて練習始めようや」

僕の呼びかけには、しかし誰も動こうとしなかった。

「どないした？　監督が来るまでにランニングしとかな、またうるさいで」

キャプテンのシミズが僕を振り返った。いつも笑っているようなシミズの細い目が、今朝は妙に引きつっていた。

「監督やったら、もう来てはるわ。いま、顧問のセンセと打ち合わせしてるとこや」

「打ち合わせって、なんの？」

シミズは周りを見回して声をひそめた。

「聞いとるやろ。竜次の一件」

僕は肩をすくめて答えた。

「昨日の夜中、駅裏のゲーセンで……か」

「だから、ほれ、コーヤレン対策や」

ああ、と僕はようやく状況を理解した。

遅ればせながら、みんなの囁《ささや》きが耳に入ってくる。ことさら不安げな声の主は、レギュラーになったばかりの二年生のニシキだ。

「明日の試合、大丈夫ですよね？　まさか出場停止なんてことは、ないですよね？」

質問には誰も答えない。僕は黙ったまま、一回、二回とグラブにボールを放り込んだ。左手の人差し指のつけねにボールが吸い込まれていく感触を確かめる……。

夏休みの深夜、素行のよくない高校生がゲームセンターで補導された。それ自体は別に珍しいことではない。

困ったことに、補導された竜次は元野球部員だった。

日本高校野球連盟。通称コーヤレンは、この手の話に敏感だ。それはもう異様としか言いようがない。僕たちはみんな、現役野球部員の不祥事（？）はもちろん、元野球部員やOBがらみのトラブルが理由で出場停止となった例を、耳にタコができるほど聞かされている。

何年か前にも隣の市の野球部が出場停止処分を食らったことがあった。顔も見たことがない卒業生の暴力事件が理由だ。もちろん、そんなのはどう考えたって理不尽だ。三年間のゴールを目の前でひょいと取り上げてしまう、そんな無神経なことがどうやったらできるのか、僕には想像もつかない。その手の話を聞くたびに、僕らはいたく憤慨していたものだ。でも、事件はいつも他人事だった。妙なもので、まさか自分たちの身に厄災が降りかかることになるとは考えてもいなかった。

しかし、と言うか、だから、と言うべきなのか、きっちり事件は起こった。しかも、よりにもよって明日が地区大会の初戦、僕たちの試合なのだ。僕たち三年生にとっては最後の夏だった。

「なあ、なんか詳しい話を聞いてへんのか？」

顔を上げると、声の主はピッチャーのヨシカワだった。少々事情があって、野球部の中では僕が竜次のことには一番詳しいことになっている。

「なんかって、なに？」

ヨシカワは辺りを見回し、僕の耳に口を寄せた。

「まさか竜次の奴、わざとやったんやないやろな？」

「そんなアホな！」

僕は軽く笑い飛ばしたが、ヨシカワの目はマジだった。周りを見回すと、どうやら同じ疑惑はみんなの胸にも巣食っているらしい。

「あの野郎、どこまで部に迷惑を掛けたら気が済むんや」

「退部してほっとしたと思てたのに……これかよ」

みんな僕の方を見ない。僕もみんなと目を合わさないよう、グランドにしゃがんで、緩んでもいないスパイクの紐《ひも》を丹念に結び直した。

……そう言えば、竜次もよくこうやって練習中にスパイクの紐を結び直していた。

「ちょっとでも緩んどると、気になってしゃあないんや」そう嘯《うそぶ》いては、口笛を吹きながら紐を結び直していた竜次の小さな背中を僕は思い出す。

みんなは高校に入ってからの竜次しか知らない。僕だけが小学生の頃からの竜次を知っている。

当時、竜次は僕らのヒーローだったのだ。

2

僕が地元の少年団で野球を始めたのは小学校四年生の時だ。

幾つかあったなかで僕が選んだのは〝リトル・マリナーズ〟という名のチームだった。理由は他愛もない。子供心にいかしたチーム名のように思えたからだ。

入団したその日、僕は竜次とはじめて口をきいた。学年も同じだったし、帰る方向も途中まで一緒だった。「野球を始めるんだ」という自分の決意に興奮していた僕は、帰り道ずっと喋《しゃべ》りっぱなしだった。竜次はニヤニヤ笑いながら、黙って僕の話を聞いてくれていたが、僕がチーム名への憧れを口にした途端、急に腹を抱えて笑い出した。僕は足を止め、ぽかんとして竜次を見守った。

「うちのチーム名がかっこええやって？　どこがや。監督が、自分のヨメはん自慢しとるだけやないか」

「監督の……奥さん？」

「うちの監督、えらい変わった人でな。今だに自分のヨメはんにぞっこんなんや」

竜次は目に浮かんだ涙を拭って言った。

「酒呑《の》むと、よおノロケとるわ。『俺のヨメはんは世界一や』言うてな。俺らに言わせりゃ、たんなるケバいオバチャンやけどな」

なんのことか分からず、ぽかんとしていると、竜次はニヤリと笑って言った。

「監督の奥さん、茉莉奈《まりな》いう名前なんや」

「それで……チーム名が……リトル・マリナーズ？」

僕はよほど間抜け面で立ち尽くしていたのだろう。竜次はまたぷっと吹き出し、しばらく腹を抱えて笑った後で、僕の肩を叩《たた》いて言った。

「ま、どないな理由にせよ、もう入ってしもたんや。あとは頑張るしかないで。言うとくけど、うちの監督、ヨメはんの前では鼻の下長《なご》うしとるくせに、俺らに対しては鬼や。練習は虎の穴くらいキビシイで。うちが強いのは、そのおかげなんやけどな。ははは」

そう言って笑う竜次は、やけに嬉《うれ》しそうだった。

詐欺のような名前のチームだったが、竜次の言葉どおり、練習はきつく、試合には強かった。地区では負け知らず、県でも何回戦かまで勝ち進むのが当たり前だった。そのチームにあって、竜次はただ一人、四年生ですでにレギュラーだった。しかもピッチャーである。

小柄な竜次が体いっぱい使って投げる球に、相手チームは面白いように三振凡打の山を築いた。僕なんかがまだ外野の、さらに奥の草むらで〝球拾い〟ならぬ〝球探し〟をやらされている時の話だ。僕の中で、竜次はたちまちヒーローの座に上りつめていった。

竜次の特徴は、なんと言っても向こう気の強さと大きな声だった。その大きな声で、球審の判定に文句をつけることもたびたびだった。小学生のくせに、だ。もちろんその度に鬼監督にこっぴどく叱られるのだが、竜次はけろりとしたものだった。

実際、竜次の勢いのいい大声での叱咤《しった》激励は、たびたびチームを盛りあげた。竜次の声には何としても勝つんだという意気込みがあふれていた。

「わいらの勝負に負けはないんや！」

それが竜次の口癖だった。やがて気づくことになるのだが、竜次の言わんとするのは〝格上の相手にも絶対勝てる〟というわけではなく、〝勝つまでとことんやる〟というほどの意味だった。だからこそ〝試合〟ではなく〝勝負〟なのだ。思いこみとは恐ろしいもので、実際に負けていた試合にしばしば逆転勝利をもたらしたのは、その根拠のない確信だった。

六年生の時、僕たちはついに県大会で優勝した。その時のエースで四番が竜次だ。真っ先に胴上げされたのも竜次だ。竜次の体が、ぴかぴか光る夏空に二回、三回と舞った光景を僕ははっきりと覚えている。

……それが竜次の絶頂期だった。

僕と竜次は同じ中学に進んだ。もちろん二人とも野球部に入った。入部当時、県の優勝ピッチャーということで、竜次は先輩たちからも一目置かれていた。

中学になっても、竜次は相変わらずの向こう気の強さと大声で、誰彼かまわず容赦ない罵声を浴びせた。

「なにやってんねん。幼稚園児でも捕れる球やで」

「あーあ、アホらし。あんた、ようそんなんで野球やってんなあ」

「どんぐさいなあ。野球なんかやめた方がええんとちゃうか」

先輩であろうが、試合中であろうが、〝絶対に勝つ！〟という竜次の意気込みの前には区別がなかった。実績だけが、竜次にその振る舞いを許していたのだ。

しかし、状況はやがて変化し始める。

中学生になると、少年たちは日に日にその姿を変えていく。ミリミリと音を立てるように背が伸びていくのだ。僕も例外でなく、一年で十五センチも背が伸びた。比例して走力や筋力もぐんと伸びた。ところが竜次は――。そう、竜次は例外だった。どういうわけか竜次だけは、その自然の恩恵から除外されてしまったのだ。

身長一五八センチ。元々小柄だった竜次の身長はそこでぴたりと成長を止めた。周りがどんどん大きくなっていくなか、竜次一人が取り残された。

技術的に大して違いのない中学生にとって体格差は絶対的な意味を持つ。竜次の投げる球は、この僕にさえ、軽々と外野の頭を越えて打ち返されるようになった。そして、それとともに竜次に対するチームメイトの目は少しずつ変化し始めたが、竜次だけがその事実に気づいていないようだった。

二年生の夏、竜次は変化球を覚えようとして肘《ひじ》を壊し、中学最後の一年間を棒に振った。

僕と竜次は同じ高校に進み、そして野球部に入った。

竜次は相変わらず小柄だった。その頃には、竜次の大声と向こう気の強さは、僕の目から見ても常軌を逸し始めていた。竜次は相変わらず、先輩であろうと試合中であろうと、誰彼かまわず怒鳴り飛ばした。実力の裏付けのない竜次の罵声を誰が甘んじて受けるだろう？　もちろん、そのことで先輩から何度もシメられた。竜次一人ではない。連帯責任の名の下に、僕たち一年生が一列に並べられ、順にビンタを食らうのだ。

竜次はたちまち部内で孤立した。が、それでも竜次の傲慢《ごうまん》さは変わらなかった。

「わいはピッチャーですねん」

竜次は頑として言い張った。チームにはすでに長身のピッチャー候補が二人いた。監督は竜次の小学生からの野球経験を買って、セカンドをやらせようとしていた。しかし監督や顧問の先生が何度言っても、竜次は譲ろうとはしなかった。

「ピッチャー以外は、アホらしゅうてやれまへんわ」

竜次は壊れたレコードのように、その台詞《せりふ》を繰り返すだけだった。最後に監督は吐き捨てるようにこう言った。

「竜次よ、野球はチームプレイなんや。お前にはむいてないんちゃうか」

そんなわけで、竜次のピッチング練習につき合う奴は誰もいなかったから、竜次は壁に向かって一人でピッチング練習をすることになった。黙々と、ではない。得意の大声で悪態をつきながらだ。

「ちくしょう」「あほんだら」「このボケが」……。

隣で練習をしているテニス部から苦情が出たほどだ。だから竜次が肩を痛めたとぼやいているのを聞いた時も、同情する奴は誰もいなかった。

竜次の肩はなかなか治らなかった。腕が肩より上がらなくなり、しびれがきて箸《はし》が持てなくなって、竜次はようやく医者に行った。

それから二、三日して、竜次が青い顔で部に現れた。その手には、休部届けと医者の診断書が握られていた。後から監督に聞いたところでは、竜次の肩と肘は靭帯《じんたい》がぼろぼろで、これ以上野球を続けることを禁じられたらしい。そのことを聞いた時でさえ、正直なところ部の誰もがほっとしていたのだ。それきり竜次はグランドには一度も姿を現さなかった。休部届けは、結果として退部届けとなってしまった。

3

待っていても監督はなかなか戻りそうにないので、僕たちは落ち着かない気持ちのまま、ランニングと軽いキャッチボールを始めた。始めてみれば、何もしていないよりは体を動かしていた方が気が楽だった。

「おっこいぇー」「おーえー」

いつもながらの意味不明の掛け声とともに、僕たちは気のないキャッチボールを続けていた。

グランドに予想外の人影が現れたのはそんな時だ。

僕たちは動きを止め、人影に目を凝らした。何か間違った光景を見ているという奇妙な気分がした。

だが、陽炎《かげろう》に揺れながら近づいてきた人影は、もう見間違いようがなかった。竜次だ。

しかし竜次が、今この瞬間、どうやったらこの場に現れることができるのだ？

バックネット前までやってきた竜次は、呆気《あっけ》に取られている僕たちに向かってひょいと手を挙げた。

「よお、暑い中ご苦労さん。相変わらず無駄な頑張りしてるこっちゃなあ」

皮肉の棘《とげ》が、ただでさえ薄くなっている皮膚に容赦なく突き刺さる。その一言で、みんなは我に返り、一斉に竜次に詰め寄った。

「どのツラさげてこの場に現れたんや！」

「お前のせいで出場停止になるかもしれへんのやぞ！」

「自分が野球できへんからいうて、アホなことすんなや！」

竜次はぽかんとして、ニキビ面がまだらに紅潮したみんなの顔を眺めていた。奇妙なことに竜次は、自分が現れたさいに当然発生するであろうこの反応を少しも予想していなかったようだった。やがて、竜次の顔にいつもの薄ら笑いが浮かぶのを、僕は見た。部員たちの息が上がったところで、竜次は素早く反撃に出た。

「明日はどうせ負ける試合やったんやろ。ええ言い訳になってよかったやないか」

みんなは、怒りに顔を赤黒く変化させながらも、後に続く言葉を見失った。

明日の対戦相手は去年の大会の準優勝校だ。順当に考えて、うちの高校が勝てる相手じゃない。それどころか、コールドで負けても少しの不思議もない。そんなことは組み合わせが決まった瞬間から覚悟している。しかし、それを決して口にしないことが僕らの不文律だった。そうでなければ僕たちはこの三年間の意味を見失ってしまう。サッカー部の奴らが髪を長く伸ばし、ピアスをしているこの時代に、何のために坊主頭で過ごさなければならなかったのか？　その理由が分からなくなる。

竜次はみんなの心を見透かしたように追い討ちをかけた。

「大体、こんな気のない練習しとるくらいやったら、はじめからやめといた方がええんとちゃうか？」

何人かの赤かった顔がさっと青ざめ、今にも竜次につかみかかりそうな気配になった。

竜次は薄ら笑いを浮かべた顔でみんなを見回した。そして、くるりと後ろを向くと、来た時と同じように悠然と立ち去った。

みんながその背中を睨《にら》みつけ、言葉を吐き捨てた。

「もう二度と顔出すんやないで！」

竜次が校舎の陰に見えなくなると、僕たちは、またぞろと練習を再開した。

「おっこいぇー」「おーえー」

間の抜けた掛け声がふたたびグランドに響く。日差しは強く、グランドには他の部の奴らの姿も見えない。蟬《せみ》だけが、やけくそのように力を振り絞って鳴いていた。

突然、そんな全ての情景を圧する大声がグランドの隅にわき上がった。

うぉーぉーぉー……。

振り返ると、またしても竜次だった。自転車に乗った竜次が、大声で怒鳴りながらグランドに駆け戻ってきたのだ。

竜次の怒鳴り声はドップラー効果を上げながら、まっすぐに突っ込んできた。みんなは慌てて鉄砲玉の進路から飛び退《との》いた。竜次は一直線に突っ込んで来ると、マウンドの上でタイヤをドリフトさせ、土埃《つちぼこり》を巻きあげて止まった。そして自転車から飛び下りると、カゴに積んであった西瓜《すいか》を両手でつかんで高々と投げ上げた。

青空に向けて緑と黒の球体がゆっくり回転しながら上昇していく……とは後で勝手に思い描いたイメージで、実際には西瓜は浮かぶ間もなくマウンドに叩きつけられた。

グシャという音がして、汁けの多い赤い実がマウンドに点々と散らばった。その間、僕たちは呆《あき》れて口もきけずに見守っていた。

竜次は肩で大きく息を吸うと、自転車にまたがり、元来た道を駆け去った。

うぉーぉーぉー……。

ふたたび竜次の声がドップラー効果を上げながら遠ざかっていく。

シミズが僕を振り返って苦笑した。

「あれやもんな……。竜次の奴、昔からちょっとも変わってへん」

僕が返事をしなかったので、その先のシミズの言葉は頭を掻《か》きながらの独り言になった。

「まるで拗《す》ねたガキや。ヨーコちゃんも、ようあんな奴とつき合ってるわ……」

僕は黙って肩をすくめた。

昔から竜次の記憶には果物のイメージがついて回る。イメージの大部分は竜次の家が八百屋をやっていることに起因しているのだが、それに加え、竜次はことあるごとに家の野菜や果物を持ち出してきた。竜次の機嫌のよい時は、練習の後、水気の多い果物が部員全員に振る舞われた。機嫌の悪い時は、例えば、部室の前にバナナの皮が一面に敷き詰められたりする。どちらにしても、まともな高校生のやることではない。シミズが〝拗ねたガキ〟と言ったのはそういう意味である。

一緒くたに語られた〝ヨーコちゃん云々《うんぬん》〟というのは、これは全く別の話だ。

ヨーコは、僕の一つ下の妹のことである。こいつが竜次とつき合っている。少々事情があって、と言うのはこのことだ。別の高校に通っているこの妹は、兄の僕が言うのも何だが、今のところ少々グレている。うちの親なんかはとっくに諦めていて、妹も家の中では唯一僕とだけ口をきく有様だ。本来ならば十七にもなった妹がどんな奴とつき合おうと僕の知ったことではないのだが、彼女が竜次に惹《ひ》かれた元々の原因が、どうやら小学生の頃から僕が家で竜次を散々ヒーローに祭り上げていたせいのようなのだ。僕にいささかの責任があると言えばあるような気もする。ない、と言えばないのかもしれない。難しいところだ。世の中という奴は、野球のルールほどにははっきりしていない。

……とまあ、そんなところが、西瓜の破片が散らばるマウンドを前に僕が肩をすくめた理由である。しかし、僕の深遠な悩みはともかく、当面の問題はマウンド上の掃除だった。

「一年！　何してる、さっさと動かんかい！」

僕の号令で、一年生部員がクモの子を散らすように駆け去った。三年になるというのはえらいものだ。年をくうのも悪いことばかりではない。一年生たちは、たちまち屑籠《くずかご》をどこからか見つけてきた。西瓜の破片を集めるには大きすぎたが、それをとがめ立てするほどには僕たちも意地悪ではない。

掃除をしながらも、一年たちの口は止まることを知らなかった。

「もったいないなあ。これ、よお冷えたスイカやんか」

「お前、ちょっと食ってみいや。どや、このへんなんかまだ食えるで」

彼らの声をひそめたやり取りには、どこか浮き浮きとした調子が感じられた。一年たちは、練習を中断したこの真夏の珍事を楽しんでいるのだ。

でもまあ、それも無理もないことだった。彼らにはまだ二年間のチャンスが残っている。それを〝無限〟だと思っているに違いなかった。

僕たち三年生だけが、最後の夏の日差しにちりちりと焦げていた。

騒ぎが一段落するのを見計らったように、監督が現れた。詳しいことは分からないが、僕たちは出場停止だけはまぬがれたようだった。

4

翌日は朝から雲一つない晴天だった。

「今日も暑なりそうやな」

球場へ向かうバスの中で僕たちはそう言い合った。夏が暑いのは分かり切ったことなので、今更その事実に対して文句をつけるわけではない。第一、少々暑いからといって、僕らのプレーに大した影響が出ることはない。そのために毎日、炎天下で長時間の練習をしているのだ。地球の温暖化は僕たちが一番よく実感している。

けれど、風は別だった。

朝から吹き始めた南風は、僕たちの試合が始まる正午が近づくにつれて次第に強くなった。ライトからレフト方向にセンターポールの旗が激しくはためいている。目の前で行われた第一試合でも、風の影響なのか、それともたんに下手《へた》なだけなのか、イージーフライを取り落とす場面が何度も見られた。

高台に新しく作られたこの球場の設計者は、どうやら野球を知らない奴らしい。でなければ、陰険な変質者に違いなかった。なにしろスタンドの隙間からグランドへ向けて、強風がもろに吹き抜けているのだ。

「クラスの奴らも応援に来てくれる言うとったのに、エラーしたらかっこ悪いなぁ」

ライトを守ることになっているコバヤシが顔をしかめて呟《つぶや》いた。クラスの風評を気にするような奴ではないので、本当はつき合い始めたばかりの彼女が見に来ることになっているのかもしれない。

見に来る彼女こそいないものの、レフトを守る僕も同じ気持ちだった。最後の試合でみっともないエラーは、できればしたくないのが人情だ。こんな時だけは、風の影響の少ない内野のポジションがうらやましかった。

ところが試合が始まってみると、強い風は僕らに一方的に味方した。長打を狙って振り回してくる相手チームの打球は、風に押し戻されてイージーフライになった。逆に、僕たちが打った平凡な内野フライが思わぬポテンヒットになったりする。軟投派のヨシカワの変化球は面白いように曲がり、しかもきわどいところにぴしぴし決まった。

思いがけないのは風の影響ばかりではない。相手チームのライナー性の当たりはことごとく野手の正面に飛び、僕たちがバントで転がした球は白線上でぴたりと止まった。ツイている、としか言いようがない。長年野球をやっていると、こういうことに出くわすことがたまにある。おかげでコールドゲームも覚悟していた試合が一歩も引かない大熱戦になった。予想外の大健闘に応援席は盛り上がる。一番驚いているのは、試合をしている僕たち選手だった。

気がつくと、早くも七回が終わろうとしていた。スコアボードを見上げると、得点は二対一。なんと僕たちがリードしているではないか！　このまま勝てば大番狂わせだ。

「頑張れやー！　勝てるでー！」

そんな声が応援席からも聞こえ出す。こうなると急拵《きゅうごしら》えの応援団やチアガールまでが堂々と見えてくるから不思議なものだ。

七回裏、相手の攻撃はツーアウト、ランナーなし。相手チームの攻撃は残り二回。七アウト。想像できない数字ではない。

グランドに立っている僕たちでさえ、〝勝てる〟と思い始めていた。

一塁側の僕たちの応援席で騒ぎが起こったのはそんな時だった。ブラスバンドの演奏が途切れ、スタンドがざわめいた。グランドをいやな風が吹き抜けたような気がした。

レフトの守備についていた僕は、プレーの中断を確認してライトスタンドに目を凝らした。気がつくと、スタンドを見ているのは僕だけではなかった。グランドにいた選手や審判全員がスタンドを振り返っている。

それに気づいた時、僕たちのチームは全員、思わずよく晴れた夏空を振り仰いだ。

騒ぎの中心に、竜次の姿があった。

さっきまでは、球場内のどこにもいなかったはずだ。それは、部員全員が猜疑《さいぎ》の目で隈無《くまな》く探っていたので間違いない。ところが今や、竜次がスタンドの主役だった。

竜次は、三畳程もある大きな校旗を振り回しながらスタンドを駆け回っていた。応援団から無理やり奪い取ったに違いない。

大きなエンジ色の校旗が、走る竜次の背中でたなびく様は壮観だった。

うぉーぉーぉー……。

よく通る竜次の大声が球場に響きわたった。相手チームの応援団も度肝を抜かれたようすで、呆気に取られて眺めている。竜次は校旗を頭上に振りかざし、スタンド最上段からまっすぐに駆け下りて来た。

その瞬間、一陣の風がスタンドを激しく舞った。グランドにいた全員が、あっと息を呑んだ。女生徒の短いスカートがまくれ上がったせいばかりではない。風が、竜次の手から校旗を巻き上げたのだ。

風に漂う一枚の布と化した校旗は、いったん上空にふわりと舞い上がり、ゆっくりとグランドに落下した。

一瞬の沈黙の後、球場全体がどよめいた。相手応援席からヤジが飛ぶ。とんだ〝不祥事〟だ。こんなに風の強い日は、ポールについた三畳もの布きれを支えているだけでも大変なのだ。風に向かって駆け下りていけばどうなるか、容易に予想がつきそうなものだった。

もちろんゲームは中断となった。係員の手で校旗が回収される間、守備についている僕たちは呆然《ぼうぜん》と成り行きを見守っていた。スタンドに目をやると、どこに行ったのか竜次の姿はすでに見えなくなっていた。

中断は、時間にしてせいぜい十分程度だっただろう。気のきいた奴でも、ジュースを買ってくるくらいしか出来ない時間だ。真夏の試合でピッチャーの肩が冷えたとは思えない。とすれば、試合にはやはり〝流れ〟というものがあって、その時を境に変わったとしか言いようがなかった。

試合再開後、ヨシカワが投げた一球目のカーブは真ん中高めに入った。気がついた時にはもう、打球はセンターとライトの間を転々と転がっていた。鋭い金属音が聞こえたのは、その後のことだ。

それからは、手がつけられなかった。外野を守っている僕たちは忙しくて仕方がなかった。痛烈なゴロやライナー、それに頭上を越える打球が次々に飛んできた。こういうのを〝めった打ち〟というのだ。しかも僕を含め、見事なエラーの続出だった。一度などは、ショートとセンターとレフト（僕だ）が、一つのボールの行方を追って、てんでバラバラの方向に走り出したことさえあった。……しかもボールは全然別の場所にぽりと落ちた。

いつまでも続くと思われた七回裏の攻撃がようやく終わった時、僕たちにはスコアボードを見る勇気はすでになかった。

一方、八回九回の僕たちの攻撃の所要時間は、いずれもあっけないほど短かった。三振にピッチャーゴロ、それから……。やめよう。並べるだけ無駄だ。早い話が連続三者凡退である。

結局、試合は九回裏を行うことなく終了した。終わってみれば九対二。

惨敗だった。

5

夕方、解散後いったん家に帰った僕は、思いついて河川敷へと足を向けた。河川敷には小学生の僕たちが野球をしていたグランドがある。今も変わらず使われているはずだった。

自転車で一気に土手を駆け上がると、広い河川敷が一時に目に飛び込んできた。強い西日を受けたグランドでは、今日も小学生たちが黄色い声を上げてボールを追っている。

ホームベースの背後、手作りの粗末なバックネットの裏に竜次の姿があった。僕は自転車を降りて、グランドに向かって進んだ。僕の姿が見えていないはずはなかったが、竜次は振り返ろうともしなかった。僕は黙って竜次の隣に腰を下ろした。目の前には、かつて僕たちがそこにいた場所で、やはり同じ様なことを繰り返している小学生たちの姿があった。少年たちのユニフォームには「ホワイト・ソックスズ」という縫い取りが見える。そう言えば、僕たちの「リトル・マリナーズ」が最近解散したという話を聞いた。なんでも、監督の奥さんが若いツバメを作って逃げたらしい。

「なあ、このチームの名前どう思う?」

ふいに、竜次が口を開いた。バックネットに尋ねたのでなければ、残る相手は僕しかいない。僕は、少し考えて答えた。

「そやな。メジャーリーグみたいで、ええんとちゃうか」

「メジャーリーグ？　お前は相変わらずアホやな。昔から全然変わってへんやんか」

僕は思わず苦笑した。意見自体は間違っていないかもしれない。が、少なくとも竜次にだけは言われたくない台詞だ。

「ここの監督、商売がクリーニング屋なんやて。それでチーム名がホワイト・ソックスズ」

竜次の言葉に、僕は思わず吹き出した。

「少年野球のチーム名は、そんなんばっかしか」

「ま、俺らのリトル・マリナーズには勝てへんけどな」

二人で声を合わせて軽く笑った。けれど、昔のように身をよじって笑ったりはしない。

「今日はサンキュウな」

僕はできるだけさりげなく切り出した。

「なにが？」

「応援に来てくれとったやろ」

「ラジオで聞いてたんやけど、つい、な」

た。

竜次は照れた顔で呟いた。僕はちょっとためらったが、結局思い切って言うことにした。

「ほんでもまあ、野球部のみんなにはちょこっと謝っといた方がええで」

「謝る？　なんで？」

竜次はぽかんとした顔で僕を振り返った。ふり、ではないらしい。仕方なく、試合が終わった後の部員の様子を説明すると、竜次の顔にはたちまち皮肉の薄笑いが浮かんだ。

「何言うてんねん。負けたのは実力やないか」

僕は肩をすくめるしかなかった。竜次の言葉は、そのとおりではある。冷静に考えれば、一件の後、打たれ出したのは相手チームがヨシカワの球に目が慣れたせいだし、その打球を風を読み切れずにエラーしたのは僕たちの実力だ。あの後、僕たちの打線が完全に押さえ込まれたのも実力どおりだった。そんなことは野球部のみんなも分かっている。しかしそれでもなお、みんなは「あの中断がなければ」という仮定が振り切れないのだ。今、竜次が一言詫《わ》びなければ、敗戦の原因をずっと竜次のせいにする奴が出てきてしまいそうだった。例えば昨日、よく冷えた西瓜を持って陣中見舞いに来てくれた竜次の行為が、結果として、練習の邪魔をしに来たと記憶されてしまうように。

「ふん、そんな奴はほっといたらええ。わいの知ったことやない」

竜次の声が次第に大きくなる。

「だいたい、お前ら気合い入ってへんのじゃ。そのくせに……」

「ちょい待った」

僕は慌てて竜次を制した。

気がつくと、少年たちが練習を中断してじっとこっちを見ていた。

「なんや。どないしたんや？」

竜次が僕に聞いたが、僕に分かるわけがない。こっちが聞きたいくらいだ。

少年たちは何人かで集まってこそこそ話していたが、そのうち代表らしい一人がまっすぐにやってきた。そして僕たちに向かって、バックネット越しに声を掛けた。

「なあ、オッチャン。審判やってや。今から紅白戦すんねん」

僕たちは思わず顔を見合わせて苦笑した。それにしても、オッチャンとは……。

「審判？　監督さんがおるやろ？」

「今日、うちの監督、仕事忙しいて来はらへんねん」

「そうか。ほなしゃあないな」

躊躇《ちゅうちょ》している僕をしりめに、竜次はさっさと立ち上がった。竜次は少年たちに歓声をもって迎えられた。少年たちは、早速二組に分かれてグランドに散っていく。

「プレイボール！」

竜次の屈託のない大声がグランドにこだまする。久しぶりに見る竜次の生き生きとした姿だった。何だかんだ言っても、竜次は野球というこのゲームが好きで仕方がないのだ。

たどたどしく始まったゲームを目で追いながら、僕は妹の話を思い出した。

あの夜――つまり竜次が補導された夜、妹や何人かの友達も、竜次と一緒にゲームセンターにいたらしい。竜次は元々ゲームなんかに興味を示す方ではない。その日も自分ではやらずに、他人のするゲームをつまらなそうに眺めていたそうだ。ところが、みんなが帰る頃になって竜次がゲームを始めた。そして、そのゲーム機の前から一歩も動かなくなってしまったのだ。

竜次が始めたゲームは「すーぱー・すたじあむ」という名の野球ゲームだった。

十一時を過ぎると警察が見回りに来るのは事前に分かっていたことだ。ヨーコたちも、もちろん竜次を連れ出そうとした。しかし、竜次は頑としてゲーム機の前から動こうとはしなかった。出たばかりのバイト代を全部つぎ込んで、架空のその試合に何としても勝とうとしていたのだ……。

目の前で審判をしている竜次の背中が、ゲーム機の前から動こうとしない頑《かたく》なな背中に重なる。

結局、妹たちは竜次を残して先に退散した。そして、ゲームをやり続けた竜次だけが補導されたのだ。

「ほんま、竜ちゃん、いっぺんやりだしたら勝つまでは絶対やめへんのやから」

ヨーコは困惑したような、そのくせ満更《まんざら》でもないような顔でそう言った。妹からその話を聞いた時、僕は一瞬だけ呆れ、その後不覚にも胸がつまった。他の奴が聞いたら鼻で笑うかもしれない。しかし、僕にはどうしても竜次を笑うことができなかった。その夜の竜次には、そのゲームで勝つことがどうしても必要だったのだ。

「ストライク、バッターアウト。チェンジ！」

竜次は小気味のよいリズムでジャッジを続けている。

僕はふと目を凝らす。茜色《あかねいろ》に染まった空にシルエットで浮かぶ竜次の背中が、やけに大きく見える。一五八センチなんていう数字が嘘《うそ》のようだ。竜次が突き上げる拳に、少年たちがきびきびと反応している……。

いいや、いいや、なんだ、そうなのか。

突然、僕は理解する。

竜次にとっての勝負はまだ終わっていないのだ。勝つまではやめない、それが竜次なのだ。僕たちは甲子園を目指した試合の一つに負けた。もう次はない。しかも、竜次はその試合に参加すらできなかった。それも間違いのない事実だ。しかし竜次にとって、そんなことは大したことではなかったのではないか？

竜次の勝負はまだ終わってはいない——。

「わいの勝負に負けはないんや！」

その言葉どおり、竜次はいつか休部届けを破り捨て、マウンドに復帰するに違いない。そして向かい来る強打者を、ばったばったとなぎ倒していくのだ。

暮れなずむ夏の夕景のただ中で、僕にはそう思われてならないのだった。

夏のアルバム

奥田 英朗

奥田 英朗
おくだ・ひでお

1959年岐阜県生まれ。雑誌編集者、プランナー、コピーライターを経て97年『ウランバーナの森』で作家デビュー。2002年『邪魔』で大藪春彦賞、04年『空中ブランコ』で直木賞、07年『家日和』で柴田錬三郎賞、09年『オリンピックの身代金』で吉川英治文学賞を受賞。『最悪』『東京物語』『イン・ザ・プール』『ガール』『我が家の問題』など著書多数。

1

西田雅夫《にしだまさお》は小学二年生の男子で、もっかの関心は、自転車に補助輪なしで乗れるようになることだった。ここ半年で、ばたばたとクラスの遊び仲間が自転車の補助輪を外すようになり、雅夫は取り残されたのだ。

自転車に自由に乗れるようになると、行動範囲は一気に広がる。放課後はいつも、近所の神社で遊んでいるが、遊び友だちの下川《しもかわ》君や伊藤《いとう》君は、補助輪なしの自転車で来るようになった。道の向こうから自転車にまたがって現れる姿は、ガンマンみたいに恰好《かっこう》よく、雅夫は羨《うらや》ましくてならなかった。補助輪があると、それに頼るからすいすい進めない。音だってうるさい。

自転車は小学校に上がるとき、一緒に暮らす祖父母から買ってもらった。近所の自転車屋さんで、並んでいる子供用自転車の中から、青い車体と電池式の警笛ブザーが気に入って選んだ。

クラスの男子では、半分くらいが自分の自転車を持っていた。だから雅夫の家も平均的家庭と言えた。父親は自動車部品メーカーに勤める会社員で、母親は家で既製服を作る内職をしていた。きょうだいは二歳上の姉が一人いる。

その日も雅夫たち三人は、神社の境内で遊んでいた。駄菓子屋で買った一個五円の紙ヒコーキを、主翼を反らせたり、尾翼を小さく折ったりして、飛ばし合う遊びだ。距離も競うが、飛び方も競う。大きな輪を描いて一回転させると、ちょっと自慢できる。

紙ヒコーキが遠くまで飛ぶと、下川君と伊藤君は自転車に飛び乗り、漕《こ》いで拾いに行った。走って拾いに行くのと、それほど時間にちがいがあるわけではないが、そうするのは、自転車を操るのが楽しいからである。

「西田君も自転車で拾いに行けばええやん。そのほうが楽やよ」

雅夫が二十メートル以上も飛ばしたとき、伊藤君が言った。

「あかんて。おれ、補助輪がないと乗れんもん。それやとスピードが出ん」

雅夫が首を振る。

「補助輪外して練習してみい。すぐ乗れるようになるぞ」

「おう、そうやて。おれも、お父さんが、こんなもん付けとるでいつまでたっても乗れんのやって、工具使って補助輪外してまったで、仕方なしに練習したら、春休みの間に乗れるようになったもん」

下川君も加わって言った。下川君は大きいから、自転車にまたがっても楽に足が地面についた。だから練習もたやすかったのだろう。

「うちはあかん。お母さんが、まだ補助輪外したら危ないって言っとったもん」

「そしたら、おれので練習してみぃ」

伊藤君が自分の自転車を使うよう差し出した。

「ええの？　倒したら傷がつくよ」

「ええて。どうせ親戚《しんせき》のお下がりやもん。おれ、新しい自転車が欲しいで、壊れてくれたほうがええわ」

下川君も賛成したので、ヒコーキ飛ばしを中断し、雅夫は自転車の練習をすることになった。二人が見ていてくれる。

自転車にまたがり、ペダルに右足を載せ、やにわに漕いだ。ハンドルが左右に大きくぶれる。三メートルと進まず、足をついた。自転車も倒れる。

「やっぱあかんわ。乗れん」と雅夫。

「簡単にあきらめたらあかんて。おれだってトックンしたもん」伊藤君が励ました。そうか、トックンか。雅夫たちが最近覚えた言葉だ。

再び試みる。またしてもハンドルがぶれた。腕に力を入れると、ますますぶれが大きくなり、前に進まなくなる。

そんなことを十分も続けたら、いやになった。

「今度にするわ」と雅夫が言い、トックンはおしまいになった。

再びヒコーキ飛ばしで遊ぶ。一段落つくと、また駄菓子屋に行って、一個五円のケーキを食べた。神社に洗い場があるので、そこの水道水で喉《のど》を潤す。本当はジュースを飲みたいが、小遣《こづか》いは三人とも月に三百円なので買えない。

午後五時になって、小学校のチャイムが鳴った。一キロも離れているのに、空全体に響いている。神社の奥のほうから年寄りの神主《かんぬし》さんが姿を現し、「おーい、五時だぞー。子供たちは帰れー」と大きな声で言った。ここの神主さんの日課だ。

雅夫たちはそれぞれ自転車にまたがり、帰ることにした。下川君と伊藤君はすいすい走る。雅夫は補助輪をガチャガチャ鳴らして走る。

二人のほうが家は遠いので、「先に行っていいよ」と雅夫が言った。「わかった」「じゃあな」二人は振り返って返事をすると、速度を上げて去って行った。

その背中を見送る。日はまだ高く、空は青いままだった。豆腐売りのラッパの音が町に響いている。

家に帰ると、姉が下の居間で宿題をしていた。雅夫の家は借家で、一階に祖父母が住み、二階に雅夫たち親子が住んでいる。姉が下にいるということは、母が留守なのだろう。

「お母さんは？」雅夫が聞くと、姉はぶっきら棒に「病院」と答えた。

「何時に帰ってくるの」

「知らん」

「千寿堂《せんじゅどう》にも寄るの」

「知らん」

姉は顔も上げなかった。

今年の初めから、千寿堂に住む母方の伯母さんが病気で入院していたが、最近になって母の見舞いに行く回数が増えた。どんな病気かは知らない。雅夫が知っている病名は盲腸炎だけだ。

母と千寿堂の伯母さんは、八人兄妹《きょうだい》の中の姉妹で、とても仲がよかった。伯母さんのところには、雅夫より四歳上の恵子ちゃんと、一歳上の美子《よしこ》ちゃんがいて、この二人の従姉妹《いとこ》は姉と仲良しだ。だから親戚の中では一番よく遊びに行く家だ。

雅夫は土間の台所へ行って、今度は祖母に聞いた。

「お母さん、何時に帰ってくるの」

「さあ、お祖母《ばあ》ちゃんも知らん。晩ごはんまでに帰って来んかったら、残しとかんでもええって言っとったけどねえ」

祖母はいつもゆっくりとしゃべる。動作ものんびりしていて、怒ったところを見たことがない。

「晩ごはん、何？」

「豚肉を焼こうと思っとるけど」

「やった」

肉と聞いてうれしくなった。雅夫は野菜が苦手で、ニンジンもタマネギもトマトも大嫌いなのだ。

姉が宿題をする横でテレビを観《み》た。『トムとジェリー』の再放送だ。猫とネズミが追いかけっこをするアメリカの家の広さには、いつもため息が出る。冷蔵庫の中も、御馳《ごち》走《そう》でいっぱいだ。

姉も宿題の手を休め、テレビに見入った。面白いシーンでは、二人で声を出して笑った。

母が帰ってきたのは午後八時過ぎだった。二階に上がってくるなり「お風呂はどうする？」と聞くので、雅夫は「今日はええ」と返事をした。姉はテレビの歌番組に見入っている。銭湯に行くのは、週に三回ぐらいだ。

「千寿堂にも行ったの？」雅夫が聞いた。

「うん。行った。伯父さんの帰りが遅いで、恵子ちゃんたちの晩ごはん作って、ついでに一緒に食べてきた」母が着替えながら答える。「あの子ら、しっかりしとるよ。恵子ちゃんはお味噌汁《みそしる》も作れるって言うし、美子ちゃんだって一人で銭湯に行けるって言うし……。雅夫君、あんた一人で行けるかね」

「行けるよ」

「うそばっかり」横からすかさず姉が言った。いかにも小馬鹿《こばか》にした口調だ。

「お姉ちゃんは黙っとりゃあ。自分はお化け屋敷で泣いたくせに」雅夫はむきになって言い返した。

「なんでお化け屋敷が関係あるの」

「だって――、だって――」

「あんたら喧嘩《けんか》はあかんよ」母が一喝《いっかつ》し、奥の部屋に行った。そこにはミシンがあって、母はたいてい夜も仕事をしている。父も帰りは遅い。平日はいつも雅夫たちが寝てから帰ってくる。

「あ、あ、あ」そのとき姉が声を発し、膝立《ひざだ》ちでテレビのすぐ前まで移動した。歌番組にグループ・サウンズのザ・タイガースが登場したからだ。

姉はジュリーのファンだ。自分とはたったの九歳ちがいで、いつか結婚できると言い張っている。たわけらしいと雅夫が笑ったら、本気で怒ったことがある。

「あんたら、九時になったら寝なあかんよ」母が奥の部屋から言った。「今夜は自分たちで布団敷いて。恵子ちゃんたちは何でも自分でやっとるでね」

「わかった」

雅夫は押し入れから布団を引っ張り出した。担ごうとしたら、重さに耐えられず、畳の上に押しつぶされた。

「雅夫、うるさい」姉がテレビに身を乗り出したまま怒った。ジュリーはブラウン管の中で『君だけに愛を』を唄《うた》っている。

布団を一組敷いて、頭から飛び込んだ。

「うるさいって言っとるやないの」また姉が怒った。

寝るのは姉と一緒の布団だ。毎晩、掛布団を引っ張り合う喧嘩になる。

2

雅夫は依然として自転車に乗れない。近所では、ハナタレの同級生まで補助輪なしで乗るようになった。だから少し焦っている。母に補助輪を外していいかと聞いたら、だめだと言われた。

「あんたが乗っとるのを見ると、まだ危なっかしいもん」

母は、この頃自動車の数が増えて、車の往来が激しくなったのを心配していた。すぐ近くの四つ辻《つじ》では、何度も交通事故が起きている。町内会では信号機を設置してくれるよう、役所に頼んでいるとのことだ。

「早く信号できるとええねえ」母はそこを渡るたびにそう言う。

補助輪を外してもらえないので、練習はもっぱら伊藤君の自転車を借りて行った。伊藤君は親に新しい自転車をねだっているらしく、そのせいで今の自転車を大事に扱おうとはしない。「このオンボロめ」と憎々しげに蹴《け》ったりする。

下川君と伊藤君がヒコーキ飛ばしをしている中、雅夫一人で自転車の練習をした。何度も漕ぎ出し、何度も倒れる。その繰り返しだ。二人とも「自然に乗れるようになった」と言うので、雅夫としてはその言葉を信じるしかない。

ときどき、足をつかずに十メートルほど走れるときがある。しかしその場合はハンドル操作が不能で、行き先は自転車に聞くしかない。

この日も、何かの拍子でバランスが取れ、自転車はするすると前に進んだ。下川君と伊藤君が気づき、「おお、凄《すげ》え、凄え」と驚いてくれた。

「もっと漕いで、漕いで」

言われた通り、雅夫はペダルを踏む足に力を入れる。すぐ先に池があった。その池が迫ってくる。雅夫が乗る自転車が向かっているのだ。

「ブレーキ、ブレーキ」

二人が大声で言う。次の瞬間、雅夫は自転車に乗ったまま池に落ちた。水しぶきが上がり、水草が激しく揺れた。

雅夫は池の中で尻もちをついた。深さは膝までもないから、落ちても危険はない。前にも落ちたことはあるのだ。

下川君と伊藤君があわてて駆けてきた。

「西田君、大丈夫?」

「うん、大丈夫。でもゴメン。自転車も落ちてまった」雅夫は真っ先に自転車の心配をした。友だちから借りて汚したのだ。

「ええて、そんなもん」伊藤君は怒らなかった。「だってポンコツやもん」洟《はな》をすすり、忌々《いまいま》しげに言った。

「おーい。子供たち、大丈夫かー」今度は神主さんが駆けてきた。雅夫は自転車を池から担いで出し、自分も上がった。

神主さんが池のほとりに到着する。年寄りだから、ゼーゼー息を切らしていた。

「たまたま窓から見とったら……、自転車でフラフラと池に向かって行くもんで……、びっくりしてまったわ……。ぼく、大丈夫か」

「はい。大丈夫です」雅夫は神妙に答えた。

「怪我《けが》はないか」

「ありません」

「そうか……。それはよかった。泥だらけやで事務所まで来《き》んさい……。洗い場があるで、そこで洗うとええわ」

神主さんが禿《は》げ頭に汗を浮かべて笑っている。叱《しか》られると思ったので、雅夫はほっとした。

神主さんより先に洗い場に行った。いつも水道の水を勝手に飲むので場所は知っている。

「ほれ、ぼくらでやりなさい」

神主さんがホースを用意してくれた。それでまずは自転車を洗う。続いて自分を洗った。腰から下は泥水で真っ黒だ。もちろんパンツまで水浸しである。

「おれがやったるわ」下川君がホースを手にし、先っぽをつまんで水の勢いを強くした。泥が見る見る洗い流されていった。それ以上に気持ちよかった。今日は暑かったので、雅夫には一足早い水浴びだ。

「西田君、お母さんに怒られえへん？」伊藤君が聞いた。

「うん。怒られん」雅夫が答える。実際、母はほとんど怒らない。

「ええなあ。うちならお尻叩《たた》かれるわ」伊藤君がため息をついた。

「ぼくら、泥を落としたらこれで拭《ふ》きなさい。それで今日はもう帰りんさい。風邪ひいたらあかんでな」

神主さんがタオルを手渡してくれたので、雅夫はお礼を言って借りた。帰り際、三人に飴玉《あめだま》をくれた。

「おれ、絶対に新しい自転車買ってもらう。おれだけお下がりやなんて不公平やて」

一緒に帰りながら、伊藤君が鼻の穴を広げて言った。不公平という言い方が、なんだか恰好よかった。


家に帰ると、神社で池に落ちたことを母に言い、着替えを出してもらった。母は、「何をやっとるの」と苦笑していた。二階で着替えて、一階の土間にある洗濯機に脱いだものを放り込む。母は台所に立っていた。醬油《しょうゆ》の湯気が鼻をくすぐる。

「晩ごはん、何?」雅夫が聞いた。

「これは恵子ちゃんたちの分」と母。

うしろから背伸びしてのぞくと、里芋の煮物とか、ホウレンソウのお浸しとか、主に野菜のおかずだった。

「これから千寿堂に行くの?」

「うん。また遅なるで、夜はお姉ちゃんと布団敷いて、先に寝とって」

「わかった」

「伯父さんが看病で病院に行っとるで、夜は恵子ちゃんと美子ちゃんと二人だけなんやよ。あそこはお祖父《じい》ちゃんもお祖母ちゃんもおらへんでね。雅夫君、あんた夜一人でおれるかね」

「おれん」

「えらいよ、あの子ら。お母さんが家におらんでも講釈言わんし、なんでも自分でやるし。恵子ちゃんね、トンカツの作り方覚えたんやと。まだ小学六年生でたいしたもんやわ」

「ふうん」

雅夫は感心したものの、よくわからなかった。六年生は、自分にとっては大人みたいなものだ。

母は恵子ちゃんと美子ちゃんを褒《ほ》め続けた。姉妹で協力し合って、掃除も洗濯も自分たちでやっているらしい。

「あんたら、今度の日曜日、病院に伯母さんのお見舞いに行くで、そのつもりでおってね」

「わかった。恵子ちゃんと美子ちゃんにも会える？」

「会えるよ。お姉ちゃんと一緒に遊んでもらやあ」

雅夫はそうと聞いて待ち遠しくなった。恵子ちゃんは物知りで、いろんなことを教えてくれる。葉っぱで笛を吹けるし、トランプの七並べも強い。

母がおにぎりを作りだした。見るからにおいしそうだ。

「ねえ、ぼくもおにぎりがいい」雅夫が言ったら、晩ごはん用にと二つ作ってくれた。

3

日曜日、親子四人で市民病院へ伯母さんのお見舞いに行った。行きの車の中で、母は姉と雅夫にいろいろと注意をした。

「千寿堂の伯母さん、すっかり痩《や》せてまって顔色も悪いけど、何にも言ったらあかんでね。こんにちはって挨拶《あいさつ》して、あとは黙っとりゃあええで。病室にはほかの患者さんもおるで、とにかく静かにしとって。ほんで、恵子ちゃんたちとすぐに出て行けばええわ。裏側に芝生の庭があるで、そこで遊んどればええで。わかった？」

「うん。わかった」姉弟でうなずいた。

千寿堂の伯母さんは、大きな声で笑う、やさしい伯母さんだった。家に遊びに行って、雅夫が畳の上ででんぐり返りをすると、「マーちゃん、凄《すご》いねえ」と何度でも驚いてくれた。

「ねえ、伯母さん、何の病気？」雅夫が聞いた。

「子供は知らんでもええ」ハンドルを握る父が、すかさず言う。母は黙っていた。

病院に到着し、薬品の臭《にお》いのする廊下を歩き、病室に入ると、窓際のカーテンの奥のベッドに伯母さんが寝ていた。脇《わき》には伯父さんと恵子ちゃんと美子ちゃんもいた。

「広子《ひろこ》ちゃんと雅夫君、よう来てくんさった。ありがとうねえ」伯父さんが目尻を下げて言った。二人の従姉妹も微笑《ほほえ》んでいる。会うなり姉と手を取り合った。

それより雅夫は、伯母さんの変わりように驚いた。お正月に会ったときは、まだ丸かった顔が、すっかり頰《ほお》がこけて別人のようになっている。

伯母さんが体を少し起こし、「来てくれてありがとう」と言う。その声がかすれて弱々しかった。

「大きなったねえ。また背伸びた？」

雅夫は何も答えられなくなり、下を向いた。同じように姉も黙ってしまった。

「あんたら、外で遊んでりゃあ。恵子ちゃん、美子ちゃん、うちの子と遊んだって」母がうながし、子供たち四人で病室をあとにする。「走ったらあかんぞ」父がささやき声で言った。

恵子ちゃんの先導で、子供たちだけでエレベーターに乗る。知らない大人も乗っていたが、恵子ちゃんと一緒なら怖くなかった。

外に出ると、恵子ちゃんはベンチに座り、布製の手提げから『明星』を取り出し、女の子たちでページをめくり始めた。三人ともグループ・サウンズのファンなのだ。ショーケンやジュリーの写真にキャアキャア騒いでいる。

「ねえ、だるまさんが転んだ、やろうよ」雅夫がせがむ。

「あんた一人でやっとりゃあ」姉が冷たく言った。

「マーちゃん、ちょっと待っとって。あとでやろ」

恵子ちゃんがやさしく言ってくれたので、雅夫はしばらく一人で遊ぶことにした。芝生の上の葉っぱを拾い、半分に折って口に付け、フーフーと吹く。恵子ちゃんみたいに鳴らせなかった。

「ねえ、恵子ちゃん。どの葉っぱでやればいいの」

雅夫が聞いても返事は帰って来ない。女三人でおしゃべりに夢中なのだ。手持無沙汰《ぶさた》なので、雅夫も話の輪に加わった。

「これ、なんてグループ」雑誌の写真を指差す。

「雅夫は黙っとりゃあ」と姉。

「テンプターズ。ショーケンのおるバンド」恵子ちゃんが答えてくれた。

「あ、そうや。恵子ちゃん、トンカツ作れるの？　お母さんが言っとった」

「作れるよ、トンカツぐらい」

「うちのお姉ちゃん、お好み焼きも作れるよ」美子ちゃんが横から自慢した。「それから、うどんも作れるし、カレーも作れるし」

「うそ。カレーも作れるの」

　雅夫は驚いた。まるで大人だ。

「カレーは簡単やよ。味付けの必要があらへんし、材料入れて煮込むだけやもん。多めに作れば三日はもつし、週に一回は作っとる」

「ふうん」

「ねえねえ、わたしは、卵が割れるようになったよ」と美子ちゃん。美子ちゃんは甘えん坊だったが、伯母さんが入院してからはずいぶん変わった。

「お姉ちゃん、卵割れる？」雅夫が姉に聞いた。

「割れるに決まっとるやないの。出来んのはあんただけ」姉が小馬鹿にする。

「ぼくも出来ますう」腹が立ったので言い返した。

「じゃあ、明日の朝ごはんのときやってみい。出来んかったら罰金十円」

「いいよ」

「出来んくせに。儲《もう》かった。十円儲かった」

「さあ、だるまさん転んだ、やろうか」

　恵子ちゃんがベンチから立ち上がった。みんなでついていく。芝生に入り、一本の木の下でジャンケンをした。雅夫が負けて鬼をすることになった。

「ねえ恵子ちゃん、ここの芝生、入っても怒られん？」

「大丈夫。看護婦さんも、ここでおやつ食べとる」

恵子ちゃんが一緒だと、いろいろと心強い。

四人でだるまさん転んだに興じた。遊びだすと、伯母さんの見舞いに来たことも忘れた。父と母が降りて来るまで、一時間以上も遊んだ。

帰りの車の中で、母は黙りこくっていた。うしろのシートで姉弟《きょうだい》喧嘩が始まると、「静かにしろ」と父が怒った。いつもなら母がとりなしてくれるが、そのときは窓の外を見て、ため息をつくばかりだった。

仕方がないので、姉も雅夫もおとなしくしていた。


母の提案で、自転車の補助輪を片方だけ外すことにした。こうすれば補助輪だけに頼らずに乗れて、バランスを崩したときは逆に頼れる。近所の自転車屋さんに持って行って、おじさんに外してもらった。

「そうか。マーちゃんはまだ自転車に乗れんか。それでは地球は救えんな」

おじさんはニヤニヤしながら、雅夫が胸に付けていた、ウルトラマンに出てくる科学特捜隊のオモチャのバッジをつついて言った。

補助輪が一本だけになった自転車は、ちょっと恰好よく見えた。早速神社に遊びに行くと、下川君と伊藤君も「このほうがええわ」と感心してくれた。

「一本やと怖くない？」と伊藤君。

「怖くないよ」

「そしたらもうすぐ乗れるわ」

雅夫は太鼓判を押された気になった。もっとも伊藤君の自転車で練習をすると、相変わらずふらつき、灯籠《とうろう》にぶつかったり、池に落ちそうになったりの繰り返しだった。だからすぐに飽《あ》きて、紙ヒコーキや境内のブランコで遊ぶこととなる。

「うちさあ、もうすぐお祖父ちゃんが死ぬらしい」

ブランコを漕ぎながら、下川君がびっくりするようなことを言った。

「なんで死ぬの」雅夫が聞く。

「この前、お父さんとお母さんが話しとるのを聞いた。去年から病気で入院しとったけど、そろそろ危ないらしいって」

下川君の家にお祖父ちゃんはいない。だから在所《ざいしょ》に住んでいるのだろう。

「どういう病気？」

「ガン」

「ガンって何？」

「知らんけど」

「ふうん」

雅夫はふと、千寿堂の伯母さんを病院に見舞ったときのことを思い出した。病気のことを聞いたら、父は「子供は知らんでもええ」と言った。伯母さんは別人のように痩せこけていた。

「お祖父ちゃんが死ぬと、お年玉もらえん」

「そうやな」

ブランコを漕いで靴飛ばしをやった。体の大きな下川君が一番遠くまで飛ばした。

4

千寿堂の伯母さんを病院に見舞ってから一週間ほど過ぎた夜、母に電話があった。雅夫の家に電話はない。だからはす向かいの新聞屋さんにかかってきて、呼び出しをしてもらうことになる。

階段の下から、祖母の「明子《あきこ》さん、電話。千寿堂の幸三《こうぞう》さんから」という声が届き、ミシンを踏んでいた母はさっと顔色を変えた。

「はい。すぐに行きます」

立ち上がって前掛けを外し、鏡の前で髪を押さえ、急ぎ足で階段を降りて行った。

　雅夫は、居間で宿題をしていた姉と顔を見合わせた。

「何の電話やろう」雅夫が聞く。いつもなら無視する姉が、表情を曇らせ、「たぶん恵子ちゃん家《ち》のお伯母さんのことやと思う」と答えた。

「わたし、お母さんから聞いたことあるけど、あの伯母さん、もう治らん病気なんやと。それで、寿命もあと少しらしいんやわ」

「ほんとに？」

「ほんと。雅夫君、ほかで言ったらあかんよ。わたしもお母さんに口止めされとったで」

「わかった」

「恵子ちゃんと美子ちゃんには絶対に言ったらあかんよ」姉がきつい口調で念を押す。

「うん、わかった」

　雅夫はノートに漫画を描いていたが、その話を聞いたら手が動かなくなった。姉も頬《ほお》杖《づえ》をついて考え事をしている。

　母は十分ほどして戻ってきた。雅夫たちとはあまり目を合わせず、「お母さん、これから病院に行ってくるわ。千寿堂の伯母さん、危ないらしいで」と言って、着替え始めた。その姿には、なにやらただならぬ気配があった。

「お父さんも会社から病院へ行くで、あんたらだけで布団敷いて寝とってね。帰りは何時かわからん。もしかしたら、朝起きたとき、お母さんがおらんかもしれんけど、自分たちだけで起きて、朝ごはん食べて、支度して、学校へ行ってちょうだい。ヒロちゃん、あんたお姉さんやで、マーちゃんを起こしたってね」

「わかった」姉が真面目《まじめ》な顔でうなずいた。

「マーちゃん、お姉ちゃんの言うこと聞いてね」

「うん、わかった」雅夫もしっかりうなずいた。

母は鏡の前で髪をとかし、手早く化粧をし、急いで出かけて行った。

雅夫は心臓がドキドキした。ノートと鉛筆を片付け、テレビを観ようとするが、目に入ってこない。

「雅夫君、銭湯行く？　今日は暑かったし、行くなら連れてったるよ」宿題を終えた姉が言った。

「どうしよう」

「どうしようって、自分で決めやあ」

「お金ある？」

「お祖母ちゃんにもらう」

「じゃあ行く」

姉はタンスの引き出しからタオルを二人分取り出すと、椅子《いす》を使って棚から金ダライを下ろし、銭湯へ行く支度をした。

「そしたら行こか。夜やで手をつないで行くよ。それに雅夫君、犬が怖いやろ。だからわたしの手、ちゃんと握っとらなあかんよ」

「うん」

下に降りて、祖母に銭湯に行くと言ったら、コーヒー牛乳代もくれた。玄関を出て、姉と手をつないで通りを歩く。

月が皓々《こうこう》と照っていた。生温《なまぬる》い風が顔を撫《な》でていった。遠くで犬が吠《ほ》えている。そのたびに姉の手をぎゅっと握った。姉と二人で銭湯に行くのは、これが初めてだった。


翌朝は七時に起こされた。起こしたのは姉ではなく、母だった。目を覚ますと、部屋には父もいた。母は出かけたときのままの服装で、父はパジャマに着替えていた。つい今しがた帰ってきたという感じだ。

「千寿堂の伯母さんね、あかんかったわ」母が小さい声で言った。

雅夫と姉は返事が出来なかった。

「ゆうべ、病院へ兄妹みんな駆けつけてね、在所の伯父さんも、材木町の伯父さんも、長良《ながら》の叔母さんも、みんな来たわ。千寿堂の伯母さん、最初は意識があったけど、そのうち目を開けとれんようになってね。お医者さんももうダメやって言って。眠るように亡くなったわ」

姉と二人で黙って聞いていた。何も言葉が見つからない。

「恵子ちゃんと美子ちゃん、伯父さんから聞かされて覚悟はしとったらしいけど、可哀《かわい》想《そう》やわねえ。二人で泣きじゃくっとった」

母は目が赤かった。

「おい、一時間だけ寝るで、起こしてくれよ。会社は遅刻や」父が自分の布団を敷いて言った。「ところで葬式はどうするんや。子供は連れてくんか」

「子供は中学生より上だけ。兄様《にいさま》が決めた。だから在所のキョウちゃんとタケシ君が出るんやないの」

「そうか。そのほうがええな」

「わたしもあんまり子供に見せたないで、そのほうがええわ」

「ああ、そうやな」

父は布団に横になると、タオルケットを腹にかけて目を閉じた。

雅夫と姉は一階に降りて、祖母の作った朝ごはんを食べた。祖母と祖父も元気がなく、二人でひそひそ話をしていた。

「まだ四十になっとらんのやよ」

学校も姉と二人で行った。姉はあまり口を利かなかった。

その歳《とし》だとどうなのか、雅夫にはまるで想像がつかない。

「可哀想になあ」


雅夫は依然として補助輪なしの自転車に乗れない。長梅雨《ながつゆ》で外に出られないせいだ。学校のプール開きも延期になって、体育の授業では縄跳びばかりしている。補助輪を片方だけにして、せっかくいい感じをつかみかけてきたのに、三日も乗らないでいると、その感覚を忘れた。夏休みまでには、という目標も、達成はむずかしそうだ。

雨の日はいつも伊藤君の家で遊んだ。ウルトラ怪獣のビニール人形がたくさんあるし、漫画も揃《そろ》っているからだ。何より子供部屋がある。伊藤君の部屋で、三人は思い思いの格好で漫画に読み耽《ふけ》った。「あんたら静かでええわ」と、おばさんはいつも同じことを言う。


この日、伊藤君は探偵のような顔で打ち明け話をした。

「あのなあ、うちのお父さん、どうして新しい自転車を買ってくれんか、やっとわかったぞ」

「おれの自転車、親戚のお下がりやって言ったやろ。その親戚は本町に家があって、すぐ近くやで、伯父さんがよううちに来るんやわ。それで、もし新しい自転車に買い替えたら、せっかくあげたもんが気に入らんかったんかって、伯父さんが思うかもしれんで、それですぐには買い替えれんのやと」

「へー」雅夫と下川君は納得してうなずいた。なるほど、何事もちゃんと理由はあるものだ。

「仲のいい親戚ほど、気を遣わんとあかんのやと。お父さんが言っとった」

「うちもそういうことあるわ」下川君も思い当ることがあるようで、話をした。「お母さんの親戚に、子供がおらん叔母さんがおるけど、その叔母さんと在所で会うとき、お母さん、おれに言うもん。なんで子供がおらんか、絶対に聞いたらあかんよって」

「聞いたらあかんの？」と雅夫。

「そうらしい。人の気持ちを考えなさいって――」

「ふうん」

世の中はいろいろむずかしそうだ。伊藤君がまた言う。

「おれ、お父さんの話を聞いたら、あんまり腹が立たんようになったわ。うちのお父さん、三年生になったらちゃんと新しいの買ったるで、それまで我慢しろって言うし。そうやったら、おれも講釈言わんと、それまで待たなあかんなって――」

「ふうん」

「せっかくやで、おれ、あの自転車、大事に乗るわ」

「あははは」

雅夫と下川君は大口を開けて笑った。

「だから西田君、練習は自分のでしてな」

「うん、わかった」

話が済むと、三人で漫画週刊誌を回し読みした。『少年サンデー』『少年マガジン』『少年キング』と三誌あるから、三人組だと何かと都合がいいのである。

早く梅雨が明けないものか。やっぱり外で遊びたい。

5

夏休みに入ったら、雅夫の毎日はプール通いが中心になった。午後一時に小学校に行って、二時半まで低学年用プールで遊んで、そのまま下川君や伊藤君と夕方まで校庭で遊ぶ。学校へは徒歩で行くのが決まりなので、自転車にはあまり乗っていなかった。雅夫の中で焦っていた気持ちが、なんとなく緩んだ。自然と乗れるようになるから——。今はこの言葉に頼り切りだ。

そんな中、母の在所に行くことになった。毎年お盆は親戚が全員集まる。母は八人兄妹なので、いとこは二十人近くいた。赤ん坊から高校生までいる。いとこたちの多くはお盆をはさんで一週間近く泊まっていった。母の在所は農家だから家は広い。納屋も鶏小屋もある、近くには山があり、川があり、大きなお寺もあった。西瓜《すいか》は食べ放題、夜には庭で花火。雅夫にはこれこそが夏休みだった。

在所へ行く日、風呂敷に着替えを包みながら、母は何度も雅夫と姉に言い聞かせた。

「あのね、在所には恵子ちゃんと美子ちゃんも来るけど、あんたら、あの子らの前で『お母さん、お母さん』って甘えたらあかんよ」

「うん、わかった」

「ほんとにわかっとる？　雅夫君、お母さんのところに来ても、膝には載せたらんでね」

「もう載らんて。家でも載らんやん」

「広子ちゃんもわかっとる？」

「わかった」

母が真剣に言うので、姉も神妙な顔でうなずいた。

父が運転する車で出かけた。在所に着くと、父はたくさんの親戚に挨拶し、少しいただけで帰っていった。こうなると子供天国だ。

最初は久しぶりに会ういとこ同士、少しはにかんでいたが、すぐに緊張も解け、遊びが始まった。

一番に行くのはお寺だ。子供が五人がかりで手をつないでも輪を作れない巨木があって、そこでだるまさん転んだをやるのが手始めだ。

雅夫はついでに自転車の練習もしたかったので、在所の納屋にあった子供用自転車を借りて引いて行った。古びたポンコツなので、練習にはちょうどいい。油が足りないのか、動かすとキーキー音がした。

いとこたちのリーダーは恵子ちゃんだった。恵子ちゃんが仕切ったり、仲裁したりして、みんなでにぎやかに遊ぶ。

だるまさん転んだが一段落したところで、雅夫は恵子ちゃんに自転車の練習を手伝って欲しいと頼んだ。サドルの位置が高かったので、足がちゃんとつかず、誰かにうしろで持っていてもらわないと漕ぎ出せないのだ。

「うん、いいわよ」恵子ちゃんはやさしく応じてくれた。

姉と美子ちゃんもそばで見守った。

「雅夫君、肩に力が入り過ぎ。もっと力を抜いて」

「背筋を伸ばして。そうそう、重心を腰に乗せる感じ」

恵子ちゃんは先生みたいだった。さすが六年生は頼りになる。

十分ほど練習を続けたところで、恵子ちゃんが高らかに言った。

「わかった。雅夫君の欠点がわかった」

『ものしり博士』のケペル先生のように、右の拳《こぶし》を左のてのひらに打ち付けている。

「あのね、雅夫君。すぐ下を向くからあかんの。もっと遠くを見るの。やってみて」

雅夫はその通りやってみることにした。遠くを見る。そして肩の力を抜き、背筋を伸ばして漕ぎ出す。

自転車はするすると進んだ。「凄い、凄い。そのまま漕いで、漕いで」恵子ちゃんが小走りについてくる。

「下を向いたらあかんよ。そのまま真正面を見て」

自転車はふらつかなかった。どんどん加速する。石の段差があったが、ものともせず、乗り越えた。「やった、やった。乗れた、乗れた」恵子ちゃんの声が背中に降りかかる。

境内の端まで行き、ブレーキをかけて止まった。雅夫は初めての経験に興奮した。とうとう自転車に乗れた。

「凄いねえ、雅夫君。すぐに乗れたやないの。やっぱ運動神経がええからやわ」

恵子ちゃんが大袈裟《おおげさ》に褒めてくれる。姉と美子ちゃんも「凄い、凄い」と笑顔で驚いていた。

「わたし今、絵を習っとるけど、何でも一人でやるより先生に習ったほうが近道なんやよ」

「へえー」

「自転車の練習だって、わたし、自分が教わったときのこと思い出して、それを雅夫君に教えただけやもん」

「ふうん」雅夫は何気なく聞いた。「恵子ちゃんは誰に教わったの？」

恵子ちゃんが黙った。表情がさっと硬くなり、少し間を置いて、「お母さん」と答えた。語尾が少し震えていた。雅夫は返事が出来なくなり、黙った。

それから五秒ぐらいして、美子ちゃんが声を上げて泣き出した。

恵子ちゃんがすかさず言った。「美子、泣いたらあかんて。お姉ちゃんと約束したやないの」

そう言い終わらないうちに、姉も泣き出した。

「どうしたの、広子ちゃんまで、泣いたらあかんて」

つられて雅夫も泣いた。三人揃って、わんわん泣いている。

「あかんやないの、泣いたら」

恵子ちゃんは何かをこらえるように歯を食いしばり、立ち尽くしていた。

子供たちの泣き声は、蟬《せみ》との合唱になって、しばらく境内の森の中に響いた。

正直な子ども

山崎 ナオコーラ

山崎 ナオコーラ
やまざき・なおこーら

1978年福岡県生まれ。國學院大學文学部日本文学科卒業。2004年、会社員をしながら書いた「人のセックスを笑うな」で文藝賞を受賞し、作家となる。17年『美しい距離』で島清恋愛文学賞を受賞。著書に、『指先からソーダ』『カツラ美容室別室』『論理と感性は相反しない』『「『ジューシー』ってなんですか？」』『ニキの屈辱』『昼田とハッコウ』『ボーイミーツガールの極端なもの』『かわいい夫』などがある。

城ノ内栄《じょうのうちさかえ》は、拍手の中を走っている。呼吸が上手《うま》くできず、足はひどく重い。もう少しでゴールだが、この最後のトラックひと回りが、マラソンの行程の中で、一番辛《つら》かった。畑の前や用水路沿いを走っているときは、体は苦しくても孤独で良かった。息の吸えなさ、姿の無様さを、自分しか意識せずに済んだ。ところどころで人から見られることもあるが、それは当番の保護者が、黄色い旗を持って誘導してくるときだけだ。大人たちから可哀想《かわいそう》な目で見られ、「頑張って」と応援されることには、まだ耐えられる。だが、クラスの仲間たちからの視線は針のようだった。栄が校門をくぐって、校庭の真ん中に寄り集まって体育座りをしているクラスメイトたちの視界に入った途端、喝采《かっさい》は始まった。栄は仲間の注目を浴びたのだ。体育着のシャツの裾《すそ》がめくれて、短パンのゴムがくっきりと食い込んだ二段腹が見え隠れしてしまう。だが、それを直す余裕はない。歩くスピードとほぼ同じ緩慢な速度でも、なんとか走っている体《てい》を保ち、立ち止まらずに足を上げ続けるのはしんどい。ぶるんぶるんと震える太ももをなんとか持ち上げる。

「頑張ってえ」

「もうちょっとだよう」

女子が大声で応援し、栄の耳は真っ赤になった。運動のせいもあるが、主に恥ずかしさという理由だ。今は一時間目の体育の授業中である。来週のマラソン大会に向け、二年三組の三十六名は皆で規定のルートを走った。栄は肥満児だ。昨年のマラソン大会では、学年で百四十四位だった。つまりビリである。マラソンは女子の方が速くて、ビリもブービーも男子だった。今年も後ろから五番以内だろう、と栄は思っている。女子からしたら、栄のような男子は、憐《あわ》れみの対象であるのに違いない。同じ長さを、同じように走った仲間なのに、最後の何人かのゴール前だけ、拍手をするのだ。

まるで見せしめだな、と栄は思う。「あの子のように肥満したら、マラソンが大変になるんだよ、だから皆は太らないようにね」教師のそんな声が聞こえてきそうだ。三十五人の塊《かたまり》の周りを、ゆっくりと栄は走る。トラックのラインを踏んで。「僕のようになっちゃいけないよ」と自嘲《じちょう》気味に考えながら。

「マラソン」と教師も生徒も呼び習わしているこの競技は、子どもたちのものなので、もちろんフルマラソンの長さには到底及ばない、短い距離だ。一年生は千五百メートル、二年生は二千メートルを走る。小学二年生の栄は、マラソンというものを始めて五年目である。栄の通っていた幼稚園には、毎朝園庭を走る決まりがあった。年に一回、園の周りを何周かするマラソン大会もあった。三年連続ビリだった。もっとも園児だった頃は「マラソン」ではなく、「バラソン」だと思っていた。幼稚園のときに書いた、「バラソンをがんばる」という目標が、栄の家の階段脇の壁に、今も貼《は》ってある。「ん」は鏡文字になっている。自分が皆のように走れないのは、頑張りが足りないのだ、と栄は思っていた。やる気さえ出せば、皆と同じように走れるはずだ、と。だが、八歳になった栄には、もうわかっている。「デブ」だから息が切れるのだ。

　案の定、栄がゴールした途端に、男子がわらわら寄ってきて、

「よお、『デブ』」

「『デブ』なのに頑張ったな」

と腹の肉をつまんだり、頭をこづいたりした。それらの科白《せりふ》をへらへらと笑って受け止め、

「皆、どれくらい待ってたの」

　栄は呼吸を整えながら尋ねた。

「もう、ずーっとだよ。デブサカエが遅いから、ずーっとずっと皆で体育座りして待ってたんだぜえ」

「一位の山咲《やまざき》くんなんて、とーっくのとっくに着いてたんだよ。二位の多田が着いたときには、もう汗も引いて、すずしい顔をしてたんだってさ」

とクラスメイトたちが教えてくれる。

山咲王次郎《おうじろう》というのは、今朝転校してきたばかりの生徒だった。栄の隣りの席に座ることになった、小柄な男子だ。栄は王次郎を探してみた。すると、集団のちょうど真ん中に座ってヒーローインタヴューを受けている。近くに座っている男子たちが、「今回の勝因は」などと、テレビのインタヴュアーの真似《まね》をして、握り拳《こぶし》をマイクに見立てて、王次郎に向かって差し出しているのだ。低い背に痩《や》せた体、猿のようにくっきりとした目鼻立ちで、くるくると表情を変える王次郎は、見た目からしてマラソンが速そうだった。

転校早々一位を取ったとなると、それが一般的な小学生の話だったならば、すわクラスのニューヒーロー誕生か、というところだが、そうはならないだろう。

ヒーローインタヴューに答える王次郎は、

「えー、べつにー、そんなに速くないですよう。普通に走っただけなんですう」

とくねくね上体を揺らしながら、乙女の仕草で恥じらっている。

朝、教師に連れられて教室にやって来たときもすごかった。開口一番放ったのが、

「はじめましてえ。山咲王次郎ですう。あたしの夢はＡＫＢに入ることですう」

アイドルになるという目標だった。くねくねと体を動かして、オネエ口調で話した。

それを見て女子たちは、「キモイ」「キモイ」と言った。

「推しメンは誰ですか？」

と男子のひとりが尋ねると、

「まゆゆです」

と王次郎は憧れのアイドルのあだ名を答えた。

そして、若い頃のまゆゆの真似をして、髪をツインテールに輪ゴムで結わいた。

このような仕草が、本当に女子になりたいがゆえのものだったら、皆に受け入れられたかもしれない。だが、王次郎の雰囲気からして、それは真に性別違和感を持っている者の素直な気持ちの表れではなく、単なる笑い取りのためにしていることに間違いなかった。本来の性格ではなく、キャラ作りなのだ。小学生は、その違いをすぐに見抜く。

王次郎は風変わりな男子としてクラスメイトに認識され、そのままマラソンをしてみたら一位、というのが今の状況だ。ツインテールをぴょんぴょんと揺らして駆け抜けたのだった。

「デブサカエ、山咲くんのことがうらやましいのか？　そんなにじろじろ見て」

男子が、また栄をからかった。

すると、その科白が耳に届いたのだろうか、つと王次郎が立ち上がった。そして、そ

れはそれは大きな声で、

「人にデブって言ったらいけないのよう」

と叫んだ。手を握りしめて顎《あご》の辺りにやり、ふるふると首を振る。

「いけねえことねえよ。本当にオレ、サカエのことをデブだって思ってるんだもん。思っていることを正直に喋《しゃべ》って何が悪いのさ」

「そうだそうだ、嘘《うそ》は言っていない、皆が本当に思っていることなんだ」

クラスメイトたちが言い返す。

「体のことを、言ったらいけないのよう」

王次郎は更にくねくねとした。

「そりゃあ、生まれつきの体のことを言ったら可哀想だけどさ、デブってのは生まれたあとになった体なんだから、自分が悪いんだよ。オレの母ちゃんもそう言ってたぜ。痩せているのは努力の結果だって、デブは努力をしていないんだから、言って構わない言葉だって」

「オレの母ちゃんは、『サカエくんのお母さんは、サカエくんの食事管理ができないのねえ、サカエくんが可哀想』って言ってるぜ」

「サカエのお母さんは、自身がデブだもんなあ、仕方ねえよなあ」

クラスメイトたちが次々に喋る。

「あたしのお母さんは、デブなんて言葉使うのは、駄目って怒るわ。使っちゃいけない言葉なのよう」

王次郎が再び首を振る。

その遣《や》り取《と》りを傍らで聞いていた栄はむかむかして、

「いいんだ。ほっといてくれ。僕は平気なんだから。余計なことはしないでくれ。山咲くんには関係ないだろ」

と王次郎に向かって叫んだ。すると、

「サカエ、あたしと一緒に走ろう。明日は、二人で走ろう」

王次郎はとんちんかんな応答をした。さっきクラスに交ざったばかりの王次郎は、栄の名前をまだ知らなかったはずなので、今の会話から類推したのに違いない。そして、明日もマラソンがあるかどうか知らないはずなのに、当てずっぽうに「明日は」という言葉まで添えたのだ。

マラソンというものは、多くの子どもから嫌われているスポーツだ。マラソン大会やその練習を前にして、「一緒に走ろうね」と友だち同士で約束する光景はよく見られる。マラソンのことを、「嫌だね」「やりたくないね」と言い合い、「適当にだらだら走って、仲良くゴールしよう」と頷《うなず》き合う。しかし、そう言ったはずなのに、いざ競技が始まると別々に走るのがお決まりだ。

それでも、栄に対して「一緒に走ろうね」と声をかけてくる子どもは、今までにひとりもいなかった。嘘だということがはっきりし過ぎているからだった。栄は、「一緒に走ろう」という科白を、初めて言われたのだ。

少し悩んでから、

「……嫌だよ」

と栄は正直に言った。

「なんで？　明日は、体育の授業、ないの？」

「あるよ。だけど、『一緒に走る』って言ったら、あとで嘘になるから。『僕はひとりで走るんだ』」

「ふうん」

そんな風に話しているところに、

「はい、皆、静かに。体育の授業を終わりにします。二時間目まで時間がないから、教室に帰ったら、だらだらせずに、すぐに着替えること。わかったかな？」

と二年三組の担任である住吉先生が、パンと手を叩《たた》いて皆を黙らせた。

「はーい」

口々に答え、皆は一目散に下駄箱《げたばこ》へ向かって走り出す。

「走らないのよ。早歩きしなさーい」

住吉先生は三十五歳の独身女性だ。肩まである黒い髪はゆるくカールして、銀縁眼鏡をかけている。白いポロシャツに、紺のスウェットパンツを穿《は》いていた。

下駄箱で上履きに履き替えながら、

「なあなあ、サカエ。怒っちゃったのお？」

と王次郎が栄の肩に手をおいてきた。

「怒ってないよ」

「なあなあ、二時間目ってなあに？」

「図工だよ」

簀《す》の子《こ》の上にポンと上履きを落とし、スニーカーの泥を払って下駄箱にしまいながら、栄は教えた。

「ふうん」

王次郎のスニーカーは有名スポーツメーカーのもので、まだ新品のようだった。靴がいいからマラソンが速かったのかもしれない、と栄は思った。

「時間割表、もらってないの？」

「あとでくれるって。まだもらっていないのよう。図工って何やるの？」

「さあ……。あ、輪飾り作りかも。のりを持ってきたから。皆で輪飾りを長く作って、マラソン大会の表彰式に使うんだ」

栄は毎晩、母親と一緒に翌日の準備をしている。母親に時間割表を読み上げてもらい、言われた通りにランドセルに教科書やノートを詰めるのだ。だから、その日の授業を、だいたいわかった上で登校していた。栄の母親は太っていて食育ができていなかったが、どちらかというと教育熱心が過ぎて過保護なくらいで、勉強や授業に関しては手取り足取り教えた。のりもしっかりと手提《てさ》げに入れさせた。

「なあなあ、サカエ」

「何、山咲くん」

「オージでいいよう。あたし、山咲王次郎っていうんだ。前のガッコでは、皆からオージって呼ばれてた」

廊下を歩きながらも、しつこく王次郎は話しかけてきた。ばかにされているのか、と栄はいぶかしんだが、もしかしたら先ほどサカエという名前を覚えて、王次郎にとってこのクラスの中で唯一知っている子どもが栄になったのかもしれない。

「オージ、教科書は持ってるの？」

栄は少し親しみを覚えて、王次郎に優しく尋ねた。

「前のガッコのはあるけど、たぶん、このガッコのとは違う」

「そっか。見せてあげてもいいよ」

栄がそう言ったのに、王次郎はにやにやしているだけで、何も答えなかった。変な奴《やつ》だな、見たいなら、お願い、って言えばいいのに、と栄は嫌な気持ちになった。

「なあなあ、教室までかけっこしようよう」

脈絡なく王次郎はスタートのポーズを取った。

「廊下は走ったらいけないんだよ」

栄は言ったが、

「よーい、ドン」

王次郎は走り出した。どうしようか、と栄は逡巡《しゅんじゅん》したが、結局は小走りであとを追いかけた。もちろん、王次郎の方が先に教室に着いた。しかも、スライディングで教室の床を滑って自分の席に行った。

栄は呆《あき》れながらも、

「速いね」

と褒めた。

「うふ」

王次郎は肩をすくめ、それから体育着を振りかぶって脱いだ。栄も脱いで、机の上に畳んでおいた服を広げて頭を通す。脂肪の多い体を露《あら》わにしたくないので、屈《かが》んで隠すようにしながら着替える。見ると、王次郎もそのようにしていた。王次郎は痩せているのだから構わないだろうに、と思うのだが、それもオネエキャラとしてのひとつの演出なのかもしれなかった。

二時間目になると、住吉先生が、ストレッチ素材のベージュのシャツと、紺のタイトスカートという服装に着替えて現れた。

「では、図工を始めます。今日は輪飾りを作るよ。班ごとに作るから、班の形に机を動かして」

「はーい」

先生の指示に従って、子どもたちは机を移動し、六人ごとの班を六つ作った。

「皆、のりは持ってきたよね。折り紙とはさみは、先生が用意しました。ひと班にひとつずつ、配ります。班長さんが受け取ること」

「はーい」

住吉先生は班を回って、折り紙とはさみをひとつずつ配った。子どもたちはわいわいと準備をする。

「それじゃ、始めます。まず、折る係を二人決めること。折る係は、折り紙を半分に折って、また半分に折って、こんな風に折り癖を付けます。次に、はさみ係をひとり決めること。はさみはひとつしかないから、班の中で一番器用な子が担当してください。はさみ係は、折り癖に沿ってはさみを動かし、細長く切ります。ケガしないようにね。残りの三人は、のり係になってください。のり係は、端っこにのりを付けて、くるりと丸めて、こんな風に繋《つな》げていきます」

住吉先生は実演し、黒板に絵を描いて説明した。

栄と王次郎は五班だった。女子たちは、「デブ」の栄の机から、二、三センチ離して机を並べている。王次郎は、出だしで「キモイ」と言われたくせに、マラソン一位が功を奏したのか、ぴったりとくっ付けてもらえていた。それなのに王次郎は無邪気に、

「あれ？　そこ、隙間《すきま》が空いてるよ」

と注意し、女子に苦い顔をされた。栄はまた嫌な気持ちになった。

「ほっといてくれよ」

「だってさあ」

「それより、係を決めようよ」

班長の女子が、机を離したまま仕切った。

「じゃあ、あたしは、折る係になる」

王次郎が手を挙げると、

「私は、のり係になる」

班長がすかさず言う。

「私も」

「私も」

女子二人が続く。

「そしたら、オレは折る係」

もうひとりの男子が言う。

「じゃあ、サカエくんがはさみ係ね」

班長がそう指示して、栄にはさみを渡した。

どの班でも係が決まったらしく、作業が始まった。折ったり、切ったり、のり付けしたり、単純作業なのに何がそんなに楽しいのか、きゃー、うわー、とあちらこちらで奇声が上がる。

栄は黙ったまま、折り癖通りにまっすぐ切れるよう、一所懸命にはさみを動かした。班の中にひとりだけという、特殊任務に就いているのだから、緊張する。少しずつ切り込みを入れ、まっすぐな長細い短冊を作るように、真剣に努力をする。

住吉先生は各班を回って、「ちゃんとできているかな」「上手ね」「そうそう」と声をかけていった。そして、栄たちの五班に来ると、

「あれ、この班の短冊は、全然まっすぐ切れていないわね。曲がっているわよ。不器用な子にはさみを担当させたのは誰？　駄目じゃない」

と言った。栄のぶよぶよの首に汗が湧《わ》いた。五班は全員、黙りこくった。

「器用な子と、はさみ係を交代すること」

そう言い残して、住吉先生は六班へ移動していった。五班の班員は口を噤《つぐ》んだまま、作業の手を止めた。栄はなんとなく、また王次郎が何かを言ってくれるのではないかと思った。「不器用って言っちゃいけないのよう」だとかなんとか。しかし、無言だった。

栄は仕方なく、

「代わってくれる?」

と班長にはさみを渡した。

「うん」

班長は憐れみの表情を浮かべて頷き、はさみを受け取って、代わりにのりを渡してきた。そして机を押して隙間を詰め、栄の机に自分の机をぴったり寄せた。栄は、のどの奥のつばが苦くなるのを感じた。

隣りの王次郎は眉間《みけん》に皺《しわ》を寄せて折り紙を折り続けている。


二時間目終了のチャイムが鳴ると住吉先生は「来週のマラソン大会まで先生が預かっておくわね」と輪飾りを回収して職員室に帰っていった。子どもたちは二十分休みに入った。男子は皆、校庭でサッカーをする。サッカーといっても、円になって蹴《け》り合うだけ、という遊びだ。栄はそれに交じる気がしなくて、一階の廊下をひたすら歩いて二十分を過ごした。端まで歩いたら、また反対側まで戻る、それを繰り返したあと、無意味に水道場で手を洗った。王次郎はサッカーに加わっていたが、三時間目直前に戻ってきて、教室の扉に細工をした。先生が入ってくる引き戸をわずかに開けて、黒板消しを挟んだのだ。上の方に届かないので、もうひとりの男子に肩車をしてもらい、なんとか手を伸ばして、やっとのことで挟み込んだ。栄は自分の席からそれを眺めて、呆れつつも注意はしなかった。女子たちは、「何あれ」「また男子がバカやって」とひそひそ声で喋っていた。

三時間目の国語のためにやってきた住吉先生が扉をいきおいよく開けて、黒板消しが落ちた。きゃ、と叫んで跳《と》び退《の》いた。頭には直撃しなかったし、チョークの粉はそれほど付けられていなかったため、汚れは少なかった。

「くだらないイタズラね」

住吉先生は静かに黒板消しを拾った。クラスは全員黙っていた。

「先生は大丈夫だけど、黒板消しは可哀想ね」

皆は黙ったままだ。

「これを仕掛けた人は、手を挙げて」

住吉先生は自分が手を挙げて促《うなが》したが、誰も挙手しなかった。

「あとで、正直に『自分がやりました』と言う気になった人は、職員室に来るように。先生は皆のことを信じています。正直に言ってくれたら、許します」

そう言って、仕切り直し、授業を始めた。

栄は王次郎と机をくっ付けて、間に教科書を広げた。モンゴルが舞台の童話について勉強する。音読をするように、と先生から名指しされた生徒は立ち上がり、小さい声で、つっかえながら読み上げた。生徒がつっかえると、先生が漢字の読みを補助した。

「続きを、では……。そうね、城ノ内栄くん、読んでください」

栄は立ち上がった。一度もつっかえず、科白のところでは声色を変え、情感を込めて、朗々と読み上げた。朗読は栄の唯一の特技なのである。多くの子どもが、マラソンと同じように、嫌々やるしかない、という体で朗読に臨む。大きな声でスムーズに読むことは、むしろ格好悪いことだと考えられている。だが、栄はそうは思わない。皆がそうでも、自分は違う。朗読もマラソンも、真面目《まじめ》にやるのだ。そう、栄はマラソンも真剣に走っているのだ。一所懸命に走って、それなのにマラソンは遅い、朗読は上手い、ただそれだけなのである。

「よく読めました。……それでは続きは、誰に読んでもらおうかしら……」

住吉先生は栄を座らせ、他の生徒を指す。栄は心の中でガッツポーズを作る。満足だった。隣りの王次郎が、

「なあなあ、音読、上手いのねえ」

と囁《ささや》いた。

「照れないことにしているだけだよ」

と栄は答えた。


四時間目は社会で、交通標識についての授業だった。宿題が出た。

「今日の帰り道に、自分の通学路には、いくつカーブミラーがあるか、数えましょう。明日の授業で発表してもらいます」


給食はフルーツサンドと鶏の照り焼きとコールスローだった。栄は鶏に難儀した。偏食なので、肉はたくさんは食べられない。パンやご飯などの炭水化物で太っていて、たんぱく質は嫌いなのだった。先割れスプーンで少しずつほぐして口に押し込む。王次郎はどんどん食べ、フルーツサンドのおかわりじゃんけんにも参加した。

五時間目は算数だ。また机をくっ付けて、栄は王次郎に教科書を見せてやる。そして、かけ算を繰り返す。ノートに数式を書き込んでいく。栄がふと横を見ると、王次郎のノートの文字はふにゃふにゃしていた。満腹になって眠くなったのかもしれなかった。

授業が終わりに近づくと、耐えきれなくなったのだろうか、王次郎は机の上に腕を置いて、その上に頭を横に載せた。眠気に勝てず、ついそんな仕草をしてしまったのだろう。

机の間を歩きながら授業をしていた住吉先生は、王次郎の脇を通り抜けたときに、

「あら、私のスカートを覗《のぞ》いているの？　エッチね」

と言った。

王次郎は起き上がり、眉間に皺を寄せて黙った。

先生はそのまま教壇に戻り、授業を続けた。

五時間目の終了チャイムが鳴り、掃除をした。そのあとに帰りの会が始まると、王次郎は静かに泣き始めた。声を出さない、大人の泣き方である。

「どうしたの？」

住吉先生が尋ねると、

「うっ……、覗いてなんか……、うっうっ、あたし……」

王次郎は声をつまらせる。

「ごめんね。さっきのは冗談よ。先生だって、本当に覗かれたって思ったわけじゃないのよ。冗談で言ったのよ。わかるでしょ？」

住吉先生がなだめると、

「冗談だったら、本当に思っていることとは違うことを言っていいんですか」

王次郎は顔を上げた。

「そうね、二年生には、冗談って難しいわよね。冗談のことはわからなくて当たり前だったわね。先生が悪かった」

住吉先生は反省したそぶりで、しゅんとしてみせた。

「はい」

王次郎は頷いた。

栄は憐憫《れんびん》の情を覚えた。転校早々、「エロ何々」などという異名が付いたら可哀想だ。算数の終わりに、確かにその危機が訪れたのだ。だが、泣いて疑いを晴らしたことで、危機を切り抜けられたようだ。


さようならと挨拶して帰りの会を終えると、王次郎はからりと元気になり、

「サカエ、一緒に帰ろうよう」

と声をかけてきた。

「いいよ。オージの家って、どっち方向？　消防署？　それとも緑公園？」

栄は応じた。

「えっと、校門を出たら右に行く。それから、大きい交差点で左に行って……」

「じゃあ、緑公園の方だね。僕と一緒だ」

「うん、一緒の所まで行こう」

二人はランドセルを背負って、連れ立って下駄箱へ向かった。そしてスニーカーに履き替える。王次郎の靴はぴかぴかしている。

校門を出たあと、

「そうだ、カーブミラーを数えなくちゃ」

栄は社会の宿題を思い出した。

「あ、あそこにある」

王次郎はおどけた格好で指さした。腰を横に突き出し、足を曲げて上体を下げ、指だけ鏡に向ける。オレンジ色のポールの上にある、オレンジ色の枠に囲まれた、丸い鏡だ。

「本当だ。いーち」

栄はひとさし指を立てて、数えた。鏡には楕円形《だえんけい》に伸びた栄の顔が映っている。

そのあと、二人はカーブミラーに出くわす度に大騒ぎした。

「あ、あそこにもある」

王次郎は今度は仁王立ちをして、くるりと後ろを向いて、肩越しにカーブミラーを指さした。

「本当だ。にー」

栄はひとさし指と中指を立てる。数を忘れないように、そのままの手の形を保っておく。

「あ、あそこにもある」

王次郎はアイドルがよくやるような、顎の辺りで横向きにピースサインを出すポーズをして、もう一方の手でカーブミラーを指さした。

「本当だ。さーん」

栄はひとさし指と中指と薬指を立てる。

「あ、あそこにもある」

王次郎は側転をしてから指さした。ランドセルが閉まっていなかったせいで、教科書やノートが歩道に散らばる。

「本当だ。よーん」

栄はひとさし指と中指と薬指と小指を立ててから、落ちた物を拾うのを手伝った。

「あ、あそこにもある」

王次郎はぴょんと飛び跳ねて、腕を高く伸ばして指さした。すると、着地をするのと同時に犬の糞《ふん》を踏んだ。

「あははは」

このときばかりは、栄は数えることを忘れ、笑い転げた。

「ああー」

王次郎はショックを受けて、靴を脱いで汚れ具合を見ている。石段の縁になすりつけて、糞を落とそうとする。

「取れた？」

腹を抱えながら側《そば》へ寄り、靴の裏を栄も覗き込んだ。

「取れない」

王次郎はまた泣き出さんばかりに、目を充血させている。

「お母さんに謝って、洗ってもらいなよ」

「あたしのうち、お母さんいないもの」

「え、そうなの？」

「遅くならないと帰ってこないもの」

「なんだ、いるんじゃない」

「お母さんが帰ってくるまでに洗わないといけないわ。このままにしておいたら、きっと殺されちゃう」

「自分で洗えるの？」

栄は驚いた。栄はまだ自分で靴を洗ったことがない。いつも母親に洗ってもらっている。

「洗えるよ。あたしは、いつも上履きだって自分で洗っているのよ」

「すごいなあ。オージのお母さんは、お勤めしているんだね」

「お母さんもお父さんも小学校の先生なの。お母さんは隣りの市の小学校の先生で、お父さんは隣りの隣りの市の小学校の先生。あたしには小学校五年生のお姉ちゃんがいて、いつも二人で留守番してるの。お母さんは六時くらいに、お父さんは八時くらいに帰ってくるの」

王次郎は家族構成を語った。

「そうなんだ。だからしっかりしているんだね」

栄は得心した。

「サカエんちは？」

「僕の家は、お父さんがサラリーマンで、お母さんが専業主婦、僕は一人っ子なんだ」

「いいなあ」

王次郎は心底うらやましそうにした。

「靴洗うの、手伝ってあげようか？」

不憫《ふびん》になって、栄はそう言った。

「ありがとう。うちはすぐそこなのよ」

「え？　すごく近いね。僕のうちもすぐそこだよ」

栄の家も王次郎の家も、同じ新興住宅地の中にあった。同じような大きさの同じような間取りの家が、二十軒ほど集まっている。その中のひとつが最近空き家になり、王次郎の一家が移り住んできたのだ。栄の家は赤い屋根で、王次郎のは青だった。

王次郎はそのまま庭の方に回り、縁側にランドセルを置いた。栄もそれに倣《なら》い、ランドセルを仰向けに置いた。外の水場でスニーカーを裏返して、水に当てる。靴用の洗剤をかけ、ブラシでごしごし擦《こす》るが、なかなか落ちない。

「駄目だ。溝のところに食い込んだウンコが取れないわ」

「靴底だけ洗おうとするのが無理なんじゃない？　全部洗わないと」

栄は指摘した。王次郎は、スニーカーの上の部分を濡《ぬ》らさないように、横向きにして、底だけを上手く洗おうとして失敗しているのだった。

「だって、上のところも濡れちゃったら、靴を汚したことがお母さんにバレるじゃないの」

「バレたらいけないの？　だって、わざと汚したわけじゃないでしょう？　うっかりウンコを踏んだことを、怒るわけないと思うけどなあ」

「うちのお母さんは怒る」

「そうなの？」

「うん」

王次郎はブラシをごしごしと動かした。

「貸して。僕がやってみる」

栄は王次郎が手にしているブラシをうばった。靴を洗うのは初めてだったが、王次郎のような力任せではなく、円を描くようにやわらかく擦った方が落ち易いとすぐにコツをつかみ、くるくると汚れを落とした。

「あ、落ちてきた。ありがとう」

王次郎が喜ぶ。

「うん」

可哀想だから、犬の糞を踏んだことは、クラスの皆には黙っていてやろう、と栄は決めた。転校早々にこのエピソードが広まれば、あだ名に取り込まれてしまうだろう。

「これ、ここに載せて乾かそう」

スニーカーをブロック塀の上に裏返しに並べて、王次郎はにっこりと振り返った。

「大丈夫だよ」

栄は頷いた。

その後、王次郎が金魚を見ていけと勧めるので、栄は王次郎の家へ上がった。王次郎はランドセルに結びつけられている紐《ひも》を引っ張って鍵を取り出し、ドアを開けた。栄は大人のいない家に、勝手に入るのは初めてだった。家の中は、整理整頓が行き届き、床には塵《ちり》ひとつ落ちていない。

　台所へ行くと、小さな金魚鉢の中に、大きな出目金がいた。でっぷりと太った黒出目金は、うつろな目で浮いている。

「こいつ、あたしの弟」

　王次郎は紹介した。

「金魚が弟かあ」

　栄はしばらく金魚鉢を眺めた。

「ちょっと、二階についてきてもらっていい？　あたしは帰ってきたら、すぐに明日の準備しなくちゃいけないのよ。時間割表、見せてくれる？」

「あれ、まだもらってないの？」

「もらいそこねたわ」

　栄は自分のランドセルから時間割表を抜いて、二階に上がった。

　子ども部屋と思われる部屋のドアを開け、

「あ、お姉ちゃん」

　と王次郎がつぶやいた。栄が背中越しに覗くと、部屋は姉と共同で使っているらしく、学習机が二つ並び、二段ベッドが置いてある。その下段の布団が盛り上がっていた。

「おかえり」

その膨らみの中からか細い声がした。

「今日、学校行かなかったの？」

「行かなかった」

「一日中、ベッドの中にいたの？」

「うん」

「飽きないの？」

「考えごとをしているのよ」

姉と思われる人の声を聞いて栄はドアのところで体を固まらせたが、王次郎が手招きするので仕方なく足を踏み入れた。ベッドの方は見ないようにして、王次郎のランドセルの中身の入れ替えを手伝う。終わると、

「じゃ、下で遊ぶね」

王次郎が姉に向かって言い残して部屋を出たので、栄もあとを追った。

一階のリビングに下り、二人は砦《とりで》を作って遊んだ。リビングのソファを砦に見立て、下に潜り込んで、敵から身を守った。栄は腹がつっかえて、なかなか潜り込めなかったため、クッションで防御した。敵はコタツや壁時計で、赤外線ビームや二刀流で攻撃し

てきた。その遊びに夢中になっていたため、六時近くなっていたことに気がつかなかった。

「王次郎、帰ってるの？　一加《いちか》ちゃんは？」

玄関から、母親らしき声が聞こえた。低く響き渡る声だった。小学校の先生らしい、滑舌の良さがあった。

その途端、王次郎は硬直した。リビングの真ん中で青ざめ、

「やばい。急いで元に戻して」

素早くソファやクッションを元の場所へ移動させる。

「あら、いらっしゃい。王次郎のお友だち？」

長身をパンツスタイルに包んだ、きりりとした母親だった。髪はショートカットで、目鼻立ちは王次郎と同じようにはっきりしている。栄の母親とは全く違う。

「あ、あの……」

栄は気圧《けお》されて俯《うつむ》いた。

「お母様、お帰りなさい。お姉ちゃんは学校に行けなかったみたいで、寝ているよ。僕は学校でちゃんとやれたよ。早速お友だちができたんだ。サカエくんだよ」

今までとは全く違う態度で王次郎が喋った。背筋を伸ばし、しっかりとした発声をする。やはり、オネエキャラは作り物だったのだ。家では男の子なんじゃないか、と栄は

憤慨した。

「いらっしゃい。でも、もう六時よ。お母さんには連絡しているの？」

王次郎の母親は言った。

「あの……えっと……」

栄が再びへどもどすると、

「僕が金魚を見せると言って誘ったんだ。もう帰ろうとしていたところだよ」

王次郎ははきはきと喋った。

「あら、そうなの。どう？　出目ちゃん、可愛《かわい》いでしょう」

王次郎の母親は金魚鉢を指さした。

「はあ……。でも、窮屈《きゆうくつ》で可哀想」

栄は思わず、本当の感想を漏らした。王次郎の母親は、一瞬黙った。家の調度品をけなされたようにも、動物虐待を非難されたようにも感じたのだろう。片眉を上げて、

「そうね。サカエくんみたいに、この金魚はデブっているから」

と言った。栄の胃がキュウと縮んだ。王次郎が助けてくれるのではないかと思った。

「デブって言ったら駄目なのよう。お母さんが言っちゃ駄目って言ったんじゃないのよう」と。しかし、王次郎は黙ったままだった。そこで、

「あの、僕は、帰ります。おじゃましました」

栄はすごすごと玄関へ向かった。

「僕は、サカエくんを送ってくるね。サカエくんのおうち、すぐそこなんだ。じゃあね、お母様」

王次郎は母親に向かってそう言い置いて、栄と一緒に靴を履いた。

「あら、そう。またいらしてね」

王次郎の母親は栄に向かって手を振り、ドアを閉めた。


「僕の家は、あそこなんだ。動物は飼ってないけど、うちにも今度、遊びにおいでよ」

栄は自宅へ向けて足を動かしながら、王次郎に言った。

「うん。……そうだ、あたしの弟さ、サカエが言うように、あの金魚鉢の中じゃ、ぎゅうぎゅうで苦しいだろうから、川に流しちゃおう」

「え？　いいの？　大事な金魚なんだろ」

「だって、広いところの方がいいだろうし……。自由にしてあげるの。明日の朝、早めに学校に行って、川に流そう。学校のすぐ脇に川があったよねえ。今日、マラソンしたときに、見たわ」

王次郎は用水路のことを言っているようだ。

「じゃあ、僕も、いつもより二十分くらい早く出ようかな」

「一緒に行きましょう。明日、七時二十分に、ここで待ち合わせ」

「いいよ」

指切りげんまんをして、二人は別れた。

自宅に帰って、玄関を入ると、甘い匂いが漂ってきた。栄の母親がクッキーを焼いていたのだ。

「ただいま」

栄が叫ぶと、母親が小走りで出てきて、

「まあまあ、遅かったわね。心配したのよ。寒かったでしょう。すぐにお夕飯にするからね、シチューよ」

と栄の小さな耳を両手で包んだ。母親は豚のようにはちきれんばかりの体を花柄のワンピースで包み、髪の毛を三つ編みに垂らしている。

「クッキーは？　クッキーもあるんでしょう？」

「正解。よくわかったわねえ。食後にいただきましょうね」

栄は母親について台所へ向かった。棚の中もテーブルの上も雑然としていて、床には綿埃《わたぼこり》が転がっている。

翌朝、七時二十分に昨日の場所で待ち合わせて、栄と王次郎は一緒に登校した。王次郎は手にスーパーマーケットの袋を握っていた。たぷたぷと水音が聞こえる。袋の中に金魚を入れてきたようだ。

「弟を逃がすこと、お母さんに怒られなかったの？」

栄は心配になって言った。

「もちろん内緒よ。うちは、お父さんは朝六時に出ちゃうし、お姉ちゃんはなかなか起きないのよ。前の学校も、お姉ちゃんはほとんど通えなかったの。お母さんは、『教師の家の子が不登校だなんて恥だ』って怒ってるわ。あたしは、お母さんがお姉ちゃんを起こしている隙《すき》に、急いで袋に弟を移したの。そのまま『いってきまーす』って出てきたのよ。お母さんは、朝はばたばたしているから、あたしのことをそんなに気にしていないの。お母さんだって、お姉ちゃんと一緒に家を出ないといけないから。お姉ちゃんを追い出したあと、自分は自転車をぶっとばして隣りの市の小学校へ行くの」

「ふうん。大丈夫かなあ。あとでバレたとき、オージのお母さん、どう思うかなあ」

「お母さん、弟のこと、そんなに大事にしてなかったもん」

「そうなの？」

「うん」

王次郎は澄ました顔をして、軽い足取りで歩いていく。校門を通り越して、用水路まで行った。コンクリート製の細い橋の上に、二人でしゃがむ。本当はこの上に乗ってはいけないことになっているのだが、金魚のためだから仕方がない。

「本当に、いいの？」

栄は王次郎の顔を窺《うかが》った。

「……うん。弟よ、さらば」

王次郎は表情を変えずにスーパーマーケットの袋の底を持って、逆さまにした。ぽちゃんと水しぶきを上げて、出目金は水に沈んだ。そして、あっという間に流されていった。

二人には時間がわからなかったので、遅刻しては大変だと、金魚を見送ったあとは走って校門に向かった。教室へ入ると、二人の他にはまだ誰も登校していなかった。黒板の横に掛けてある時計は、七時四十七分を示している。

「なんだ、余裕だったね。もっとゆっくり来ても良かったね」

ほっと胸を撫《な》で下ろして、栄は言った。

「そうだ、時計を早めておいてさ、先生を焦《あせ》らせてやろうか。十分くらい、針を進めようよ」

王次郎がにやりと笑った。

「ええ？　時計なんて、触れないよ」

「触れるよ。教壇を時計の下に運ぼう。あたし、その上に乗るから」

「そう？」

仕方なく、栄は王次郎の指示に従った。大柄な栄と小柄な王次郎で教壇を持ち上げると、栄の方が大きく持ち上がってしまって運びづらかったが、なんとか移動できた。

「押さえといてね」

「うん」

王次郎は教壇の上によじ登り、立ち上がって時計に手を伸ばす。しかし、上手く外せない。壁に打ち付けられたフックに時計が掛かっているようだ。背伸びしてようやく手が届く王次郎には、それを少し持ち上げて外す、というのが至難の業なのだ。

「なああ、サカエがやってよ。サカエの方が背が高いから、余裕で届くでしょ？」

「でも、僕が教壇に乗ったら、教壇がつぶれちゃうかも」

「あはは、つぶれないよう」

「つぶれないとしても、僕は登りたくない」

「ふうん、じゃあいいよ。あたしがやる」

王次郎は再び背伸びして、時計を外そうとした。すると、時計は落下し、ガチャンという大きな音と共に床の上で割れた。

「ああ……」

栄はため息を吐《つ》き、

「しまった」

王次郎は教壇からぴょんと飛び降りた。

「謝ろう」

栄は言った。

「誰に？」

王次郎はきょとんとする。

「誰にって、住吉先生にでしょう」

「この時計って、住吉先生の物なの？」

「違うだろうけど……。でも、こういうときは、先生に謝るもんじゃないの？」

栄がしどろもどろで答えると、

「謝らないよ。早くしないと皆が登校してきちゃう。とりあえず、教壇を元に戻そう。そっち持って」

話を切り上げて、王次郎は教壇を元の位置に戻そうと押す。そこで栄もそれを手伝った。

「職員室に行って、謝ろうよ」

栄はもう一度提言したが、王次郎が首を振る。

「いや、『僕たちが来たら、すでにこうなっていました』って報告しようよ」

「それは嘘じゃないか」

「でも誰も傷つかない。誰かのせいにするわけじゃないもの」

「でも僕は気分が悪いよ」

「『誰々くんが壊しました』って言ったら、その子が可哀想だけど、『誰がやったのかわかりません』なら、誰にも迷惑がかからないよ」

王次郎の気迫に押され、栄も一緒に二階の職員室に向かった。王次郎は迷わずノックをして、

「失礼します」

と入っていった。栄は後ろからついていく。住吉先生の机に行き、

「今日、僕たちが登校したら、教室の時計が落ちて割れていました」

王次郎は平然と言った。

「まあ、本当？　ケガはない？　今、見にいくわ」

授業準備をしていたのだろうか、住吉先生は開いていた教科書を閉じて立ち上がり、栄と王次郎の肩に手を当てた。

「大丈夫です」

王次郎はにっこりして答えた。一階に下りて二年三組の教室へ入ると、すでに何人か

の子どもたちが登校していて、壊れた時計の周りを囲んでわいわい騒いでいた。

「触っちゃいけません。割れているから危険よ。先生が片付けするから、皆どいて」

住吉先生は時計をゴミ袋に入れ、ちりとりとほうきを使って細かい破片も集めた。

「外部の人がやったのかしら。教頭先生に報告しないと」

先生は首をかしげながら、職員室に戻っていった。


一時間目は、昨日と同じく、体育だ。

苦い気分で体育着に着替え、栄は廊下を歩いて、下駄箱へ向かった。

「なあなあ、怒っちゃったの？」

王次郎が後ろから声をかけてきた。

「オージって、前の学校でもそうだったの？」

廊下のタイルを見つめて、栄は尋ねた。窓から朝の光が差し込んできて、白いタイルを光らせた。

「『そう』って、どういうの？」

王次郎はきょとんとした。

「『そう』は『そう』だよ」

栄は言った。

王次郎は黙って首をすくめた。

校庭に出て、準備体操をしたあと、昨日と同じコースを走る。三十六人でスタートラインに並ぶ。我こそはと思っている子どもは白線ぎりぎりのところに陣取るが、遅いと自覚している子どもは後ろの方に立つ。栄はもちろん一番後ろの列に並んだ。それを見た王次郎が、最初に陣取っていた白線の間際の位置を他の子に譲り、後ろにずれて栄の隣りに来た。そして、

「サカエ、一緒に走ろう」

と言う。

「うん」

もうサカエには、王次郎の言葉をどう受け止めたら良いのかが、わかるようになっていた。

住吉先生が、

「よーい、ドン」

と合図を出すと、王次郎はスタートダッシュをかけて、一瞬で遥《はる》か遠くへ消えた。

僕の太陽

小川 糸

小川 糸
おがわ・いと

1973年生まれ。著書に小説『食堂かたつむり』『喋々喃々』『ファミリーツリー』『つるかめ助産院』『にじいろガーデン』『ツバキ文具店』、絵本『まどれーぬちゃんとまほうのおかし』、エッセイ『ようこそ、ちきゅう食堂へ』などがある。2011年『食堂かたつむり』でイタリアのバンカレッラ賞、13年にフランスのウジェニー・ブラジエ小説賞を受賞した。

窪田正喜《くぼたまさき》氏は、もういない。

僕の誕生日と彼の命日は、同じ日だ。つまり僕は、父親と入れ替わるようにして、この世に誕生した。もちろん僕は、そのことを覚えていないのだけど。

母は、この事実以外、僕の父について多くを語ろうとしない。窪田正喜さんに関する情報は、母の心の奥底にある秘密の箱に封印されている。十三年もの長い間、ずっと。正喜さんの記憶は、母だけの専売特許だ。その周りには規制線が張り巡らされていて、僕は一歩も近づけない。

その日は日曜日で、朝からずっと冷たい雨が降っていたという。

もちろんこれも、母から聞いた話ではない。母の一歳下の妹である、僕と仲良しのなつみ叔母が教えてくれたのだ。

夜になり、母は予定より少し早く陣痛が来た。おなかにいたのは、僕だ。

正喜さんは、慌てて病院に連絡したらしい。それでも、まだまだ時間がかかるだろうから、翌朝来るように言われたそうだ。母も、大丈夫だから、と、なんとか一晩、自宅で様子を見ようとした。けれど、苦しむ母を見るにつけ、いてもたってもいられなくなってしまい、正喜さんは母を助手席に乗せ、雨の中病院に車で向かったという。その道すがら、事故に遭遇した。

なつみ叔母の話だと、正喜さんには少しの落ち度もなかったそうだ。すべては、対向車の居眠り運転が原因だった。けれど、正喜さんはそのせいで命を落とした。その横で、母は僕を出産した。

僕が知っているのは、ここまでだ。会ったこともない人を、父さんなんて呼べないから、僕はずっと、その人のことを正喜さんと呼んでいる。

母は、辛《つら》くなってしまうという理由で、正喜さんと旅行した場所にも、一切足を運ばない。僕らが今暮らしているのも、正喜さんとは全く縁のない土地だ。それで僕は、京都も北海道も湯布院も金沢も、母と正喜さんが一緒に行ったことのある場所には、行ったことがない。当然ベルリンにも、一生行かない、いや一生行けないと思っていた。

だから、今年の春にいきなり母が一緒にベルリンに行こうと言い出した時は、本当にびっくりした。

僕が生まれる一年ほど前、母と正喜さんがベルリンを旅行したことは、知っている。もちろんこれも、なつみ叔母情報だ。母が正喜さんとした、結果的には最初で最後の海外旅行がベルリンだった。

「だけど、どうしてベルリンなの？」

母から夏休みの旅行計画を打ち明けられた時、僕はなるべく動揺を胸の奥に押し込んで、まるで何も知らないような素振りを浮かべて聞いた。

「訳は、あっちで話す」

何につけても、母は多くを語らない。

「だけどママ、うちにそんな余裕あるの？」

また、ついうっかり口がすべった。僕はママという子どもっぽい呼び方を、いまだに卒業できずにいる。それにしても、海外旅行なんてお金がかかるに決まっているし、今までだって母とふたりで海外に行ったことなんて一度もない。

「何とかなるわ。おじいちゃんの遺産が、少しだけど入ったから」

母の父である僕の祖父は、去年の暮れに老衰のため亡くなった。この祖父が、僕にとっては父親のような存在だった。

「だけど、お休みは？　お盆の頃は毎年、花火大会の浴衣の着付けとかがあって、書き入れ時なんでしょう？」

母は、近所の美容室で働いている。母の職業は、美容師だ。なつみ叔母情報によると、僕が生まれるまで、ということはつまり、正喜さんが亡くなるまで、母は芸能人御用達《ごようたし》のカリスマ美容師だったのだという。

「ちょうどその頃、店長の旦那が胃の手術をするっていうんで、美容室、お休みにしちゃうんですって」

母が長年勤めているのは、団地の一角にあるいわゆる町の美容室で、たまに前を通りかかると、そこは明らかにお年寄り達の集会所になっている。いくら母親がいるとはいえ、僕だってもう何年もあの美容室には足を運んでいない。

「本気なの？」

僕は思わず心配になって、母の顔をのぞき込んだ。

母が、いまだに正喜さんのことを想《おも》っていることは、そしていまだに哀《かな》しみが癒えていないことは、一緒に暮らしていれば、痛いほどによくわかる。母の周辺には哀しみの粒子がちらちらちらと粉雪みたいに舞っていて、息を吸うだけで僕の体にも入り込み、心の奥深くにひっそりと沈殿するのだ。母が明るい声でゲラゲラ笑うのは、あの古めかしい美容室の中でだけだ。お金をもらうかわりに、歯を見せて笑っている。家の中では、そうじゃない。もちろん、表面上は笑ったりする。でも、心からの笑顔ではないことを、僕は知っている。

例えば、ベランダに干してある洗濯物が雨で濡《ぬ》れていても、トースターから取り出した食パンの耳が黒く焦げていても、母の目はそれらをすり抜けて、もっともっと、遠くの景色を眺めている。そこには、いまだに正喜さんがいるみたいな顔をして、でも、その世界に母が一歩近づけば、向こうも一歩退いて、それは夏の日の逃げ水みたいで、いつまで経《た》っても永遠の追いかけっこで、だから母はちょっと途方に暮れたような、置いてけぼりをくらった子どもみたいな表情で、ぽかんとしている。そんな母を、僕はどうすることもできなくて、ただただ見て見ぬふりをするしかない。

翌日になったら気が変わって、なかったことになっているかもしれないと思ったけど、母は本当に本気だった。夏休みに一週間、僕とふたりでベルリンに行くという。

こっそりなつみ叔母に電話してそのことを話したら、なつみ叔母も素《す》っ頓狂《とんきょう》な声を出して驚いていた。けれど、母の意志は揺るがなかった。

早々に円をユーロに両替し、新しいスーツケースも買ってきた。僕にとっては初の海外旅行だ。そのために、生まれて初めてパスポートも取得した。珍しく母が、旅行用にと新しい服も買ってくれる。僕は出発が待ちきれなくて、予行演習をするみたいに何度も何度もその服に袖を通した。その服を着て、ベルリンの町角を闊歩《かっぽ》する自分を想像すると、とたんに顔がにやけた。人生初の海外旅行が、アジアやハワイではなく、ヨーロッパ、しかもマイナーなベルリンというあたりが、なんとなく僕に優越感を抱かせていた。ただ、この年になって母親とふたりきりで旅行に行くなんて気恥ずかしいから、周りの友達には絶対に誰にも打ち明けなかった。

航空チケットは、僕がインターネットで安いのを探して、購入した。母は、ハサミを持たせれば天下一品らしいが、それ以外の生活に関する細々としたことには、てんで才能がない。

僕が電話で母の失敗談をなつみ叔母に話すと、なんでも正喜兄さんがやってくれたからね、とため息交じりに言う。どうやら僕の父親という人は、とてもまめな性格で、母にゾッコンだったらしい。ゾッコンなんて言葉、僕らの世代ではもう死語だけど、なつみ叔母がたまに使うのだ。

そして八月、僕らは本当に旅立った。新しいスーツケースに、一週間分の荷物を詰め込んで。母は、この旅行のために真っ赤なパンプスを新調した。

天使の像、テレビ塔、ブランデンブルク門。

何もかもに、圧倒された。僕が住んでいる所とは、見える景色が全然違う。町中に緑があふれていて、空をさえぎる電線もない。古い建物がたくさんあって、壁の一部にデコレーションケーキみたいな模様がついていたりする。写真では見たことがあったけど、生で見るのはもちろん初めてだ。しかも古い建物が、今でもちゃんと現役で使われている。

その圧倒的にきれいな町並みに、なぜだか母はすんなりと馴染《なじ》んでいた。母は、昼間からビールやワインを飲み、店やレストランでドイツ語を話した。日本にいる時と、まるで別人みたいだ。外側は確かに僕の知っている母だけど、中身はがらっと入れ替わってしまったかのように。第一僕は、母がドイツ語を話せること自体、知らなかったのだ。

ベルリン大聖堂に行った帰り、通りがかりのカフェに入って遅めのお昼ご飯を食べながら、僕は思わず母につっこんだ。

「ママって、ドイツ語が話せたんだね」

「だってママは、昔、ドイツ語の勉強をしてたから」

それが、正しい答えになっているのかはさておき、母は言った。母の片手にはワイングラスが握られている。すごく暑い日で、他の多くのお客さんがそうしているように、母もピンク色をしたワインにレモンと氷を浮かべて飲んでいた。

「だけど、ほんのちょっとだけよ。もう、ずいぶん忘れちゃったわ」

僕は、噂《うわさ》のヴィーナー・シュニッツェルを食べていた。とにかく、知らないレストランに入ったら、ヴィーナー・シュニッツェルを頼めば間違いないと、日本で読んできたドイツのガイドブックに書かれていたのだ。

未知の食べ物を想像して緊張しながら自分で注文したそれは、見た目も味も、日本でよく食べるトンカツと変わらなかった。あえて言うなら、肉の厚さが違うだけだ。それにこっちでは、ソースではなくてレモンをたっぷりしぼって食べる。

　母はしばらく、僕がナイフとフォークを持って平べったい肉の固まりと格闘する様子を楽しそうに眺めていた。

「マサキが、いつかベルリンに店を持ちたい、って言うからね、彼に内緒で、こっそりラジオ講座で勉強したのよ」

　母が自分から正喜さんのことを話すのは、極めて稀《まれ》だ。肉のはみ出た皿から顔を上げると、母はぼんやりと空を見上げていた。それからまた、おいしそうにワインを飲み干す。正喜さんは、パティシエだった。

　もしかしたら、今なら正喜さんについてもう少し教えてもらえるかもしれない。ふとそんな予感がして何か母に聞いてみようと思ったら、

「私達には、大きな夢があったの」

　母の方から、勝手に話し始めた。

「ママが美容室をやる隣で、マサキがお菓子屋さんをする。いつの日か、小さくてもいいから、そういう店をやりたいねって、よくマサキと話してたわ」

　心配になって母を見た。でも母は、少しも哀しそうな顔はしていない。

「どこで？」

　母の夢とやらを、もっと知りたい。

「ベルリンに決まっているじゃない。日本にはまだ少ないんだけど、カフェの一角がへ

アサロンになっていたりするような所が、こっちには結構あるの。そうすれば、いつだってお互いの顔が見られるでしょう？」

まるで母は、現在進行形の夢を語るみたいに、得意げな様子だった。ずっと正喜さんと一緒にいること、それが母の夢だったのだ。

「だけど、なんでベルリンなの？　正喜さんって、ベルリンと何か深いつながりでもあったわけ？」

「それがね」

母はそういうと、花びらが膨《ふく》らむような笑い方をする。

「普通に考えたら、お菓子っていうとパリとかウィーンって思うじゃない？　マサキが言うには、パリにもウィーンにも、もういいお菓子屋さんがいっぱいあるんですって。でもここのお菓子は、クエヘンなの」

「クエヘン？」

意味がわからなかった。

「ドイツ語で、焼き菓子のことをクーヘンっていうんだけど、マサキがそれをもじって、クエヘンって」

母は、笑いすぎたのか、必死に目じりを指でなぞるような仕草をする。

「そんなにまずいの？」

「あれからもう十年以上経《た》ってるから、少しはおいしくなっているのかもしれないけど、当時はやっぱりクエヘンよ」

そこまで言うと、母は誰かに名前を呼ばれたみたいに振り返って、再び大聖堂の方をじっと見た。

幼い頃の僕は、こんなふうに目の前でぼんやりとたたずむ母を、思いっきり、おなかの筋肉がよじれて痛くなるくらい笑わせたかった。当時の僕は、道化役を演じることに、人生のエネルギーのすべてを費やしていた。もちろん母は、そのたびにくすっと笑ってくれた。でもその笑顔は儚《はかな》くて、その後ろにはいつも、無限の哀しみが控えていた。母の抱える哀しみは、圧倒的に大きくて、僕の手には負えない迫力があった。それでもあの頃の僕は、呼吸が苦しくなるほど母を笑わせ、リングのロープに手をかけてギブアップと言わせるまで、大笑いさせたかった。僕にも、そんな時代があったのだ。

日を追うごとに、母は少しずつ、正喜さんのことを話すようになった。けれど、どれも唐突で、断片的だ。

ここで、マサキがピスタチオのアイスクリームを買ったの、とか。

とつぜん雨が降ってきて、あそこのブティックの軒先で雨宿りをさせてもらった、とか。

あのレストランで、とってもしょっぱいスープを飲んだわ、とか。

正喜さんの思い出は、ベルリンのあちこちに、落としたハンカチみたいに点々と残されていた。

こんなにはしゃいで大丈夫だろうかと思っていたら、案の定、母は体調を崩した。暑い日と寒い日が交互にやってきて、体が追い付けなくなったのかもしれない。冷たいお酒でも飲めば治るわよ、なんて弱々しい声で言ったけど、そんなふうには見えなかった。ちょうど、ベルリンに滞在する折り返し地点の日だ。

母はその日、朝食もほとんど食べられず、ずっとベッドに横になっていた。時々、苦しそうに唸《うな》ったりする。せっかく僕が風邪薬などをまとめて用意しておいたのに、最後の最後で、母が入れ忘れてしまったらしい。体温計がないので正確なところはわからないけれど、少し熱もありそうだった。

なんとかしなくては、と僕は思った。せっかく、ここまでやって来たのだ。時間を無駄にしたくない。

よく考えると、ベルリンの空港に着いてから、いや、それよりももっと前、アパートを出た時から、僕はまるで母と二人三脚しているみたいに、いつも行動を共にしてきた。なんとなく、言葉も通じない町をひとりで歩くのが怖かったのだ。でも今は、そんな甘えたことを言っている場合ではない。緊急事態が発生したのだ。僕は、寝ている母に気づかれないよう、そっとペンションの部屋を抜け出した。

僕が苦労して買ってきた、熱冷ましに効果があるというハーブシロップを、母はおいしいと言いながら一気に飲んだ。本当に、ジュースみたいな甘い香りがする。そして、再びコトンと眠りに落ちた。

母が起き上がったのは、夕方になる頃だ。夕方と言っても、ベルリンは午後四時くらいにもっとも気温が高くなる。部屋にはクーラーがないから、開け放った窓から生暖かい風が入ってきた。

「薫《かおる》」

僕が文庫本から顔を上げると、母が僕をじっと見た。一見、男女の判断がつけにくい僕の名前は、まだ性別すらわからなかった胎児の頃のニックネームが、そのまま正式な名前として昇格したものらしい。もちろんこれも、なつみ叔母情報だ。その時の母には、じっくりと息子の名前を考える余裕など少しもなかったのだろう。

さっき飲んだハーブの薬が効いたのか、母は、どことなくすっきりとした表情を浮かべていた。

「やっぱりママ、あのホテルに泊まりたい」

唐突に、母は言った。夢の中でうわ言を口走っているような感じだった。でも母は、確かに目を見開いている。

「あのホテルって、どのホテル？」

もしかして、この窓から見えているホテルのことかと思ったのだ。でも、そうじゃなかった。

「名前も覚えていないわ。全部、マサキが手配して連れて行ってくれたから。あの頃も今も、ママは何にも成長していないの。年だけ無駄に取っちゃった」

半日ベッドで過ごしたのがいけなかったのだろうか。母は、ベルリンに来る前の曇りがちな母に戻っていた。

「行こうよ、探そうよ、まだ三日あるんだから」

そんな母にいらついて、僕は少し声を荒らげた。

「でも……」

母がしょんぼりとうつむく。

「行きたいんでしょう？　せっかくここまでお金かけて、飛行機に乗って来たんじゃない！」

煮え切らない母が、じれったい。どうして母は、いつもいつもこうなってしまうのだ。自分の意見を、強引にでも通そうとしない。いつだって、誰かに道を決めてもらうことを待っている。それじゃあ、屋根の上の風見鶏《かざみどり》と同じじゃないか。

「何か少しでも覚えていることはないの？　そこって、ベルリンから遠かった？」

畳みかけるように質問すると、母はゆっくりと顔を上げた。少しだけ、頬《ほ》っぺたが赤くなっている。

「多分、遠くはなかったはず。マサキが、ここもベルリンなんだって教えてくれたから」

「他に思い出せる？」

「駅からは少し離れてて、高級住宅街って感じの場所だったわ。あと、ホテルのそばに、きれいな運河が流れてた」

「他には？」

母が、遠い目をして天井をあおぐ。

「ヴィラなんとか、っていう名前だったと思う。すごく静かな所で、お金持ちの知り合いの家に泊まりに行ったみたいだったの。確かオーナーはお医者様で、奥様がインテリアコーディネーターをされているはず」

「他に覚えていることは？」

数秒後、母の顔にほんの少し光がさした。

「犬、すごく大きな犬がいたわ。マサキによくなついてた。あと、広間にグランドピアノが置いてあった」

これは、かなり大きな手がかりになりそうだ。

「わかった。ピアノがあって、犬がいる、ベルリンの外れにある高級住宅街の、運河の近くにあるヴィラなんとかね。今からがんばって調べてみる」

僕は、慌てて部屋を飛び出した。ペンションのロビーに、無料で使えるパソコンが一台置いてある。それで、なんとか調べられないかと思った。

もしかしたらここかもしれない、というホテルをようやく一軒探し当てて部屋に戻ると、ベッドの上に母からのメモが残されていた。具合がよくなったので、いつものバーにいます、とのことだ。

母を追いかけるようにして、バーに向かう。ペンションの入っている古いアパートを出ると、真夏の日差しが照りつけた。道路を横切り、数十メートル先にある、母行きつけの店を目指す。

母は、外のテラス席に座り、細長くて大きなコップに入った金色のビールをおいしそうに飲んでいた。隣の席に座っている老夫婦と、楽しげに話して笑っている。なんだかまた、別人を見ているみたいな気持ちになった。母がこんなふうに笑うなんて、やっぱり僕は信じられない。僕はふと、あの時の出来事を思い出した。

小学校四年生になったばかりの頃だった。なんとなく学校にいたくなくて仮病を使って早引きして帰ったら、珍しく、家に母がいた。僕らがふたりで暮らしているのは、2

DKの古いアパートだ。母は、僕がカギを開けた音に、気づかなかったらしい。部屋をのぞくと、テレビ画面を熱心に見つめる母がいた。

声をかけようかと思って、慌てて止《や》めた。嘘《うそ》をついて学校を早退してきたことを咎《とが》められるのが面倒だったからではない。母の見ているテレビ画面に、心を奪われたのだ。はじめは、外国の映画かなと思った。でも違った。画面に映っているのは、紛れもなく、母本人だった。

画面の中の母は、音楽に合わせて踊っているらしい。耳を澄ますと、かすかにテンポのよい曲が聞こえてきた。母は、両手をひらひらさせるようにして、子どもみたいにはしゃいでいた。今よりもずっと髪が短くて、男の子みたいだ。画面には映っていなかったけれど、時々、男の人の声がした。何をしゃべっているのかは聞きとれなかったけど、男の人が何か言うたびに、母は弾《はじ》けるように大きな笑い声を立てていた。

あぁ、これが正喜さんの声なんだ、と僕は心の深い所で納得した。そして僕は、自分は絶対に正喜さんにはかなわないのだと悟った。僕は母を、こんなふうに楽しませたり、笑わせたりできない。母を幸せにできるのは、正喜さんしかいない。そう思った。

僕はなぜだかわからないけど、その映像を見ているだけで、涙が出てきた。目にゴミが入ったみたいに、全然止められなくなった。

画面を食い入るように見ている母も、泣いていた。口に布巾みたいな布をくわえて、肩を震わせて泣いている。とてもじゃないけど、母に声をかけることなどできなかった。

その世界に、僕が入り込む隙間など、これっぽっちも残されていなかった。

その時に、僕は決めたのだ。これ以上、抵抗するのはやめよう、と。それまで僕は必死になって道化役を演じてきたけれど、それはかなわぬ夢だと知った。僕がどんなにあがいても背伸びをしても、正喜さんにはなれない。そのことが、はっきりしたから。

そしてこれからは、母の哀しみにとことんまで付き合おうと決めたのだ。もしも母が泣いていたら、無理に泣き止ませようとするのではなく、僕も哀しいことを想像して、一緒に涙を流す。母が死んでしまうことを想像すれば、いつだって涙は無限にじゃぶじゃぶ溢《あふ》れた。目をつぶったままで水道の蛇口をひねるくらい、たやすいことだった。

その時のことが、映像を見るようにはっきりと脳裏に甦《よみがえ》った。あの瞬間から、僕は、生き方を方向転換したのだ。それが、今も続いている。実際やってみると、母を心の底から笑わせようとするよりも、母の哀しみに寄り添うことの方がずっと簡単なことだった。

「ママ」

僕が近づくと、母はまるで向日葵《ひまわり》みたいな顔でこっちを見る。体調はよくなったようだ。お酒を飲めば治るなんて、アル中患者と一緒じゃないか。でも、いい。こんなに羽目を外して浮かれている母を、僕は生まれて初めて生で見ることができたのだから。

「多分、そこじゃないかなぁ、というのが見つかったんだけど。ママが言ってたのって、テルトー運河のこと？」

「あぁ、それそれ」

母がいとも簡単に肯定するので、拍子抜けしてしまう。僕に、適当な相槌《あいづち》を打っているようにしか思えない。

「ちゃんと思い出してよ。違ったら、大間抜けだよ。チャンスは、一回しかないんだから。ちなみにそこは、日本語で貝殻みたいな名前だったけど」

「間違いないわ」

本当だろうか。でも、もう信じるしかない。母はすでに、ちょっとばかり酔っ払っている。

「もともと数部屋しかないらしいんだけど、特に今はバカンスの時期だから、だいぶ埋まっちゃってるよ。だけど明日だったら、一部屋、まだ空きがあるみたい」

こうしている間にも、誰かがその部屋を予約してしまいそうで、はらはらした。

母に念を押す。行くんだったら、今すぐ予約した方がいい。

「本当に行くの？」

「行くわ」

母が、しっかりとした目で僕を見る。

母に関して僕がひとつ評価することは、母は決して嘘をつかないことだ。その代わり母は、都合が悪くなったりすると、押し黙って貝になる。

「了解。じゃあ、明日はそのホテルに泊まりに行くのね。食事がすんだら、そこのホテルに電話をして、予約をとって。番号はさっきネットで調べてメモしてきたから」

僕が早口でまくし立てるそばで、母が優雅に足を組み替える。水を得た魚、って母みたいな状態を言うのかもしれない。日本で見せられた時はぎょっとした真っ赤なパンプスが、すっかり母の足に馴染んでいる。少し汚れてくたっとなっているのが、逆にいい味をかもし出していた。


駅を出て歩き始めた時から、母のテンションは上がりっぱなしだった。

「絶対に間違いないわよ。ここに、マサキが連れて来てくれた」

サングラスをかけた母が、空を見上げる。僕は、目の見えないご主人様を無事に目的地まで連れてきた盲導犬のような、誇らしい気持ちでいっぱいだった。見えないリードをぐいぐい引っ張って、早く母をホテルに案内したくなる。そのせいで、どうしても早足になった。できることなら、母の腕をつかんで、駆け出したいような心境なのだ。

無事ホテルに辿《たど》り着き、マダムが出してくれたオレンジジュースを飲んでいる時だ。

「あのピアノで、マサキが演奏してくれたの」

ぽつりと、母がつぶやいた。

「正喜さんって、ピアノが弾けたんだね」

そんなことも、僕は知らない。でも、僕が音楽に興味を持っているのも、突然変異ではなく、ちゃんと理由があるということだろうか。僕は今、中学のブラスバンド部に入っている。

「自分ではちょっとだけだって恥ずかしそうに言ってたけど、音符も読めないママからしてみたら、まるでプロのピアニストの演奏を聴くみたいに上手だったわ。だって、それまでずっと吠《ほ》えていた犬が、マサキが演奏を始めたとたん、おとなしくなってしまったんだから」

まるで母の瞳には、その時の正喜さんの姿が見えているようだ。

「薫は、サティって人、知ってる？」

「もちろん知ってるけど」

「マサキは、サティが一番好きだったの」

母は、立派なグランドピアノを見つめ続けた。

晩ご飯を食べるまでにまだ時間があったので、運河沿いに造られた遊歩道を、母と散歩する。本当に、どこまでもどこまでも続いて、ぐるっと地球を一周して再び同じ道に戻ってきそうなほど、道がまっすぐにのびている。

「ここをね、こうしてマサキと腕を組んで歩いたのよ」

突然母が、僕の腕をとって歩き始めた。少し、香水をつけているのかもしれない。母の体から、ふわりと果物みたいな甘い香りが流れてくる。無理やり振りほどくのも大人げないような気がして、僕は抵抗しなかった。さすがに地元の商店街でこんなことをされたら絶対にすぐ腕をほどくけど、ここはベルリンで、知っている人もいない。

僕らは、海の上を漂流しているのだ。

母が流したたくさんの涙で生まれた、哀しみという名前の海。僕はかつて、その海に浮かぶ母の船の、碇《いかり》になろうと懸命だった。母がどこかに行ってしまわないよう、なんとか母をつなぎ止めておきたくて、道化を演じた。でも今は、違う。僕も母と同じようにその海に船を浮かべ、漂っている。母の船とはぐれないよう、ふたつの船をきつくロープでしばって。自然に逆らわず、抵抗しないこと。これが、僕と母の選んだ生き方だ。

ふと足元を見ると、たくさんのどんぐりが落ちていた。母のパンプスと同じ色に塗られたベンチでは、母より少し年上に見える、いかにも格好いい雰囲気を漂わせた坊主頭の女性が、夫らしき人の膝枕で、熱心に分厚い本を読んでいた。あんな悲劇さえ起きなかったら、母にもこういう人生があったのかもしれない。

「平和な所だね」

僕が住んでいる衛星都市とは、明らかに質の違う穏やかな空気が流れていた。

「本当に、ここはすごく平和だわ」

母もうなずく。どうやら母は、目をつぶったまま歩いているらしい。

「でも、昔はそうじゃなかったのよ。昔って言っても、それほどの大昔でもないけど。薫が生まれる、ほんの少し前までは」

「壁のこと?」

ベルリンが冷戦の影響で東西に壁で隔てられていたことは、歴史の授業で習った。

「それもそうだし、その前にも、悲しいことがたくさんあったのよ。でも、時代は確実に変わっていくの。そのことがね、本当にすごいと思う」

僕らは再び、遊歩道を歩き始めた。もう、腕は組んでいない。母は、背筋を伸ばして僕より半歩先を歩いている。

幸いなことに、母と正喜さんが夕飯を食べに行ったというレストランは、まだ営業を続けていた。どうやら、この界隈《かいわい》にはここしか食事をとれる所がないらしい。窓の向こうに、夕闇に沈む寸前の庭が見える。

僕が、またしても巨大なヴィーナー・シュニッツェルと格闘している時だ。

「薫も、飲んでごらん」

母が、僕の方にワイングラスを差し出した。三杯目か四杯目の白ワインだ。母は、料理はほとんど口にせず、時々、僕の皿から小鳥のえさほどの量を奪って咀嚼《そしゃく》する。

「だってこれ、お酒でしょう？」

僕が戸惑うと、母は文字通りケタケタと乾いた笑い声を上げた。

「何を今更堅苦しいことを言ってるのよ」

母の目の周りに、ほんのりと茜雲《あかねぐも》みたいな色彩が広がっている。

僕は、無言でワイングラスを受け取った。グラスにはまだ、半分くらい入っていて、片手で持つと結構重い。僕は思い切って、薄い黄金色に輝く冷たい液体を舌の上に流し込む。どこからか、突然発生した風が僕をめがけてぶつかってきた。

何か体に詰まっていたものがひとつ外に抜けたような感覚になり、天井を見た。シャンデリアの明かりが、運河沿いの遊歩道で見上げた木漏れ日のように輝いている。

「ね？　おいしいでしょう？」

一口目のそれが、つーっと喉の奥を流れ落ちていた。

「うん、おいしいかも」

ちょっとだけろれつが回らなくなりそうになりながらも、言葉をつなぐ。

「やっぱりね」

母が、僕をじっと見る。

「マサキも、ドイツの白ワインが好きだったの。特に、これと同じリースリングが」

母が喋《しゃべ》っている間にも、おなかがぽかぽかと熱くなった。

僕が食事を終えると、母はデザートを食べると言い出した。

「だって、クエヘンでしょ。ここのは見るからにすごそうだけど」

カウンターの横に置いてあるガラスのショーケースの中には、数種類のケーキが入っている。どれも馬鹿がつくくらい一切れが大きく、とてもおいしそうには見えない。

「ママね、クレームブリュレを食べる」

たぶん五杯目となる白ワインもすべて飲み干し、グラスの縁についた自分の唇の跡を指で拭いながら、母は子どもみたいな口調で言う。すぐに店の人を呼んで、クレームブリュレを頼んだ。

「だって、あの時もここで、マサキとクレームブリュレを食べたんだもん」

ふと見ると母は、カスタードクリームみたいなとろりとした表情を浮かべている。母はこの旅で、ベルリンに置きっぱなしにしてあった正喜さんとの思い出を、きれいな落ち葉を拾い集めるように、丁寧にひとつずつ集めて、自分のポケットにしまっているのかもしれない。

ずいぶん待たされて、もしかして母の注文を忘れているんじゃないか、と思い始めた頃、ようやくクレームブリュレがやって来た。

「うわっ、これって一人前？」

目の前に置かれた大皿に、思わず目を丸くする。

「ほんと、こっちの人の胃袋は、私達の倍はあるわね」

母はそう言いつつも、スプーンを持ち上げクレームブリュレの表面を、かちかちと音をさせながら崩していく。ご親切に、上にアイスクリームの固まりまでのせられている。

「おいしいの？」

僕はさすがにおなかがいっぱいで、デザートが入る隙間はこれっぽっちも残されていない。

母は、無言でクレームブリュレを食べ続けた。見ているだけでおなかが苦しくなり、外の景色に目をやった。すっかり陽《ひ》が沈み、暗闇にはテラス席のキャンドルだけが光っている。もうだいぶ冷えているのに、それでもドイツ人一家が、まだ外で食事をとっていた。ここも同じベルリンだなんて信じられないほど、本当に静かだ。すると、

「はい、あーん」

母が、いきなり僕の口元にスプーンを差し出した。スプーンに、こんもりとクレームブリュレがのっている。僕はとっさに、顔をそむけた。

いくらなんでも、冗談じゃない。幼稚園児ならともかく、僕はもう、中学生になったのだ。第一僕はそもそもそれほど甘い物が好きではないし、今はおなかがいっぱいで水ですら入らない状況なのだ。顔をしかめ、精いっぱいノーサンキューのジェスチャーを

送る。

でも、母には通用しなかった。いつだって、僕は母にかなわない。僕がどんなに成長しようが、母の目にはまるで七つの少年に見えてしまうのだ。

こんな調子だから、僕には反抗期もやってこない。反抗とは、相手が強いとわかっているからこそ、安心してぶつかっていくことができるのだ。頼りない母に、どうやって反抗することができるだろう。

しぶしぶ母のスプーンを受け入れると、母は満足げに僕を見た。口の中で、砂糖の固まりが濡れた砂のようにジャリジャリいう。

「正喜さんの作るお菓子って、おいしかったの？」

ようやくねっとりと甘いクリームを水で無理やり流し込んでから、僕は思い切って母にたずねた。ベルリンに来たことで、少しずつ、正喜さんに対する興味がわいてきた。もう、皿の上には飾り用のミントの葉っぱしか残されていない。ほとんど、母がひとりで平らげた。すると母が、意外なことを口にした。

「薫、いっぱい食べてると思うけど」

「どうして？」

正喜さんは、まさに僕と入れ違うようにして亡くなったのだ。

「だってママ、妊娠中に、たくさんマサキの作るお菓子を食べたもの。マサキがね、白いお砂糖を使わない、自然の甘さのお菓子をいろいろ考えて焼いてくれたの。だから薫の細胞のどっかにも、マサキのお菓子が残っているはずよ」

ずっと、正喜さんという存在と、父親ということが、うまく結び付かなかった。だから、正喜さん、と他人行儀な呼び方をしてきた。母も、それを咎めなかった。けれど、今の母の言葉を聞いて、急に正喜さんを身近に感じた。正喜さんの作ったお菓子が、僕の細胞を作ったなんて。実際のところはどうなのかわからないけど、それでもその発想は、僕に不思議な安らぎをもたらした。

「帰ろう」

母の一言で、僕らは立ち上がった。足元がふらふらするのは、気のせいだろうか。

暗い夜道を、母と並んで歩く。

「薫、おんぶー」

途中、酔っ払いの母が、からんできた。仕方なく僕は、母の華奢《きゃしゃ》な手首をつかんで強引に引いて歩く。涙が出そうなくらい、何もかもがきれいな夜だ。どうしてこんな素敵な夜に、正喜さんはいないのだろう。どうして息子の僕が、母の手を引いて歩かなくちゃいけないのだろう。この頼りない母を導かなくちゃいけないのは、正喜さんだったはずなのに。どうして正喜さんは、一晩自宅で待つことができなかったのだ。どうして、車で病院に行こうとなんてしてしまったのだ。どうして、どうして……。

突然、おさえきれない凶暴な何かが目を覚ましそうになるのを、僕は必死でなだめすかした。唇をぎゅっと噛《か》んで、感情が外にこぼれないよう封印する。でも本当は、思いっきり壊したり、蹴飛ばしたり、投げつけたりしてみたくなる。何の気兼ねをすることもなく、生身の正喜さんに体当たりで向かっていきたかった。

最後の角を曲がった時だ。母がひっそりと、神様の前で告白するように言った。

「マサキはね、私にとって太陽そのものだったの。比喩とかそんなんじゃなくて、本当に太陽だった」

僕は、なるべく歩幅を小さくして歩いた。頼りない母の声を聞くと、僕の感情は去勢されたライオンみたいにおとなしくなる。いつだって、そうだ。いつだって、僕は母に手なずけられる。母は続けた。

「太陽がなくなったら、人は生きていけないでしょう？　動物も植物も、みんなすみやかに死んでしまうでしょう？　永遠の真っ暗闇に、命は輝けないの。ママは、そんな状態で、薫を手渡された。最初は、本当にどうしていいかわからなかったわ」

だけど、僕にとっての太陽は、ずっと雲に覆われたままだった。探しても探しても、たまに天気のよい時だけうっすら光が差し込むくらいで、太陽の全体像は決して見えない。さんさんと降り注ぐ愛情という名の光は、地上にいる僕ではなく、天国の正喜さんに向けられていた。僕は、いつだって母を求めていた。ベルリンに来るまで、ずっと、十三年もの間。

　なんとかホテルまで辿り着き、二階にある部屋に入ると、母はそのままベッドに倒れ込んだ。コートも脱がず、パンプスも履いたままで。

「ったくもう」

　僕は、靴だけでも脱がせようと、母の足に手を伸ばした。すると、

「薫」

　母が、はっきりとした声で僕を呼んだ。母の方を向くと、母はベッドに突っ伏している。寝言かと思ってまた靴を脱がせようとしたら、

「あなたはね、十四年前、ここで発生したのよ」

　母が言った。そんなに大きな声ではなかったけど、確かにそう言った。発生ってことはつまりその、母と正喜さんが、このホテルでってこと?

　急に窪田正喜という存在が、確かな重みを持って僕の方に迫ってくる。そうだったんだ。僕は今まで、正喜さんを得体の知れない幽霊でも見るみたいに思ってきた。でも、当たり前のことだけど、正喜さんは、僕が生まれるまで、ちゃんと生きていたんだ。爪も伸びるし、髭《ひげ》も生える。触ればちゃんと温かい、生身の人間として。

　母の一言で、なんだか突然、2Hの鉛筆で一筆描きしたかのようなおぼろげな輪郭でしかなかった正喜さんに、くっきりと色がついたように感じた。そして母は、そんな正

喜さんをひたすら愛していた。ふたりは、今日運河沿いのベンチで見たドイツ人夫婦みたいに、ふつうに愛し合っていたのだ。

この旅で、母はそのことを僕に伝えたかったのだろうか。

母は、僕の胸にささやかな謎を残したまま、朝まですやすや眠り続けた。

僕が目を覚ますと、母はすでにシャワーを浴び、着替えも済ませていた。昨日寝る前、僕にあんなことを言ったなんて、本人はすっかり忘れているようだ。何もなかったかのように振る舞っている。だから、僕も何も聞かなかったような態度で接した。

僕が洗顔と着替えを済ませている間に、母は先に食堂に下りていた。少し遅れて、僕も下に行く。母は、朝食の用意された食卓につき、ラテマキアートを飲んでいた。ラテマキアートは、こっちに来てから覚えた飲み物だ。コーヒーの一種で、上に泡がたくさんのっている。母は、首にきれいなネックレスをつけている。

僕が席につくと、マダムが飲み物を聞きにきた。僕はまた、オレンジジュースを頼む。ベルリンで飲むオレンジジュースは、なぜだかすごくおいしい。

それにしても、僕らがふだん食べている朝食とは、雲泥の差だ。バスケットには、バナナや洋梨、林檎《りんご》などのフルーツがたっぷり盛られ、ヨーグルトはお酒を飲むような脚のついたグラスに入っている。パンも、全種類違うんじゃないか、と思ってしまうくらい、いろんなパンがある。僕は、ベルリンに来てドイツパンがすっかり好きになった。しっかりとした噛みごたえがあり、僕がいつも食べている食パンみたいに、すぐにおなかが空《す》くこともない。サラダには、たくさんのチェリートマトがちりばめられている。

「薫に、聞いてほしいことがあるの」

母が少し深刻な表情でそう切り出したのは、マダムが作ってくれたスクランブルエッグに、手作りのトマトケチャップをかけている時だ。僕は、昨日の話の続きかと思った。でも、そうではなかった。

「ママね」

母のこんなにも険しい表情を見るのは、久しぶりだ。だから僕は、何かとても大事なことが起こる予兆を瞬時に察知する。もしかして、母が病気とか。しかも、もう治らない病気とか。だから最後に、息子の僕を思い出の地に連れてきてくれたのかもしれない。考えれば考えるほどだんだんおなかが痛くなりそうだった。でも、このタイミングで席を立つわけにはいかない。仕方なく、黙って次の言葉を待っていると、

「新しい人生を、歩み始めようと思うの」

母は予想外のことを口にした。けれどその静かな響きには、しっかりとした意志が込められていた。

「新しい人生って？」

まさか、このままベルリンに残るなんて考えているのだろうか。ここ数日間の母の興奮ぶりを思い出し、僕がそんなことを想像しかけた時、

「ママ、再婚しようと思ってね」

母は言った。僕の目をまっすぐに見て。母の肩越しに、真っ黒いグランドピアノが見える。あまりに予想外の展開に、僕は言葉を失った。脳味噌《のうみそ》から、脂汗がにじみ出てくる。小学生の頃は、母が誰かと再婚してくれたらいいと願っていた。でも、そんなことは逆立ちをしたってあり得ない、そう思ってあきらめていた。

「驚いた？」

母が、茶色いパンにバターをたっぷり塗りながら、強い目で僕を見る。母の目の周りに、昨日の夜のような赤い雲の広がりはない。母は、僕の言葉を待っている。でも、何も言い出せなかった。頭の中で、たくさんのブーメランが、乱れ飛んでいる。

僕は、まるで母の発言がなかったかのように、スクランブルエッグを口に詰め込んだ。味がしないのは気のせいだろうか。砂が入り込んだみたいに、なんだか胸の奥がざらざらする。母の新しい人生を素直に喜ぶことができない自分にますますむかつき、僕は味のしないスクランブルエッグを食べ続けた。

僕の体と心に蓄積されたこの哀しみは、どうなってしまうのだ。得体の知れない怪物のようなそれを、なんとか飼い馴《かな》らし、ようやくここまで辿り着いたというのに。哀し

みは時間をかけて降り積もり、今では地層のように固まって、すっかり僕を支配している。僕に残されたそれは、どうなってしまうというのだ。

けれど僕は、自分の哀しみの存在を、母に正直に打ち明けることが、どうしてもできなかった。結局はまた、正喜さんを利用してしまう。

「正喜さんは？　正喜さんはどうなっちゃうの？」

僕がそれを言ったのは、大量のスクランブルエッグを全部平らげ、ヨーグルトの中にはちみつをこぼしている時だ。

「マサキはもう、いないもの」

目の前の母は、目じりにたくさんの皺《しわ》を作って微笑《ほほえ》んだ。目じりに深く刻まれた皺が、乾いた大地に跡を残す川のように見えてくる。この幾筋もの川を伝って、母の涙は海に流れた。目の前にいる母は、頰がこけ、年相応に疲れている。

「忘れちゃったの？」

少しして、僕は聞いた。どうしても、母の顔をまっすぐに見ることができない。新しい人生とやらに、僕自身は含まれるのだろうか。

「忘れるわけないじゃない。でも、もうこの世界にはいないんだってことが、今回の旅行で、ママ、やっとわかったの。触ったり、手をつないだりすることは、もう二度とできないんだって。それまでは、いつかマサキが帰ってくるような気がしてたんだけど。

だからずっと、お墓にも行けなかったのね」

母は他人事《ひとごと》みたいにそう言いながら、マダムが注《つ》ぎ足してくれたコーヒーに口をつける。

「あの時、私もマサキも必死だった。頭が混乱して気を失いそうだった私の手を握って、がんばれ、がんばれ、って応援してくれた。頭から血を流しているのに、それでも自分のことより、妻と子の身を案じてくれたの。ママは本当に気がおかしくなりそうだった。だって、最愛の人が息もたえだえになっているのに、なんにも助けることができなかったんだもの。新しい命は、今まさに誕生しようとしているし。その時に、人生に与えられたエネルギーを、全部使い果たしてしまったのよ」

十三年経って、母は初めてその時の話をした。その意味の大きさを、僕はちっぽけな頭で必死に考える。そしてようやく、ひとつの質問へと辿り着いた。

「ママは嬉《うれ》しかった？　僕が生まれた時。それとも、悲しかった？　正直に答えて」

こんな切羽《せっぱ》詰まった会話を母と交わすことなんて、今までなかった。でも僕は、母の本当の気持ちが知りたかった。もしかすると、ずっと知りたかったのかもしれない。

「もちろん、嬉しかった。だって、マサキの子どもだもの。望んで望んで、神様に拝み込んで、ようやく授かった命だもの。でも、やっぱりマサキを失った悲しみの方が大きかったの。ママは、薫を抱っこしたりおっぱいを飲ませながら、いっつも泣いてた。薫を見ていると、どうしたってマサキを思い出してしまうから。薫はマサキにそっくりだから」

母にとって、僕の誕生より、正喜さんの死の方が大きかった。うすうす、なんとなくはわかってはいた。でも、今初めて、本人の口からはっきりとそれを聞いた。何か壊せる物があったら、僕は今すぐそれを手に取って、思いきり床に叩《たた》きつけたかった。

「だけど、それが逆転したわ」

母が、声のトーンを落としてつぶやく。

「ベルリンに来て、薫と一緒にいろんな所に行って、うまく言えないんだけど、あぁ、私の人生は幸せだわ、ってやっと思えたの。心の底からね。なんとなくママは、人生を楽しむことに、罪悪感を持っていた。マサキに申し訳ないって。でも、そうじゃないことにようやく気づけたの」

ここまで母が言った時、ホテルのご主人と一緒に大型の犬が二匹、散歩から戻ってきた。一匹は漆黒、もう一匹はベージュで、ドイツの犬らしく、どちらもとても賢そうな顔をしている。二匹はじゃれ合いながら、楽しそうにピアノの周りを駆け回っていた。正喜さんになついたという犬かもしれない。そう思ったらふと、犬の背中を熱心に撫《な》でる正喜さんの後ろ姿が、風景に透けて見えそうになる。

もしかすると、母の目にもまた、犬の背中を撫でる正喜さんの横顔が見えているのかもしれない。母は、そんな表情を浮かべている。気づけば僕の乱暴な気持ちは、どこかへ行ってしまっていた。それにね、と母は続ける。

「ママはもう、マサキと過ごした時間より、薫と一緒にいる時間の方が長いのよ。そんな日が来るなんて、思ってもみなかった。それで、ある人からのプロポーズを受け入れようって、思えたの。だって、ママはこれから先も、生きていかなくちゃいけないから。人は、ひとりじゃ生きていけないってことが、はっきりわかったわ。もちろん、ママには薫がいてくれるけど、親子とは、少し意味が違うのよ」

母の言っていることが、わかるようで、わからない。わからないようで、少しわかる。

「薫、今まで本当にありがとう」

母は急に改まった様子で言った。なんだか母が、遠くに離れてしまうようで心細くなる。

「ママ、薫がいなかったら、絶対に乗り越えられなかったから。ママね、すっごく嬉しかったの」

「何が？」

「だって薫、ママのこと、いっぱい笑わせてくれたでしょう」

「覚えてるの？」

僕はずっと、あれは人生の失敗談だと思っていた。

「当たり前じゃない。毎日毎日、今日はどんなこととして笑わせてくれるんだろうって、家に帰るのが楽しみだったんだから」

幼い頃のあの努力は、無駄ではなかったのだ。そう思ったら、僕の中に降り積もった哀しみが、ほんの少し溶けたような気がした。

「僕さ」

僕は、母の瞳をしっかりと見て言った。母の顔が、ゆらゆらとかすんで見える。こんな時に、どうして涙が込みあげてくるのだろう。わからなかったけど、僕は母から目を逸《そ》らさずに続けた。

「母さんが幸せになるのを、応援するよ」

その瞬間、母がにっこり笑う。太陽のように。いや、母は太陽そのものだった。

ベルリンで過ごす時間は、あと一日残っている。

跳ぶ少年

石田 衣良

石田 衣良
いしだ・いら

1960年東京都生まれ。成蹊大学経済学部卒業。コピーライターを経て97年「池袋ウエストゲートパーク」で第36回オール讀物推理小説新人賞を受賞しデビュー。2003年『4TEEN　フォーティーン』で第129回直木賞を、06年『眠れぬ真珠』で第13回島清恋愛文学賞を、13年『北斗　ある殺人者の回心』で第8回中央公論文芸賞を受賞。著書に、『娼年』『1ポンドの悲しみ』『逝年』『オネスティ』など多数。

コンクリートむきだしの天井に、排気ダクトや電線が生きものの内臓のように走っていた。築三十年を超える古いマンションの最上階だ。TAMAKIさんは内装材をすべて自分ではがしたといっていた。むきだしの灰色のしたには、鉄パイプのベッドがすえてある。ビルの建築現場でつかわれる鉄パイプとジョイントで組んだ四角い枠のうえに、マットレスが一枚。白いシーツは新品だ。

翔太《しょうた》はその中央に座っていた。朝の湖にでも浮かんでいる気分になる。

「はい、リラックスして」

TAMAKIさんがファインダーをのぞきながらいった。一眼レフのフィルム式カメラは、長いコードでフラッシュにつながっている。デジタル式と違って、イメージがその場ですぐに確認できないのがいいのだそうだ。単焦点85ミリの明るいレンズが、バズーカ砲のように翔太を狙っている。ポートレート用のレンズだ。

「リラックスならしてますよ」

翔太は落ち着かない気分で返事をした。だいたい自分はモデルではない。おおきなカメラで撮られることに慣れていない。

「じゃあ、うしろに両手をついて、足を組んでみようか」

ＴＡＭＡＫＩさんがファインダーから顔を離して、こちらに目をやった。手の先、足の先、両肩。視線が身体《からだ》のうえを素早く動くのがわかる。翔太はナイキのスニーカーの足を組んだ。ダメージジーンズのひざの穴がおおきく口を開ける。ＴＡＭＡＫＩさんは半分白い長髪にゆるいパーマをかけている。中年の雪女みたいだ。

「いってみようか」

そういうと同時にシャッターを押した。自然光のはいる南むきのバルコニーの反対側に、ライトがふたつ。部屋のなかを白い光が洪水のように満たす。

「いいね、翔太くん。すごくいいよ」

なにがいいのかまるでわからずに、翔太は不機嫌そうに口を歪《ゆが》めた。続いてシャッター音がもう三度。

「そういうつまんなそうな顔が、翔太くんは一番いいね」

またシャッターとフラッシュの嵐。

どうして、こんなことになったのだろうか。翔太はモデルにも、ファッション誌にも、芸能界にも興味はなかった。ただ学校も、アルバイトも、家も嫌で、渋谷の街をうろついていただけである。それがこうして急に白い嵐に襲われている。TAMAKIさんは本気なのかどうかわからない声でいう。

「無理してリラックスする必要ないから。考えるんじゃなく、感じて。ブルース・リーみたいにね」

翔太は十八歳になりたての高校三年生だった。

さして偏差値は高くないが、普通に勉強していればそのまま大学へ進学できる共学の付属校にかよっている。成績のいい半分の生徒は一流大学を受験するために、この夏も予備校と受験勉強でおおいそがしだろう。それ以外の半分は、のんびりと夏休みをすごしているはずだ。恋に、バイトに、あれこれの遊び。部活動の主役はもう二年生にゆずっているので、学校にいくことはすくないだろう。

翔太はそのどちらでもなかった。

勉強は得意でも、好きでもなかった。生まじめで小心な両親は生涯賃金の格差を理由にすこしでもいい大学への入学と大企業への就職をすすめてきたけれど、翔太にはあまりに遠い目標がリアルに感じられなかった。

だからといって、東京の共学私立校らしいおたのしみとも無縁だった。翔太は八歳からバスケットボールを始めた。素質があったのだろう。周囲と同じ練習をするだけでぐんぐんと上達して、中学二年生で東京都代表チームの正ポイントガードになった。コートのうえでなら魚のように相手を抜いて、鳥のように飛べるのだ。そのころはバスケットも学校も恋もうまくいっていた。翔太は幸福で、いつか社会人チームの中心選手として活躍する未来を夢に描いていた。もしかしたらオリンピックにもいけるかもしれない。

すべてが暗転したのは高校一年の終わりで、右利きの翔太の踏み切り足である右ひざに痛みがでたのである。痛みは練習を休んでも治らなかった。手術をして、ひざ関節のなかではがれた軟骨を除去しても治らなかった。医者からはなにもしなければこの程度の痛みですむけれど、激しい運動を再開すれば軟骨がまた悪さをする。この痛みとは一生のつきあいになるといわれたのだった。

翔太はバスケットの才能が、自分のすべてだと思っていた。その力を十代のなかばで奪われてしまったのだ。翔太は荒れなかったけれど、重い不活性ガスのように静かに引きこもった。といっても部屋にこもったり、学校を休んだりしたわけではない。ただ一見普通の学生生活を送りながら、静かに自分のなかに退却していったのである。

なにをしてもおもしろくないし、なにを見ても笑えなかった。なにをたべてもおいしくない。それどころか十六歳でインポテンツになった。ガールフレンドとは別れてしまった。世界からは色が失われ、音楽をきくことも、テレビを見ることもできなくなった。夏休みはずっとベッドで横になっていた。一日に十五時間も寝ると寝ることにも退屈した翔太は、学校のある最寄り駅の繁華街を、時間に関係なくあてもなくうろつくようになった。

「なにかスポーツやってたのかな、翔太くん」

TAMAKIさんがファインダーをのぞきながら、そういった。翔太の腕は筋肉質で、ジーンズと同じようにダメージ加工をほどこしたぼろぼろのTシャツから、すっきりと伸びている。

「まあ、すこし」

「へえ、運動神経よかったんだ。そういう雰囲気がある」

TAMAKIさんのタンクトップは生成《きな》りだった。引き締まった肩で、タンクトップとブラジャーの肩ひもが微妙にずれている。したはたっぷりとしたベージュのワイドパンツだった。

「別に運動神経なんてよくないですよ。ちょっとボールで遊んでいただけだから」

日曜日の朝早くの体育館のにおいを思いだした。しんと冷たい板張りの床も。そのうえで翔太のバスケットシューズは急発進と急停止を繰り返し、音楽のようにリズミカルな音を立てたものだ。目を閉じて音をきくだけで、バスケットの上手下手はすぐにわかった。

「今、笑ったね。翔太くんと会ってから、初めてそんな顔見たよ」

「別に笑ってないですよ」

カメラから顔をずらして、TAMAKIさんがいった。

「翔太くんは、相手がいったことをまず否定するか、受け流すよね。あなたの口癖は『違います』と『別に』だもん。ベッニショウネンって感じだな」

翔太は頬が熱くなるのを感じた。別にではない言葉を考えて、一瞬間があいた。

「……そうですか。ぼくはつまらないやつだから」

好きでつまらない人間になったわけではなかった。ひざが壊れたのも、世界から色がなくなったのも、自分のせいではない。

「だけど、そういう翔太くん自身はつまらない男の子には見えない。そのままTシャツから肩をだせるかな。脱ぐんじゃなくて、右の肩だけ落とす感じで」

Tシャツの襟はゆるみ切っている。翔太は肩をだした。関節のうえにはきれいに丸く筋肉が盛りあがっている。もうつかうことのない筋肉だった。

「ぼくがつまらなくない？　どうしてですか、こっちはぜんぜんおもしろくないのに」

TAMAKIさんはシャッターを押し続けている。白い鞭《むち》が直接肌に飛んでくるようだった。

「わたしはこの街で、ずいぶんたくさんの若い人を撮ってきた。十代のとがった名もない子を撮るのがライフワークだから。でも、何年くらいまえからかな」

カメラをもち替えると、TAMAKIさんがぐっと寄ってきた。今度のレンズは短い。手を伸ばして、Tシャツのしわを直しながらいった。

「だんだんといい被写体に出会えなくなってきたんだよね。みんな、それなりにセンスがよくて、性格も素直でいい子で、ルックスはばっちり。なのにシャッターを切る気がしない。誰もが人に気にいられようとか、好感度とか考えるようになったみたい。でも、翔太くんは違う。苦しんでいるのも、不機嫌なのも隠さないで、ひとりで立っている感じがする。ちょっと不自然なポーズだけど、ぐっと右の肩をまえにだしてみようか」

座ったまま右肩をまえにだすと、つられて首が左にむいた。顔がかたむいてしまう。

「はい、顔の位置は元にもどして、あごを引いて、まっすぐに。いいかな、写真のなかでいいポーズっていうのは、ほとんどモデルには不自然で苦しいカッコでしかないの。みんな、きれいな服着て笑ってポーズとってるけど、ほんとは苦しくてしかたないんだよ」

そういわれると、首筋がつりそうなのも文句はいえなかった。

「翔太くんもそれは同じでしょう。苦しむことでだって、人になにかを伝えることはできるんだよ」

頭をたたかれたようだった。自分の苦痛はただ自分だけのもので、誰とも分けあえるものではないと思っていた。

「苦しんで、伝える？」

「そうだよ。誰か頭のおかしくなった哲学者がいっていた。あなたを殺さないものは、生き延びさえすれば、きっとあなたを強くする。苦しんだ分、もとをとらなくちゃね」

ＴＡＭＡＫＩさんはカメラを顔からはずして、にっと笑った。

「そのＴシャツ脱いでみようか」

翔太は思い切って、古い肌でもはぐようにシャツを脱いだ。


上半身までのヌードで、最初のフォトセッションは終了した。ＴＡＭＡＫＩさんはコーヒーマニアのようで、豆を手でひき、ネルドリップでいれてくれた。自然光がはいるスタジオがコーヒーの香りでいっぱいになる。

苦しんでいるだけの自分になにかを伝える力が、ほんとうにあるのだろうか。未来のことなどまるでわからなかった。けれど、ひとつ確かなことがある。翔太はひとりで苦しんできたけれど、その苦痛さえ誰かがかならず見ていてくれるのだ。誰かに見られるのは、同時に自分の苦痛を外側から見る新しい視点を与えてくれた。

翔太はカップの底にかすかに残った粉までのみほしていった。

「またぼくを撮ってもらえませんか」

TAMAKIさんは笑ってうなずいた。翔太はつぎの撮影の約束をして、スタジオを離れた。

夕暮れのセンター街は祭りのようだった。

これから始まる夜にむかって期待と熱気が潮のように満ちている。夏休みのせいか、地方からやってきた学生と海外からの観光客でごった返していた。東京都心なのに、なぜか海の近くのリゾートのような雰囲気だ。

「そこで立ちどまってみようか」

急流のように人が押し寄せてくるセンター街の入口でTAMAKIさんがそういった。翔太は流れのなかに顔をだした岩のように静止する。女子高生があれ、誰、モデルとささやきあっていた。顔が真っ赤になる。

「気にしないでいいんだよ。空を見あげて。暗くてシャッターがスローだから、動かないで。まわりの人がみんな流れていくからね」

写真にくわしくない翔太でも、なんとなくイメージができた。街角で尾を引いて動く人波のなかで、自分だけが空を見ているのだろう。ここには誰もいないのだ。渋谷なんて全部幻だと思うことにした。雑居ビルのあいだの薄い空が夕焼けに燃えている。輝き始めたネオンサインは夕日にくすんで、パステルカラーにぼやけていた。空ではオレンジ色の雲の渦が回転しているようだ。これだけたくさんの人がいても、この空を見ているのは自分だけだろう。これだけたくさんの人がいて、自分にしか見えない光がある。それがとても愉快だった。

「もういいよ。ゆっくり歩いてみようか」

翔太は歩いた。顔をあげて街を歩くのは久しぶりだった。バスケットを辞めてから、ずっと足元ばかり見て歩いていた気がする。ハンバーガー店とランジェリーショップと讃岐《さぬき》うどん屋をすぎた。男女の客引きが手もちぶさたに立っている。ときどき足をとめ、店のまえでポーズをつけている自分が、なんだか不思議だった。ほんとにモデルみたいだ。

「ねえ、ちょっとへんなことしてくれないかな。自分でおもしろいと思うなら、なんでもいいよ」

翔太は一瞬も迷わなかった。二、三歩でトップスピードにのって、全力でジャンプする。ひざはすこし痛かったけれど気にしない。街灯からさがった三角形のバナーにタッチして、空中でガッツポーズをつくった。全盛期にはおよばないが、それくらいの滞空時間ならある。まわりの人間がいっせいに翔太を見た。

「すごい、すごい。ちょっと今の速すぎて、カメラが間にあわなかったから、もう一度やってくれない」

そういわれて、翔太はぐるりと一度腕をまわした。今度は助走を長くする。跳躍に移るまえに、架空のディフェンスをひとり思い描いて、右にフェイントをいれてから、左にボディターンした。一気に敵を抜き去るのだ。あとは街灯のてっぺんに光る明かりめがけて思いきりジャンプする。

翔太はバナーの先をちぎって、ゆっくりと着地した。シャッター音と拍手は空中にいるあいだからきこえていた。誰かが、おーあいつやるなあとうなるように叫んでいる。ほんもののゲームで得点したようだった。翔太は手のなかに残るビニールの切れ端を見つめた。

「ＴＡＭＡＫＩさん、もっと撮ってくれませんか」

渋谷センター街をスタジオに変えて、翔太は動きまわり、ポーズをつくり、何度も夕焼けの空にむかって跳躍した。

夜になって、外撮りは終了した。フィルム式のカメラでは、大型のフラッシュをつかわなければ、それ以上の撮影は困難だという。無許可のゲリラ的な撮影である。あちこちでフラッシュをたくわけにはいかなかった。夜食はＴＡＭＡＫＩさんのいきつけのメキシカンだった。飛び切り辛いチリドッグと牛のホルモンと豆の煮こみが名物だという。翔太は苦労しながらチリドッグを片づけ、あまりの辛さに食後はずっと氷を口にふくんでいた。ＴＡＭＡＫＩさんはコロナビールをのみながら、笑って見つめている。

「なにか、ぼくの顔についてますか」

急にＴＡＭＡＫＩさんが真剣な目つきをしたので、翔太は質問した。

「このあと時間ある？」

「ええ、終電までならだいじょうぶです」

ライムが沈んだコロナのグラスを空けると魔女のようなカメラウーマンがいった。

「じゃあ、うちによって、もうすこし撮ろうか」

翔太は望むところだった。まだ身体の奥に残った火が消えていない。

「わかりました」

ＴＡＭＡＫＩさんの目が光った。

「だけど、今度はヌードだよ」

別に裸になることなどかまわなかった。不安なのは、自分の身体になどなんの価値もないということだけだ。自分はアイドルでも美少女でもない。翔太はためらうようにいった。

「わかりました。全部撮ってください」

また白いシーツの中央に座った。前回ほどスタジオの居心地は悪くない。シーツの冷たさが気もちよかった。エアコンの音だけがきこえている。

「ゆっくり脱いで。いつもの千倍くらい遅くだよ。ずっと撮ってるから」

おかしな気分だった。モデルになることを頼まれたけれど、これはアルバイトではなかった。一円ももらえないし、自分の自由意志なのだ。撮った写真もどこかに発表されるわけではなかった。TAMAKIさんはプロのカメラマンだけれど、街の若者を撮るのはライフワークだが趣味みたいなものだという。いつか写真集としてまとめたいけれど、この不景気で高価な本をだすのはなかなかむずかしいらしい。

翔太はゆっくりとTシャツの裾に手をかけた。

「そこでとまって。視線は右手に」

なにもないコンクリートむきだしの戸境壁《こざかいかべ》だった。Tシャツが汗で湿って重かった。早く脱いでしまいたいが、がまんして手をかけたままでいる。なんだかバカみたいな格好だ。

「つぎはおへそくらいまであげてくれないかな」

ゆっくりと白い裾をあげていく。へそがでると、またとめられた。

「今度はうつむいて、自分のお腹《なか》を見て」

結局、一枚のTシャツを脱ぐのに、フィルムチェンジと照明の変更をふくめて、三十分近くかかった。モデルは肉体労働だと翔太は気づいた。先ほどまでセンター街を跳びはねてもなんでもなかったのに、ただTシャツを脱ぐだけであちこちの筋肉が悲鳴をあげていた。

工場にでもかかっているような飾り気のない壁の時計は、もうすぐ十時だった。上半身裸のまま翔太は何度も裏返されたり、よつんばいになったり、身体をひねったりした。TAMAKIさんの声も熱をおびていた。翔太はモデルとして勘がいいのだという。注文されたポーズをとるだけでなく、自然につぎの姿勢に動けるのだ。撮るのがたのしいとTAMAKIさんはいった。

「じゃあ、つぎはジーンズ脱いでみようか」

翔太は困った。先ほどから、なぜかボクサーショーツのなかで、ペニスが半分硬直していた。裸でポーズをつけていたせいか、カメラのレンズで狙われたせいか、TAMAKIさんが見ているせいかはわからない。

「脱ぐのはいいんですけど、その、あの……」

大人の女性のまえで、ペニスが不都合な事態になっているのをなんといえばいいのだろう。翔太が迷っているとTAMAKIさんがあっさりいった。

「立ってるの、翔太くん」

かっと顔に血がのぼったが、翔太はなるべく平然とした表情をつくった。

「……半分くらい」

大笑いしてＴＡＭＡＫＩさんがいった。

「こんな熱い撮影したら、それは立つよ。健康なオスの生きものだもん。別にはずかしがらなくていいんじゃないかな。いっておくけど、わたしは翔太くんのお母さんより、年上だと思う」

翔太の母は四十二歳だった。ＴＡＭＡＫＩさんはそんな年なのだ。きっと四十代なかばくらいだろう。髪は若白髪なのか。

「興奮するのは悪いことじゃないよ。立っているならそのままでいいし、やわらかならそれでもいい。今の翔太くんをだしてくれたら、それでいい」

誰かに写真を撮られるというのは実は恐ろしいことなのだと、翔太は思った。全部を相手にあずけるしかない。自分がどんなふうに見えているか、どの感情や姿勢を切りとったのかは撮る者にしかわからない。見られることは支配されることだった。

「わかりました」

ジーンズのボタンに手をかけると、ＴＡＭＡＫＩさんがいった。

「したもあせらずにね、ゆっくりだよ」

まえ立てのボタンは全部でいっつ。翔太は一曲ずつ音楽でもきくように、ボタンをはずしていった。翔太の足は筋肉質で、引き締まっている。ひざの角度を変えるだけで、太ももには筋肉の深い影が生まれた。その谷を撮ろうと、ＴＡＭＡＫＩさんがよってくる。翔太はボクサーショーツのまえが気になってしかたなかった。自分のにおいがかがれてしまうのではないか。これは汗となぜか精液のにおいだ。

ＴＡＭＡＫＩさんはほとんど翔太の脚のあいだに座りこんでいた。半分白い髪から、女性らしい汗のにおいが立ちのぼってくる。身体からほかの人間の熱を感じた。翔太のペニスはスイッチをいれたように硬直した。

じっと霜降りのショーツを見つめて、ＴＡＭＡＫＩさんがいった。

「それ、脱げる？」

いたたまれないほどはずかしいが、翔太はうなずいた。

「脱げます」

「わかった、じゃあ、照明を直すから」

ＴＡＭＡＫＩさんはベッドをおりて、スタンドを直しにいってしまった。すこしがっかりしたが、自分の仕事を思いだした。全部をさらして、相手に勝手に支配させることだ。最初のポートレート用レンズにもち替えて、ＴＡＭＡＫＩさんがいった。

「始めて」

翔太はゆっくりとボクサーショーツをおろしていった。恋人以外のまえで欲望をあふれさせた姿で立つのは、生まれて初めてのことだった。翔太はペニスを隠さなかった。

「カメラをじっと見つめて」

正面からおおきなレンズが狙うのは、翔太の顔だった。

「そのままなにも考えなくていいから、じっと見て」

なにも考えなくても、身体の内側から充実している。おかしな気分だった。誰にもはじることなどない。この身体をたまたまもって生まれたひとつの魂。それが自分なのだ。ひざが壊れることも、ペニスが立つこともあるだろう。どちらも身体の勝手な都合にすぎない。

「はい、最後の三枚……二枚……一枚」

シャッター音が途切れると、翔太はプロのモデルのように頭をさげていた。

「おつかれさまでした。どうもありがとうございます」

「こちらこそ、ありがとう。服を着て、いいよ」

TAMAKIさんの目は濡れたように光り、頰は上気していた。きっと自分と同じように感じているに違いない。不思議な確信をもって、翔太はきいた。

「セックスしないんですか」

TAMAKIさんは髪をかきあげて少女のように笑った。

「したいけど、しないよ。翔太くんみたいにきれいな身体のまえで、裸にはなれないもん。もうわたしは五十すぎだからね。そういうことはしなくても、十分に満足」

翔太は自分のペニスを見おろした。こちらに顔をむけたペニスは最高強度のままだ。TAMAKIさんはカメラをおいた。撮影用の照明を落としていく。腰をたたきながらいった。

「あー腰が痛い。機材もカメラも重くて、カメラマンはみんな腰をやるんだよね。翔太くん、もう服を着ていいよ。この写真だけど、しりあいの編集者に見せてもいいかな。ファッション誌をつくってる人で、活きのいいモデルを捜してるんだよね」

別にどちらでもよかった。翔太はうなずいた。

「わかりました」

問題なのは収まらないもやもやだった。翔太は裸のままベッドに腰かけていった。

「TAMAKIさん、ひとりでしてもいいですか」

おやっという顔で、カメラウーマンが振り返った。

「ぜんぜんいいけど、撮らせてくれる？」

翔太は見られることに飢えていた。人の視線には遠い炎のような熱がある。それを浴びて溶かされていくのが、なぜかうれしい。自分がなくなっていくようだ。

「はい」

部屋の隅のスタンド一灯を残し、TAMAKIさんはすべての明かりを消してしまった。この暗さではフィルム式のカメラではほとんど写らないのではないか。だんだんとカメラについていてわかり始めた翔太はそんな心配をした。

「いいのよ。なにをしてるかよくわからないけど、すごくやらしい、そういう写真にしたいから。翔太くん、始めて」

TAMAKIさんの声は興奮でざらざらに荒れていた。翔太はこのままでまったく機能することのなかったペニスをにぎった。ビロードで包んだ金属の棒のようだ。こんな充実は記憶になかった。指をはじくほどの勢いがある。

暗い部屋のなかを翔太の息とシャッター音だけが満たした。

翔太が痛みとともにすべてを吐きだすまで、さして時間はかからなかった。

コンクリートの四角いスタジオに光がもどった。先ほどまでの汗と精液のにおいは、窓を開けて換気したので、コーヒーの香りといれ替わっている。自分の精液のにおいを心地よく感じたのは、翔太は初めてだった。両手にカップをもって、TAMAKIさんがそなえつけのミニキッチンからやってきた。

翔太の汗はひいている。ジーンズと白いシャツに、コンバースのクラシックなバスケットシューズも身につけていた。

「はい、今度こそ、ほんとにお疲れさま」

うなずいて受けとった。コーヒーはのみものというより香りの贈りもののようだった。

「さっきの雑誌の話だけど、本気でやってごらんよ。翔太くんにはどこか人の目を惹《ひ》きつけるところがある。それは求めても、誰にでも手にはいるものじゃないんだからね」

アルバイトとしてなら、おもしろいのかもしれない。それよりも翔太には別な望みがあった。

「わかりました。がんばってみます。ひとつお願いがあるんですけど」

うんっ？　という表情で、こちらに目をあげた。半分白い引っつめ髪のしたの目がかわいらしい。

「夏休みのあいだだけでもいいですから、ＴＡＭＡＫＩさんの助手として働かせてくれませんか。機材とか重いんですよね。ぼくは力だけはありますから」

カメラについてもっと学んでみたかった。それにこの人にもっと撮影してもらいたかった。いつか明かりを完全に落とした部屋でなら、白髪や崩れてしまったというボディラインを気にせずに裸になってくれるかもしれない。

「わかった。いいよ、手伝いにきなさい。ごはんくらいなら、お腹いっぱいたべさせてあげる。バイト代はたいして払えないけどね」

ぬるくなったコーヒーを、砂糖もミルクもいれずに一気にのんだ。

「ありがとうございます。明日またきます」

翔太はぺこりと頭をさげると、さっとコートをよこぎるようにTAMAKIさんのスタジオをでていった。

「ちょっと待って、ずいぶん早い……」

背中で年上の人の声をきいて、スチールの扉を閉めた。夜の廊下は無人だった。

ここは八階だ。古いビルなので、エレベーターもゆっくりとしかあがってこない。

翔太はちらりと階段の深さを確かめると、羽のはえたように軽いバスケットシューズで、つぎの踊り場めがけて高々とジャンプした。

解説

壇　蜜

先日、「ちょっと懇《ねんご》ろになった男」にこんなことを聞いてみた。

「ねえ、少年って、何で出来てるの？」

男は少し考えてこう言った。

「ほとんどスケベなこと」と。

いや、正しくはもっと詳細な「スケベなこと」についてを、彼自身の口から説明してくれたのだが、この本の景観を損ねそうなので敢《あ》えて割愛する。男は私と同世代。かつては少年だった経験を踏まえた上での回答だった。彼が少年の頃は自分を含め周囲の仲間たちは皆頭と体を「性への興味」に支配されていた……らしい。

「最初は下半身から来る悶々《もんもん》としたものに頭が支配されているんだけどさ、徐々に落ち着いて、その悶々が頭から下がってくる感じかな」

「落ち着いたって感じたの、いつぐらい？」

「大学ぐらいかな。俺男子校だったから……」

「頭が下半身と近かった？」

「かなりね」

そう笑う男の顎には、剃《そ》り残された髭《ひげ》が数本ちょこんと顔をのぞかせていた。


男による「少年についての解析」を聞く前にはすでに、この短編集を読み終わっていた。九つの話が紡ぐ少年の姿を出来るだけゆっくり感じたくて、一晩に一話寄り添った。毎晩寝床の上でページを開き、話中の少年の存在や匂いを感じる。少年の汗で湿ったシャツや汚れた膝小僧、履き慣らした靴……どれも「女子だらけの学校出身」の私が今まで見たことのないものばかり。文章から連想されるそれらは、少年とはいえ私の想像するものよりずっと大きいのかもしれないなと思うと、日毎《ひごと》にニョキニョキと成長するタケノコのようなイメージが湧き、笑ってしまった。

読後は目を閉じ眠りにつく……を繰り返して九夜を過ごした。しかし、ページを閉じてもそれぞれの話の中の少年たちが頭の中に鮮明に残り、入眠直前まで毎回そわそわと

落ち着かない日々が続いていた。まるで、

「もう寝ちゃうの？　まだ見ててよ」

と布団のはじをぐいぐい引っ張られるようだった。毎夜話の余韻からはみ出てくる少年たちの姿を感じる。余韻の化身……通称「名残くん」の出現に戸惑いながら、

「ごめんね、お話が終わったからもう寝なきゃ、ね。君も一緒に寝ようよ」と、布団をめくって彼を就寝に誘う。すると名残くんは顔を赤らめて数秒黙った後、

「……じゃあいいや。おやすみ」

と立ち去っていく。名残くんの体にしみついた日光と汗と土が混じったような匂いも消えていく。一人になった（元々一人だが）私は横になり目を閉じながら「恥ずかしい思いをすると諦めてくれるのだろう」と単純に解釈していたが、「ちょっと懇ろになった男」の話を聞いてハッとした。あの赤面と沈黙は、私が今まで想像も出来なかった名残くんの「少年にしか得られない感情」の一かけらだったのかもしれない、と。

上記のやりとりは全て私の妄想の話だが、名残くんの存在をここまでしっかりと、生々しく確立させられるような力が「九つの物語」に秘められていること、お分かりいただけただろうか。

もし私が少女だったら、自分が存在する意味を模索するのに夢中で、少年の形に触れ

る余裕はなかったかもしれない。三十半ばを過ぎ、ある程度「私って、何で出来てる？」の答えを見いだせたからこそ、名残くんと出会えて、彼の成分に触れられたように思える。そして、改めて思う。私の職業は、少年にとって「とんでもないもの」なのかもしれないと。

（だん・みつ　タレント、女優）

本書は集英社文庫より二〇一二年五月に刊行された『あの日、君とＧｉｒｌｓ』『あの日、君とＢｏｙｓ』と、同年六月に刊行された『いつか、君へ　Ｂｏｙｓ』を再編集したオリジナル文庫です。

「逆ソクラテス」
集英社文庫『あの日、君とＢｏｙｓ』二〇一二年五月刊に書き下ろし

「下野原光一くんについて」
初出「青春と読書」二〇一二年二月号〜三月号

「四本のラケット」
初出「すばる」二〇一二年三月号
集英社『大きくなる日』二〇一六年四月刊に第７話として収録

「ひからない蛍」
初出「小説すばる」二〇一二年二月号
集英社文庫『世界地図の下書き』二〇一六年六月刊に「三年前」の章として収録

「すーぱー・すたじあむ」
初出「小説すばる」二〇〇六年四月号

「夏のアルバム」
初出「小説すばる」二〇一二年二月号
講談社『ヴァラエティ』二〇一六年九月刊に収録

「正直な子ども」
初出「すばる」二〇一二年四月号

「僕の太陽」
初出「小説すばる」二〇一二年二月号

「跳ぶ少年」
初出　集英社WEB文芸「レンザブロー」二〇一二年五月

集英社文庫　目録（日本文学）

吉村達也　危険なふたり
吉村達也　ディープ・ブルー
吉村達也　生きてるうちに、さよならを
吉村達也　鬼の棲む家
吉村達也　怪物が覗く窓
吉村達也　悪魔が囁く教会
吉村達也　卑弥呼の赤い罠
吉村達也　飛鳥の怨霊の首
吉村達也　陰陽師暗殺
吉村達也　十三匹の蟹
吉村達也　それは経費で落とそう
吉村達也　「会社を休みましょう」殺人事件
吉村達也　ＯＬ捜査網
吉村達也　悪魔の手紙　ヨコハマＯＬ探偵団
吉村龍一　旅のおわりは
吉村龍一　真夏のバディ

よしもとばなな　鳥たち
吉行あぐり　吉行和子　あぐり白寿の旅
吉行淳之介　子供の領分
與那覇潤　日本人はなぜ存在するか
米澤穂信　追想五断章
米澤穂信　本と鍵の季節
米原万里　オリガ・モリソヴナの反語法
米山公啓　医者の上にも3年
米山公啓　命の値段が決まる時
リービ英雄　模範郷
隆慶一郎　一夢庵風流記
隆慶一郎　かぶいて候
連城三紀彦　美女
連城三紀彦　隠れ菊(上)(下)
わかぎゑふ　秘密の花園
わかぎゑふ　ばかちらし

わかぎゑふ　大阪の神々
わかぎゑふ　花咲くばか娘
わかぎゑふ　大阪弁の秘密
わかぎゑふ　大阪人の掟
わかぎゑふ　大阪人、地球に迷う
わかぎゑふ　正しい大阪人の作り方
若桑みどり　クアトロ・ラガッツィ(上)(下)　天正少年使節と世界帝国
若竹七海　サンタクロースのせいにしよう
若竹七海　スクランブル
和久峻三　夢の浮橋殺人事件　あんみつ検事の捜査ファイル
和久峻三　女検事の涙は乾く　あんみつ検事の捜査ファイル
和田秀樹　痛快！　心理学　入門編　―なぜ僕らの心は壊れてしまうのか
和田秀樹　痛快！　心理学　実践編　―どうしたら私たちはハッピーになれるのか
渡辺淳一　白き狩人
渡辺淳一　麗《うるわ》しき白骨
渡辺淳一　遠き落日(上)(下)

集英社文庫

短編少年《たんぺんしょうねん》

2017年5月25日　第1刷
2021年6月6日　第5刷

定価はカバーに表示してあります。

編　者　集英社文庫編集部《しゅうえいしゃぶんこへんしゅうぶ》

著　者　朝井《あさい》リョウ　あさのあつこ　伊坂幸太郎《いさかこうたろう》
石田衣良《いしだいら》　小川《おがわ》 糸《いと》　奥田英朗《おくだひでお》　佐川光晴《さがわみつはる》
柳《やなぎ》 広司《こうじ》　山崎《やまざき》ナオコーラ

発行者　徳永　真

発行所　株式会社 集英社
東京都千代田区一ツ橋2-5-10　〒101-8050
電話　【編集部】03-3230-6095
【読者係】03-3230-6080
【販売部】03-3230-6393（書店専用）

印　刷　中央精版印刷株式会社　株式会社美松堂

製　本　中央精版印刷株式会社

フォーマットデザイン　アリヤマデザインストア　　マークデザイン　居山浩二

ISBN978-4-08-745589-2 C0193